Jan Beinßen, Jahrgang 1965, lebt in Franken und hat zahlreiche Kriminalromane veröffentlicht. Bei ars vivendi erschienen neben seinen Paul-Flemming-Krimis u. a. auch der historische Kriminalroman *Görings Plan* (2014) sowie die Kurzkrimibände *Die toten Augen von Nürnberg* (2014) und *Tod auf Fränkisch* (2017).

Jan Beinßen

Das Phantom im Opernhaus

Paul Flemmings sechster Fall

Kriminalroman

ars vivendi

Für Dietlind und Peter

Originalausgabe

6. Auflage Oktober 2021
© 2010 by ars vivendi verlag
GmbH & Co. KG, Bauhof 1, 90556 Cadolzburg
Alle Rechte vorbehalten
www.arsvivendi.com

Lektorat: Dr. Hanna Stegbauer
Umschlaggestaltung: FYFF unter Verwendung
einer Fotografie von © AdobeStock / Markus
Druck: CPI buchbücher.de GmbH, Birkach

Printed in Germany

ISBN 978-3-86913-040-8

Das Phantom im Opernhaus

In der Oper ist alles falsch: Das Licht, die Dekorationen, die Frisuren der Balletteusen, ihre Büste und ihr Lächeln. Wahr sind nur die Wirkungen, die davon ausgehen.

Edgar Degas

1

Die Schreibtischplatte war aus Glas. Man konnte durch sie hindurchschauen, sonst wäre ihm das Blut sicher erst viel später aufgefallen. Aber nun sah er es und wunderte sich. Er hielt es zunächst für Wein, der ihm beim Nachschenken danebengelaufen war. Er bückte sich, strich mit dem Zeigefinger durch das schmale Rinnsal. Dabei fiel ihm auf, dass die tiefrote Flüssigkeit eine andere Konsistenz hatte als der Bordeaux, den er während seiner abendlichen Arbeit am PC genoss. Sie war längst nicht so dünnflüssig und klebte am Finger wie Sirup.

Paul Flemming hob seine Hand vorsichtig bis auf Augenhöhe und besah sich die benetzte Spitze seines Fingers von Nahem. Dann durchzuckte ihn die Gewissheit: Blut! Paul richtete sich auf seinem Schreibtischstuhl kerzengerade auf. Er unterzog sich einer hektischen Selbstuntersuchung, konnte aber keine Wunde entdecken.

Erneut bückte er sich nach dem roten Rinnsal, das nun breiter geworden war und von nachfließendem frischen Blut genährt wurde. Paul schauderte. Auf allen vieren folgte er der Spur. Sie führte von der Arbeitsecke quer durch sein Atelier. Das silberne Mondlicht, das durch das ovale Oberlicht seines Lofts fiel, entlockte der Blutspur ein unheilvolles Glitzern.

Paul kroch über den Parkettfußboden. Seine Hosenbeine waren schon bald vom roten Nass durchtränkt. Die Spur schlängelte sich an der Wand entlang bis in den Flur. Paul folgte ihr weiter. Bis er stockte und innehielt. Er betrachtete seine Hände. Sie waren verklebt und rotbraun gefleckt. Die Angst lähmte ihn. Doch er musste in Erfahrung bringen, woher das Blut kam. Also voran!

Die Spur zog sich weiter durch den Korridor und führte zu einem Garderobenschrank. Paul hob den Blick. Die Tür des

Schranks war ebenfalls voller Blut: Es floss in breiten Bahnen herab. Die Quelle erkannte Paul in einem großen Karton, der auf dem Schrank stand. Die Pappe war durchgeweicht, aus den Ecken und Ritzen quoll es kirschrot.

Paul hatte es jetzt eilig, einen Stuhl heranzuziehen. Er stellte sich auf die Sitzfläche, streckte die Arme nach dem Karton aus. Die Pappe fühlte sich vollgesogen an und drohte seinen Händen zu entgleiten. Doch er packte fest zu und brachte den Karton sicher zu Boden. Dabei ergoss sich ein Schwall warmen Blutes auf ihn.

Voller böser Vorahnungen stellte er den Karton vor sich auf dem Parkett ab. Vorsichtig klappte er den Deckel auf. Er blickte hinein – und wich entsetzt zurück! Paul presste sich die Hände vor den Mund.

»Entsetzlich!«, stieß er aus. »Wie grauenhaft!«

Er zwang sich, noch einmal in den Karton zu sehen. Darin lag ein Kopf. Der Kopf eines Menschen! Paul wandte sich ab, rang um Fassung. Die Zeit verging, er hätte nicht zu sagen vermocht, wie viel.

Es kostete ihn große Überwindung, sich dem schrecklichen Fund noch einmal zuzuwenden. Dann, nach langem Zögern, führte er seine rechte Hand langsam in den Karton. Er bekam einen Schopf schwarzer Haare zu fassen. Sachte zog er daran, hob den Schädel voller Abscheu, doch behutsam aus der Ummantelung. Ein Gesicht wurde sichtbar. Es war entstellt, grausig entstellt! Das Antlitz des Todes! Der Hals war in Höhe des Kehlkopfs durchtrennt worden. Haut, Fleisch und Sehnen hingen in Fetzen herab. Paul war wie gelähmt vor Entsetzen. Wer war dieser Tote? Und wie war sein Kopf in Pauls Wohnung gelangt?

Er hatte keine Zeit, darüber nachzudenken, denn es klingelte an der Tür. Paul zuckte zusammen. Wer konnte das sein? Um diese Zeit – es war längst nach Mitternacht! Er ließ den Schädel zurück in den Karton sinken. Er stand auf, sah an sich herunter: Alles war rot, voller Blut! So konnte er unmöglich an die Tür gehen.

Er eilte in seine Küchenzeile, schnappte sich eine Schürze, band sie hektisch um die Hüfte, verdeckte die gröbsten Flecken. Es klingelte erneut. »Ja, ja! Ich komme schon!«, rief er. Er ging schneller, fing an zu laufen. Doch er rutschte über der Blutlache vorm Garderobenschrank aus, fiel hin. Auf dem Bauch schlitterte er weiter. Bis ans Flurende, wo er zu den Füßen der Mokkabraunen liegen blieb. Der lebensgroße Fotoabzug eines Aktmodels lächelte ihm aufmunternd zu. Paul wusste, dass es nur ein Bild war, doch der anfeuernde Blick der jungen Frau machte ihm neuen Mut. Er rappelte sich auf – und schrak erneut zusammen: Er sah, dass auch die nackte Schönheit verletzt war. Ihre Kehle war durchtrennt worden. Aus einer klaffenden Wunde sprudelte Blut. Neues, frisches Blut, das sich auf den Boden ergoss und in die Blutbäche aus dem Pappkarton mündete.

Voller Grauen wandte sich Paul ab, eilte zur Wohnungstür, riss sie auf. Ein schmaler, älterer Herr stand ihm gegenüber. Er hatte krauses Haar und steckte in einem viel zu engen, altmodischen Frack. Paul hatte ihn noch nie im Leben gesehen.

»Wer, zum Teufel, sind Sie?«, fragte er entgeistert.

Der Mann sah ihn aus irren Augen an. »Das spielt keine Rolle«, sagte er mit heiserer Fistelstimme. »Es ist alles nur Theater!«

»Theater?«, fragte Paul entgeistert.

»Theater, ja, Theater!« Das Männlein lachte schrill. »Ich suche meine Requisite. Haben Sie sie gesehen? Mir ist ein Kopf abhanden gekommen.«

»Ein Kopf?« Paul schaute sich zweifelnd um. »Ich habe einen Kopf gefunden. Aber er ist echt. Er blutet ...«

Das Männlein machte fahrige Bewegungen mit seinen Armen. »Unsinn! Alles Theaterblut! Geben Sie ihn her! Ich brauche den Kopf! Heute ist Premiere!«

Paul war verwirrt. Mehr noch irritierte ihn das ausgelassene Lachen der anderen Männer, die plötzlich in das Gelächter des Alten einfielen. Er konnte sie nicht sehen, aber immer deutlicher hören. Sie klangen fröhlich und ungezwungen.

Ihre Stimmen kamen ihm vage bekannt vor. Paul reckte und streckte sich. Er blinzelte. Und dann sah er seinen Radiowecker im blendenden Licht der Morgensonne. Er brauchte noch eine Weile, um sich zu orientieren. Dann konnte er die Stimmen einordnen: Es waren die der Moderatoren aus der *Morning Show* auf Radio Gong.

Paul drückte die Schlummertaste und drehte sich noch einmal auf die Seite. Was für ein Traum, dachte er schlaftrunken. Hoffentlich war das kein Vorbote kommender Ereignisse ...

2

Er hielt die kleine Schatulle zwischen Daumen und Zeigefinger, drehte sie langsam um ihre eigene Achse und begutachtete das Geschenkpapier, das sie umhüllte. Das Papier war hellgrün. Denn Grün ist die Farbe der Hoffnung.

Er saß an einem schattigen Plätzchen im Biergarten des *Goldenen Ritters* und war vom Scheitel bis zur Sohle erfüllt von einer prickelnden Nervosität. Seine Blicke glitten von dem Schmuckkästchen zum Eingang des Biergartens und dann wieder zurück auf die Schatulle. Hin und wieder sah er auch auf die Uhr. Seine Verabredung war spät dran.

Paul wurde unruhiger, je länger er warten musste. Um sich abzulenken, nahm er eine Tageszeitung zur Hand, die jemand auf der Bierbank liegen gelassen hatte. Er blätterte durch den überregionalen Teil, überflog den Sport und die Lokalnachrichten. Bei den Familienanzeigen hielt er inne: Die Trauermeldungen wurden heute von einem Namen dominiert. Nicht weniger als sieben Nachrufe in verschiedenen Größen und mit unterschiedlichen Unterzeichnern widmeten sich ein und demselben Verstorbenen. Sein Name: Wolfram Schillinger. Der Nürnberger Großindustrielle war bei einem Flugzeugabsturz in Südamerika ums Leben gekommen. Paul gingen seine eigenen, sehr schmerzlichen Erfahrungen mit diesem Mann durch den Sinn, und er fragte sich, ob es verwerflich war, dass er in diesem Moment so etwas wie Genugtuung empfand.

Dann schlug er die nächste Seite auf und gelangte zu den Geburten. Unter den Neuzugängen zu Nürnbergs Bevölkerung war ein kleines Mädchen, das von seinen stolzen Eltern mit liebevollen Worten und einer Teddybärzeichnung begrüßt wurde. Der Teddybär hatte einen Löffel in den winzigen Pfoten und eine Kochmütze auf dem runden Kopf. Mama und Papa hatten mit ihren Vornamen Jan-Patrick und Marlen unterzeichnet.

Das Leben ist ein Kommen und Gehen, dachte sich Paul und legte die Zeitung versonnen beiseite.

Wieder sah er auf die Uhr und dann in Richtung des Eingangs. Er wollte gerade eine zweite Apfelschorle bestellen, als er eine wohlbekannte, aber heute ganz und gar unwillkommene Gestalt erspähte. Schnell sah er weg und rückte tiefer in den Schatten. Doch es war bereits zu spät.

»Ja, wen haben wir denn da? Ganz versteckt im hintersten Winkel. Sie haben doch nichts dagegen, wenn ich mich zu Ihnen setze? Ich verbringe meine Mittagspause so ungern allein.«

Paul hatte eine ganze Menge dagegen. Wenn es einen Menschen gab, den er hier nicht treffen wollte, dann war es Victor Blohfeld. Doch der Reporter rutschte unaufgefordert neben ihn auf die Bank und musterte ihn aus seinem blassen, unrasierten Gesicht. Paul schnappte sich blitzschnell die Zeitung und warf sie über das Schmuckkästchen.

Diese Bewegung machte den Reporter erst recht aufmerksam. Er schob die Zeitung beiseite und tippte auf das kleine Geschenk: »Ich habe heute nicht Geburtstag, freue mich aber trotzdem«, sagte er und grinste Paul breit an.

»Das ist nicht für Sie«, sagte Paul knapp und ließ das Kästchen in seiner Hosentasche verschwinden.

»Ach ... – nicht?« Blohfeld rückte noch näher an Paul heran. »Spaß beiseite, alter Junge: Sie haben nicht ernsthaft vor, das zu überreichen?«

»Und ob ich das vorhabe!«, sagte Paul entschieden.

Blohfeld sah ihn über seine Himmelfahrtsnase hinweg besorgt an. »Sie wissen, dass das Ihr Ende bedeutet?«

»Reden Sie keinen Stuss, Blohfeld«, entgegnete Paul verärgert. »Sie haben doch keine Ahnung von Anstand und wahrer Liebe.«

»Wahre Liebe.« Der Reporter kicherte. Dann sagte er mit klingender Stimme: »Ich prophezeie Ihnen: Wenn Sie es wirklich durchziehen, wenn Sie Ihr hässliches grünes Päckchen übergeben und sich dabei schmachtend vor ihr auf die Knie werfen, ist Ihr Leben als aufrechter freier Mann verwirkt.«

»Blohfeld!« In Paul begann es zu sieden. »Ich bin 42 und habe genug vom Leben als aufrechter freier Mann – was doch in Wahrheit nichts anderes heißt als frustrierter einsamer Single. Ich habe dem Kind im Manne lange freien Lauf gelassen. Jetzt ist es Zeit, endlich erwachsen zu werden.«

Blohfeld sah ihn eindringlich an. »Das bedeutet?«, fragte er misstrauisch.

»Dass ich mein Leben in geordnete Bahnen lenken will. Ich will klare Verhältnisse schaffen. Privat – und übrigens auch sonst: Das Kriminalisieren gehört ab jetzt der Vergangenheit an!«

»Große Worte«, kommentierte der Reporter spöttisch. »Na gut, wenn Sie sich so entschieden haben, will ich Ihrem Glück nicht im Wege stehen. Aber sagen Sie später nicht, ich hätte Sie nicht gewarnt.« Er reckte seinen dürren Hals und sah sich im Biergarten um. »Apropos Glück: Wo bleibt Ihre Holde eigentlich?«

»Sie hätte vor einer halben Stunde hier sein sollen«, gab Paul widerwillig zu.

Blohfeld feixte. »Vielleicht ahnt sie, was auf sie zukommt, und ist getürmt. In dem Fall hätten Sie doch noch eine Überlebenschance.«

»Sie sind ein Idiot, Blohfeld, und ich wäre Ihnen sehr dankbar, wenn Sie verschwinden würden.«

»Ich habe ja noch gar nichts bestellt!«

»Es gibt genügend andere Biergärten in der Stadt!« Schon während Paul diese Worte aussprach, wusste er, dass er zu weit gegangen war. Versöhnlich fügte er hinzu: »Nehmen Sie es mir nicht krumm, aber es gibt ein paar Dinge in meinem Leben, die sind privat. Rein privat.«

Der Reporter nickte, und unter seiner aufgesetzten Lässigkeit wirkte er mit einem Mal betrübt. »Ehrensache. Ich werde Sie allein lassen, sobald die Dame Ihres Herzens eintrifft. Aber schlagen Sie meine Warnungen nicht komplett in den Wind. Sie werden nie wieder eigenständig sein, nie wieder nur sich selbst verantwortlich.«

»Alter Schwarzmaler«, schalt ihn Paul freundlich. »Ist es nicht vielleicht so, dass Sie ein bisschen neidisch auf mich sind?«

Blohfeld plusterte sich auf und nahm eine Haltung an, als wollte er diese Frage – diesen ungeheuerlichen Vorwurf! – mit großer Geste von sich weisen. Doch dann sank er wieder in sich zusammen und sagte recht leise: »Neidisch ... – na, vielleicht ein winziges bisschen. Aber das haben Sie jetzt nicht gehört!«

Paul freute sich über die seltene Aufrichtigkeit des Reporters. Deshalb protestierte er auch nicht, als Blohfeld sich ein leichtes Hefeweizen bestellte und damit zu verstehen gab, dass er nicht die Absicht hatte, früher als unbedingt nötig das Feld zu räumen. Bald entwickelte sich ein ungewöhnlich offenes Gespräch zwischen den beiden. Es ging um Beziehungen, um Frauen, um die Liebe an sich. Blohfeld plauderte und taute mit jeder neuen Offenbarung aus seinem sonst so sorgsam gehüteten Privatleben merklich auf. Allerdings kündigte sich ein Ende seiner mitteilsamen Phase an, als er merkte, dass sein raubeiniges Image zu bröckeln begann: »Beinahe, Flemming, beinahe hätte ich sie zum Traualtar geführt«, berichtete er über eine junge Frau namens Katrin, mit der er in den 80ern liiert gewesen war.

»Dann wären Sie jetzt seit einem Vierteljahrhundert verheiratet. Was ist denn aus ihr geworden? Sehnen Sie sich noch nach ihr?«, erkundigte sich Paul.

Blohfeld war es sich und seinem Ansehen schuldig, die Notbremse zu ziehen: »Wo denken Sie hin? Darüber bin ich längst hinweg. Allein die Vorstellung, mit einer Frau verheiratet zu sein, die fast so alt ist wie ich, ist entsetzlich. 25, allerhöchstens 30 Jahre, das ist für mich heute die Schmerzgrenze.«

Paul lachte herzhaft auf. »Und Sie meinen, dass sich so junge Dinger für Sie interessieren?«

»Aber sicher!«, bekräftigte der Reporter und fand zu seiner schützenden Arroganz zurück. Mit einem einzigen Schluck leerte er den großen Rest in seinem Weizenglas und sah auf die Uhr. »Mittlerweile können wir sicher sein, dass Sie versetzt wurden. Hören Sie auf meinen Rat und halten Sie sich künftig an Jüngere. Das ist zwar nichts Nachhaltiges, aber der Spaßfaktor ist enorm.«

»Sie sind ein Gefühlstrampel, hat Ihnen das schon mal jemand gesagt?« Paul fixierte den Reporter und hielt ihm vor: »Irgendwann werden Sie auch noch lernen, zu Ihren wahren Gefühlen zu stehen und die alberne Fassade abzulegen. Den Schwerenöter nimmt Ihnen sowieso niemand mehr ab.«

Blohfeld wollte zu einer weiteren Widerrede ansetzen, als sich sein Handy bemerkbar machte. »Wer stört?«, raunzte er in den Apparat. Seine Brauen zogen sich zusammen, während er lauschte und dann ein paar knappe Worte mit dem Anrufer wechselte. Schließlich steckte er das Handy wieder ein. Schweigend mahlte er mit den Zähnen.

»Und?«, fragte Paul. »War es was Wichtiges?«

»Wie man es nimmt«, sagte der Reporter und sah Paul mit einer Mischung aus Häme und Mitleid an. »Ich habe gerade die Absage für Ihre Verabredung entgegengenommen.«

»Wie? Was?« Paul richtete sich auf.

»Wie ich geahnt hatte: Sie wird nicht kommen«, meinte der Reporter und rückte zur Seite.

»Woher wollen Sie das wissen? Mit wem haben Sie gesprochen?« Paul wusste nicht, wie ihm geschah.

»Es gab einen Mord«, ließ Blohfeld die Katze aus dem Sack. »Ich nehme an, dass Ihre Angebetete jetzt Besseres zu tun hat, als sich Ihren Heiratsantrag anzutun.«

Ein Mord? Dann war es tatsächlich kein Wunder, dass die Verabredung geplatzt war. Auch Paul stand jetzt auf. »Warten Sie, Blohfeld! Wo ist das passiert? Kann ich mitkommen?«, fragte er in der Hoffnung, Katinka noch am Tatort anzutreffen. Es behagte ihm zwar wenig, entgegen seiner jüngsten Vorsätze den Schauplatz eines Verbrechens aufzusuchen, doch das Verlangen nach seiner Liebsten überwog.

Der Reporter zwinkerte ihm zu. »Gern. Ich brauche sowieso einen Fotografen für die Story. Also, auf geht's in die Oper!«

3

Den imposanten Monumentalbau des Opernhauses, dessen Sandsteinquaderfront im milden Licht der Sonne rötlich schimmerte, verband Paul stets mit glanzvollen Aufführungen im prächtigen Zuschauerraum mit seinen samtroten Sitzen, der traditionellen Struktur der Logen und den gigantischen Kronleuchtern als zentralem Blickfang. In seiner Vorstellung war alles fein herausgeputzt, der Zuschauersaal ebenso wie die Gäste. Der Tatort, zu dem er und Blohfeld von der Pressesprecherin des Polizeipräsidiums gerade geführt wurden, stand allerdings in krassem Widerspruch zu diesen Erwartungen.

Sie befanden sich auf der wenig anheimelnden Hinterbühne. Im Grunde war es nichts als ein weiträumiger Verschlag, in dem sich diverse Kulissenbestandteile stapelten und ganze Szenenausstattungen platzsparend zusammengeschoben worden waren. Kaltes Neonlicht erhellte den zum Lagerraum degradierten Bühnenbereich, in dem es vor Polizeibeamten und Leuten von der Spurensicherung nur so wimmelte. Auch der Notarzt, der Zweifel an einem Unfalltod angemeldet und deshalb die Polizei hinzugezogen hatte, war noch vor Ort und wurde von einem Beamten in Zivil befragt.

Das Opfer lag inmitten der Kulissenteile: ein circa 40-jähriger Mann, dessen wie unter Krämpfen gekrümmter Körper in einem abgetragenen, braunen Cordanzug steckte. Er bot keinen schönen Anblick, denn seine Gesichtszüge waren zu einer Grimasse verzogen. Seine Mundwinkel waren mit einem weißlichen Schaum benetzt. Neben der Leiche lag eine professionelle Digitalkamera, die offenbar unsanft auf dem Boden gelandet war. Wie Paul mit einem kurzen Blick feststellte, war die vordere Linse des Objektivs gesprungen und der Korpus beim Aufprall ebenfalls beschädigt worden.

Paul hielt gebührenden Abstand zu der Leiche, denn an den Anblick von Toten hatte er sich auch in den vielen Jahren als Fotoreporter nicht gewöhnen können. Er musste sich jedes Mal zwingen, den Schauplatz einer solchen Tragödie durch die Brille des Profis zu betrachten und seine Emotionen auf Distanz zu halten. Inzwischen hatte er immerhin eine Taktik entwickelt, die ihm half, dem Tod ein wenig von seinem Schrecken und seiner gnadenlosen Endgültigkeit zu nehmen: Er suchte seine Zuflucht im Witz oder besser gesagt: im Sarkasmus. Paul hatte beobachtet, dass sich auch viele Polizisten und Gerichtsmediziner so verhielten. Sie bauten einen Schutzschild aus derbem Humor um sich herum auf, um das Grauen nicht an sich heranzulassen. Blohfeld, der Zyniker, hatte diese Taktik des Selbstschutzes zur Perfektion getrieben. Auch jetzt, da er Pauls Zaudern bemerkte, setzte er zu einem lockeren Spruch an, wurde jedoch unterbrochen.

»Die Presse soll mit ihren Fotos noch warten«, hörte Paul die vertraute Stimme von Katinka Blohm, die soeben hinter einem Kulissenteil hervortrat. Mit ihrem energischen Mund, den lebhaften Augen, dem langen blonden Haar und den dunklen Augenbrauen besaß sie eine natürliche Eleganz und ungezwungene Autorität. »Erst decken wir den Verstorbenen ab«, ordnete die Oberstaatsanwältin mit strenger Miene an. Diese hellte sich allerdings auf, als sie Paul bemerkte. »Du?«, fragte sie überrascht. Sie stellte sich dicht neben ihn und flüsterte ihm ins Ohr: »Ich dachte, du wolltest keine Jobs als Polizeireporter mehr annehmen?«

»Ich bin da so reingeschlittert«, raunte er ihr zu, während seine Hand in der Hosentasche nach dem Schmuckkästchen tastete. »Außerdem waren wir verabredet. Wenn du nicht zu mir kommst, komme ich eben zu dir«, sagte er augenzwinkernd.

Katinka strich lächelnd ihr Haar zurück. »So etwas nennt man hartnäckig! Entschuldige, dass ich unser Date nicht eingehalten habe, aber du siehst ja selbst: Ich hatte nicht einmal Zeit, dich anzurufen.«

»Hmmrrr.« Blohfeld räusperte sich lautstark. »Wenn ich die Turteltäubchen unterbrechen dürfte: Gibt es schon was Offizielles über die Tat? Den Namen des Opfers? Todesursache? Tathergang? Und möglicherweise schon einen Tatverdächtigen?«

»Immer langsam«, sagte Katinka und setzte augenblicklich wieder ihren kühlen Juristenblick auf. Ehe sie auf Blohfelds Fragen einging, sah sie sich aufmerksam um, entdeckte eine kleine Gruppe Neugieriger am Ende der Halle und rief ihnen laut zu: »Bitte entfernen Sie sich vom Tatort! Sie behindern die Ermittlungen der Polizei!« Eine ältere Rothaarige mit Pinsel und Wattebausch in der Hand und eine jüngere Frau, aus deren Kragen weißes Krepppapier lugte, trollten sich sofort. Offenbar eine Sängerin und ihre Maskenbildnerin, reimte sich Paul zusammen. Einem dritten unerwünschten Beobachter, einem drahtigen Mittfünfziger mit ausgeprägten Geheimratsecken in seinem wallenden weißen Haar, fiel es sichtlich schwerer, sich von dem Anblick des Toten zu lösen. Katinka wartete geduldig, bis auch er gegangen war. Erst dann gab sie Blohfeld eine Antwort: »Über Tat und Todesursache gibt es bislang keine Informationen. Wir stehen ganz am Anfang. Über das Opfer kann ich Ihnen mitteilen, dass es sich um einen gewissen Herrn Norbert Baumann, Jahrgang 1967, handelt. Baumann arbeitete hier als Bühnenfotograf.«

Ja, natürlich, dachte Paul: Baumann! Der war ihm durchaus ein Begriff, nur hatte er ihn wegen der entstellten Gesichtszüge nicht gleich erkannt. Baumann war schon lange als Fotograf im Geschäft gewesen, früher – genau wie Paul – als Freiberufler. Später dann ergatterte er den begehrten und sicheren Job bei den Städtischen Bühnen und fotografierte seitdem bei den Proben des Staatstheaters, bei der Oper und hin und wieder bei Ballettaufführungen in der Tafelhalle. Paul hatte Baumann nicht sonderlich sympathisch gefunden. Aber er war ihm nicht oft genug begegnet, um sich eine ausgewogene Meinung bilden zu können.

Neugierig geworden, setzte sich Paul über seine Skrupel hinweg und näherte sich nun doch dem Toten. Er betrachtete das verzerrte Gesicht, die Schaumbläschen vor dem Mund. Nach seinem laienhaften Dafürhalten sprach vieles für eine tödliche Vergiftung. Die konnte sich Baumann durchaus selbst zugefügt haben, überlegte Paul. Entweder durch ein Versehen oder bewusst, falls sich das Ganze als Selbstmord herausstellen sollte. Aber sehr wahrscheinlich erschien ihm das nicht. Ort und Umstände sprachen für Mord. Paul, der das Ermitteln ja eigentlich ein für alle Mal sein lassen wollte, ertappte sich bei der Frage: Wer mochte einen Grund dafür gehabt haben, einen Bühnenfotografen umzubringen?

Bevor er Gelegenheit hatte, die Leiche eingehender zu betrachten, folgte einer der umstehenden Polizeibeamten Katinkas Anweisung und breitete ein weißes Laken über den Leichnam.

»Wo sind wir hier eigentlich?«, erkundigte sich Paul, nachdem er die Erlaubnis erhalten hatte, seine Fotos zu schießen.

Katinka, die sich in ihren Notizen vergraben hatte, sah fragend zum ihm auf: »Auf der Hinterbühne der Oper. Bist du bis hierher schlafgewandelt oder warum fragst du?«

»Das meine ich nicht.« Paul deutete auf die Kulissenteile, die den Toten umgaben. »Von welchem Stück stammen die?«

Katinka zuckte mit den Schultern. »So weit reicht meine kulturelle Bildung leider nicht.«

»Aber meine«, mischte sich Blohfeld ein. »Das ist *Lucrezia Borgia* von Donizetti. Wurde vor einem Jahr gespielt, lief aber nicht besonders und wurde schon vor Abschluss der geplanten Spielzeit abgesetzt. War den meisten wohl zu anspruchsvoll.«

Paul und Katinka sahen den schlaksigen Reporter erstaunt an. »Woher wissen Sie das denn?«, fragte Paul, dessen Weltbild soeben heftig zu wanken begann. »Ausgerechnet Sie kennen sich mit Opern aus?«

»Aber sicher«, sagte Blohfeld leichthin und lieferte sodann eine einleuchtende Begründung: »Unsere Zeitung hat zwei feste Sitzplätze reserviert. Wenn die Jungs vom Feuilleton sie mal nicht in Anspruch nehmen, gönne ich mir ab und zu einen Happen Kultur. Das lenkt ab vom rauen Reporteralltag.« Verschmitzt fügte er hinzu: »Außerdem stehe ich auf die klassischen Kostüme mit ihren tiefen Dekolletés.«

»Mit diesem Satz haben Sie die eben erworbene Hochachtung vor Ihnen gleich wieder zunichte gemacht«, bemerkte Katinka. »Und nun, meine Herren ...« Sie breitete ihre Arme aus und trieb Paul und Blohfeld vor sich her. »... ist es genug mit der Fragerei und dem Geblitze. Sie haben alles, was Sie für Ihre werte Leserschaft brauchen, und wir haben zu tun. Auf Wiedersehen!«

Katinkas beherzter Versuch, die beiden loszuwerden, wurde dadurch vereitelt, dass in diesem Moment eine weitere Person die Hinterbühne betrat: Ein großer, korpulenter Mann in einem schlecht sitzenden Anzug, mit schrill gemusterter Krawatte und rosig glühenden Pausbacken kam im leichten Trab auf sie zu. Dabei schwabbelte sein Bauch bedrohlich über dem Gürtel und brachte die Zipfel seines Hemdes zum Vorschein. »Was ist hier los?«, fragte er mit dem Habitus des Hausherrn. Hätte Paul nicht genau gewusst, dass der Generalmusikdirektor ganz anders aussah, hätte er den Neuankömmling allein von seinem wichtigtuerischen Auftreten her für eben jenen gehalten.

Katinka legte ihre Unterlagen ohne Eile beiseite und ließ den Mann mit einem vernichtenden Blick abblitzen. »Ich bin Oberstaatsanwältin Blohm – und ich bin es, die hier die Fragen stellt. Wer sind Sie?«

Der beleibte Mann schnaufte aufgebracht. »Klinger! Jürgen Klinger ist mein Name. Dramaturg und zuständig fürs Marketing.« Er reckte sich, um an Katinka vorbeiblicken zu können. Er sah das Gewimmel der Polizeibeamten, dann den Leichnam auf dem Boden. »Um Himmels willen«, murmelte er und presste sich seine fleischige Hand vor den Mund. Obwohl der Leichnam größtenteils abgedeckt war, schien der Dramaturg an Schuhen und Hosenbeinen zu erkennen, um wen es sich handelte. »Das ist doch ... – Baumann!« Er schnappte nach Luft und fragte überflüssigerweise: »Ist er tot?«

Katinka bestätigte dies. Was sich daraufhin hinter Klingers Stirn abspielte, konnte man aus verschiedenen hilflosen Gebärden und einem wirren Mienenspiel ungefähr schließen. Schließlich erlangte er seine Fassung zurück und fragte: »Sie wollen das doch nicht etwa an die große Glocke hängen?«

»*Das*?«, wiederholte Katinka scharf. »Es handelt sich um den gewaltsamen Tod eines Menschen. Was, bitte sehr, erwarten Sie von mir?«

»Wahrscheinlich handelt es sich um einen Arbeitsunfall«, sagte Klinger mit unruhigem Blick. »Sie werden sehen: Die Obduktion wird ergeben, dass er gestürzt ist und sich dabei tödlich verletzt hat. Oder es gibt eine andere triftige Erklärung. Vielleicht war er krank. Ein Herzanfall?« Klinger wandte sich nun an Blohfeld und Paul: »Jedenfalls besteht kein Grund, den Vorfall in der Presse aufzubauschen. Das wird sich alles in Wohlgefallen auflösen. Wenn Sie jetzt groß darüber berichten, wecken Sie bei Ihren Lesern Erwartungen, die Sie später nicht halten können. Und das ausgerechnet so kurz vor unserem schönen Opernball! Ich gebe Ihnen einen guten Rat: Machen Sie keinen Reißer daraus. Denn Sie schneiden sich ins eigene Fleisch, wenn Sie ...«

»Stopp!«, unterbrach Katinka. »Die Herren von der Presse wollten gerade gehen. Ich schlage vor, dass Sie sich anschließen, Herr Klinger.« Dann fügte sie unterkühlt hinzu: »Falls Sie sachdienliche Hinweise abgeben möchten, wenden Sie sich bitte an meinen Kollegen, den zuständigen Kommissar.«

Klingers Backen glühten noch stärker, doch er schluckte eine Widerrede hinunter. An der Seite von Blohfeld trat er den Rückzug an. Paul drückte Katinka ein Küsschen auf die Wange, um sich ebenfalls zu verabschieden. Dabei hielt sie ihn noch für einen Moment zurück. »Was für ein Schwätzer«, stöhnte sie, als sie Klinger nachschaute. »Sieh dich ja vor dem vor, Paul. Er gehört zu der Sorte Mensch, die man meiden sollte.«

»Mache ich. Und lass uns unser Treffen bald nachholen!«

Der »Schwätzer« wartete mit Blohfeld am Ende des Bühnenbereichs. Er hatte seine Hände in die Hosentaschen gesteckt und sah Paul aus verschmitzten, dunklen Augen an. Den kurzen, aber heftigen Schock über das plötzliche Ableben eines Mitarbeiters hatte er anscheinend schon überwunden. »Na, da sind Sie ja! Ihr Kollege Blohfeld hat mir gerade berichtet, dass Sie sich als Freelancer verdingen.«

»Ja, äh ... ich bin nicht fest angestellt, wenn Sie das meinen«, antwortete Paul, der darauf nicht vorbereitet war.

Klinger musterte ihn von Kopf bis Fuß. Sein Blick blieb an der Kamera über Pauls Schulter hängen. »Sie fotografieren mit einer Nikon? Sind Sie zufrieden mit dieser Marke?«

Paul stutzte. Was interessierte es Klinger, mit welcher Kamera er arbeitete? Zögerlich sagte er: »Ja. Bin ich.«

»Fein.« Der korpulente Dramaturg trat näher und legte seine warme, feuchte Hand auf Pauls Schulter. »Könnten Sie sich vorstellen, für mich zu arbeiten?«

Paul sah verwundert in das pausbäckige Gesicht, das viel zu dicht vor dem seinen war. »Ich? Warum? Wofür?«

»Ich brauche ja offensichtlich einen neuen Bühnenfotografen«, verkündete Klinger. »Einen Mann mit Erfahrung. Einen, der schon morgen anfangen kann. Einen wie Sie!«

Im ersten Augenblick war Paul fassungslos. Es war keine fünf Minuten her, dass Klinger von Baumanns Tod erfahren hatte. Konnte er wirklich so abgebrüht sein und schon jetzt nach einem Nachfolger suchen? Ganz kurz dachte Paul an einen makabren Scherz, womöglich eingeflüstert von Blohfeld, der Paul ja gern mal auf die Schippe nahm. Doch Klingers Gesichtsausdruck verriet, dass er keineswegs spaßte. Im Gegenteil, er wiederholte die Frage, während seine Hand noch immer auf Pauls Schulter lastete: »Also? Sind Sie mein Mann?«

»Aber ich ...«, stammelte Paul. »Ich muss doch ...«

»Keine Sorge.« Klinger ließ ihn los und sprach in Blohfelds Richtung weiter: »Sie werden nebenbei immer noch ausreichend Zeit haben, Zeitungsfotos zu schießen. Für mich arbeiten Sie vorwiegend vormittags bei den Proben und hin und wieder am Abend, wenn eine Premiere ansteht. Wir sind nämlich gerade, so kurz vor dem Opernball, in der heißen Phase. Ich kann mir da keine Ausfälle leisten. Nicht einen Tag lang!«

»Ich weiß nicht recht.« Paul war von der Situation und dem unerwarteten Angebot ebenso überrascht wie überrumpelt. Doch Blohfeld zwinkerte ihm anspornend zu.

»Es ist also ausgemacht?«, fragte Klinger und streckte Paul seine Hand entgegen.

Paul zauderte. Doch dann ergriff Blohfeld seine Hand und führte sie mit energischem Ruck Klingers Pranke zu.

»Er macht's!«, entschied der Reporter. Klinger schlug ein, nickte zufrieden und zog sich zurück.

Erstaunt über sich selbst und seine mangelnde Widerstandskraft sah Paul dem entschwindenden Dramaturgen nach, der ihn mit seinem wabbelnden Gang an einen Mensch gewordenen Wackelpudding denken ließ.

War es denn zu glauben? Paul hatte soeben einen festen Job angenommen. Bei näherer Betrachtung noch dazu einen recht reizvollen. Er wusste noch immer nicht, wie ihm geschehen war, und war unschlüssig, ob er sich freuen oder ärgern sollte.

»Grübeln Sie nicht lange herum, sondern danken Sie mir!«, forderte Blohfeld ihn auf. »Ist es nicht genau das, was Sie wollten? Mehr Sicherheit?«

Paul nickte verhalten. Ihm war natürlich klar, dass Blohfeld ganz andere Motive antrieben als die Sorge um sein Wohlergehen. Der Reporter hatte die Gelegenheit beim Schopf ergriffen, um einen Spion am Ort des Geschehens zu platzieren. Denn als Interner würde Paul ungestört im Untergrund wühlen können und ihm eine ergiebige Quelle für weitere Informationen über den Todesfall Norbert Baumann sein. »Hinterhältiger Schuft«, grummelte Paul, als sie durch die Gänge des Theaters dem Ausgang zustrebten.

»Ich habe lediglich verhindert, dass Sie sich mal wieder selbst im Weg stehen«, behauptete Blohfeld.

Nichts als hohle Worte, meinte Paul im Stillen. Aber er würde es dem Reporter schon noch zeigen. Selbst wenn er unverhofft in die Nähe der Ermittlungen in einem neuen Mordfall geraten war, hieß das noch lange nicht, dass er sich einmischen würde. Nein, nein, nahm sich Paul vor, diesmal würde er das Feld der Polizei und Katinka überlassen. Er würde lediglich ein Zaungast sein und sich schön raushalten. Schließlich war er ein gebranntes Kind …

Sie bogen um die Ecke und gingen durch einen weiteren Flur, der genauso aussah wie der erste. Das wiederholte sich noch dreimal. »Wo ist denn hier das Treppenhaus, verflixt und zugenäht?«, wetterte Blohfeld.

Paul, der sich in den nicht öffentlichen Trakten des Opernhauses genauso wenig auskannte, wollte die Prozedur abkürzen. »Fragen wir doch einfach«, schlug er vor. Er blieb vor einer der vielen Türen stehen und wollte anklopfen.

Aber Blohfeld hielt ihn zurück. Erst wusste Paul nicht warum, doch dann drangen Stimmen aus dem Innern des Zimmers in sein Ohr.

»Hören Sie die beiden Plaudertaschen?«, fragte der Reporter flüsternd.

Paul las die Aufschrift an der Tür: »Garderobe«. Aus dem Raum waren zwei Frauenstimmen zu vernehmen, die in eine lebhafte Unterhaltung verstrickt waren. »Was soll das?«, zischte er dem Reporter zu. »Wollen Sie etwa lauschen?« Blohfeld nickte ohne das geringste Anzeichen von Scham. Als Paul kopfschüttelnd weitergehen wollte, hielt ihn der Reporter zurück. Zwangsläufig erhaschte Paul einige Wortfetzen aus einem Gespräch, dem er sich so schnell nicht wieder entziehen konnte.

»... verstehe gar nicht, wie Irena so stark sein kann. Ich an ihrer Stelle wäre am Boden zerstört«, hörte Paul eine helle Frauenstimme sagen, die sehr jung klang.

Dann erklang das Husten einer starken Raucherin. »Du hast eben keine Lebenserfahrung, bist ein Grünschnabel«, antwortete die zweite Frauenstimme, die nicht nur rauer, sondern auch deutlich älter klang. »Beug dich vor, sonst verschmiert die Wimperntusche.«

»Aber er war ihr Freund!«, rief die helle Stimme und klang erregt. »Norbert und Irena waren seit mehr als fünf Jahren ein Paar.«

»Sieben Jahre«, präzisierte die andere.

»Ja, dann eben sieben. Umso schlimmer. Wie kann Irena so tun, als wäre nichts geschehen? Sie hat von Norberts Tod gerade erst erfahren, so wie wir alle. Aber was tut sie? Sie macht einfach weiter! Nicht einmal die Probe hat sie abgesagt! Ich an ihrer Stelle wäre heulend nach Hause gelaufen und hätte mich in einer dunklen Ecke verkrochen! Meine Güte, ich weiß gar nicht, wie ich ihr nachher überhaupt gegenübertreten soll!«

»Vielleicht hilft ihr das, den Schmerz zu ertragen«, sagte die andere, klang aber wenig überzeugend. »Jedenfalls brauchst du nicht auf eine zusätzliche Pause zu hoffen. Wir haben alle ein volles Pensum zu erfüllen!«

»Das sagst du so. Aber in Wahrheit denkst du auch etwas anderes. Irenas Verhalten ist nicht normal, das weißt du ganz genau.«

»Ja«, kam es zögernd. Dann hörte Paul das Klacken eines Feuerzeugs. »Irena wird ihre Gründe dafür haben, dass sie nicht die trauernde Witwe gibt.«

»Was sollen denn das für Gründe sein, Paula? Doch nicht etwa diese Geschichte mit ...«

»Doch, genau darum geht's. Mich wundert es nicht, dass Irena weder schockiert noch in tiefer Trauer ist. Ich denke, dass es für sie eher eine Erlösung ist.«

»Paula!«, sagte die Jüngere vorwurfsvoll. »Wie kannst ausgerechnet du so lästerlich reden? Ich habe Norbert auch nicht besonders gut leiden können, aber du gehst zu weit!«

»Es ist doch wahr! Irena hat so lange unter Norbert gelitten. Denk daran, wie er immer den anderen Frauen nachgestellt hat. Und dann diese Sache mit den Damengarderoben. Schlimm!«

»Gut, du hast recht«, sagte die andere kaum hörbar. »Dass er heimlich in den Umkleiden fotografiert hat, war eine miese Tour von ihm.«

»Er war ein elender Spanner!«, brachte die Ältere es auf den Punkt. »Norbert Baumann war untreu, verlogen und streitsüchtig. Gott erbarme sich seiner verlorenen Seele.«

»Paula, du übertreibst!«, kam es nun vorwurfsvoll zurück. »Wie gesagt: Ich habe ihn ebenso wenig gemocht wie du. Aber er konnte auch sehr freundlich sein – und charmant.«

»Das war nur die Fassade. Jedenfalls habe ich vollstes Verständnis für Irenas Verhalten. Außerdem ist es ja ein offenes Geheimnis, dass ...«

Da sich eine Gruppe Bühnenarbeiter näherte, mussten Paul und Blohfeld ihren Horchposten aufgeben. Zu dumm, dachte Paul, gerade wo es spannend wurde. Der Reporter tippte ihm an den Arm und raunte ihm zu: »Glückwunsch!«

»Glückwunsch wozu?«

»Glückwunsch zu Ihrer Berufswahl. Denn langweilig wird Ihr neuer Job garantiert nicht!«

4

Paul hatte sich vorgenommen, mehr Sport zu treiben. Mit ein bisschen Hantelheben in seinem Fotoatelier und einer gelegentlichen Joggingrunde entlang der Pegnitz war es nicht mehr getan, um vor dem Bierbauch gefeit zu sein, der Männern seines Alters drohte. Das Fitnessstudio war angesagt. Wenigstens zweimal die Woche! Auch an diesem Abend hatte Paul sich aufgerafft und absolvierte wacker seine Trainingseinheit. Um ihn herum rackerten sich zahlreiche Muskelmänner und -frauen ab, denn das Studio an der Fürther Straße zählte zu den größten in Bayern. Es war in einer ehemaligen Fabrikhalle auf dem früheren Gelände des Schreibmaschinenfabrikanten Triumph-Adler untergebracht, ausgestattet mit einer Armada unterschiedlichster Trainingsgeräte, mit Steppern und Laufbändern, mehreren Badmintoncourts – und einem mediterran anmutenden Wellnessbereich, auf den sich Paul immer am meisten freute.

Nachdem er meinte, genug für seinen Körper getan zu haben, suchte er eine der Saunen auf. Bis auf eine junge Frau, die sich auf der obersten Bank ausgestreckt und das Gesicht zur Wand gedreht hatte, war die schummrig beleuchtete Kabine leer.

Schöner Rücken, netter Po, ging es ihm durch den Sinn. Dann breitete er sein Saunatuch auf der mittleren Ebene aus und setzte sich. Er schloss die Augen und wartete auf die Entspannung.

»Paul?« Eine muntere, durchaus vertraute Stimme sprach ihn an.

Er öffnete die Augen und erkannte in der jungen Frau Jasmin Stahl. »Du?«, fragte er verblüfft. »Ich dachte nicht, dass ...«

»Schon klar.« Die Kommissarin stieg zu ihm herunter

und drapierte ihr Handtuch neben Paul. »Ich hätte dich hier genauso wenig erwartet. Kommst du öfter her?«

Pauls Blicke huschten für Millisekunden über ihren sportlichen Körper. »Ja. Das habe ich mir jedenfalls vorgenommen.« Er klopfte sich bei diesen Worten demonstrativ auf die Hüften. Anschließend erkundigte er sich: »Lange nicht gesehen. Wie geht's dir denn so?«

»Kann mich nicht beklagen. Aber viel interessanter ist die Frage, wie es dir geht? Man munkelt, bei Katinka und dir läuten demnächst die Kirchenglocken.«

Paul verschlug es für einen Moment die Sprache. »Woher weißt du das?«, fragte er dann und wähnte den Verräter in Blohfeld. Der konnte was erleben! Wie sah das denn aus? Nun machten seine Heiratspläne die Runde, noch bevor er Katinka überhaupt gefragt hatte.

Jasmin setzte das unbefangene Lächeln auf, das Paul an ihr so mochte. »Ich habe dich beobachtet«, eröffnete sie ihm.

»Du hast was?«

»Ich bin zufällig an dir vorbeigelaufen, als du beim Juwelier am Jakobsplatz vor dem Schaufenster mit den Trau- und Verlobungsringen standest – und ich habe deinen romantisch verklärten Blick gesehen.«

»Allein aus dieser Beobachtung schließt du, dass wir bald heiraten werden?«

Jasmin wischte sich mit dem Zeigefinger winzige Schweißperlen von der Stirn. »Habe ich etwa nicht richtig getippt?«

Paul senkte den Blick. Er würde seinen Antrag nun dringend nachholen müssen. »Mal was anderes«, wechselte er das Thema. »Du hast doch sicher von dem Todesfall im Opernhaus gehört. Seid ihr inzwischen weiter mit der Ermittlung der Todesursache?«

Jasmin schien wenig erbaut von diesem neuen Gesprächsstoff. »Ich bin nicht bei der Mordkommission. Schon vergessen?«

»Nein, aber wie das Beispiel mit dem Juwelier zeigt, bist du über die wirklich wichtigen Dinge in der Stadt gut unterrichtet. Also: Was kannst du mir darüber sagen?«

Jasmin reckte sich. »Für Aussagen über die Gründe seines Ablebens ist es wirklich noch zu früh. Da müssen erst die Jungs von der Forensik ran und der Autopsiebericht abgewartet werden.« Sie rieb sich mit der Handtuchspitze über Bauch und Brust.

»Aber allein schon die Umstände, unter denen Baumann aufgefunden wurde – das verzerrte Gesicht, der Schaum vorm Mund – deuten nicht eben auf einen natürlichen Tod hin. Deshalb hat der Notarzt vor Ort ja auch gleich die Polizei hinzugezogen. Oder?«, versuchte Paul sie aus der Reserve zu locken. »Man braucht keinen Autopsiebericht, um auf Giftmord zu kommen.«

»Sicher, ja, das ist richtig«, wand sich Jasmin. »Ich habe aufgeschnappt, dass meine Kollegen über eine Zyanidverbindung spekulieren, die Baumann kurz vor seinem Tod verabreicht worden sein soll. Da langt eine winzige Menge, die ihm mit einem Getränk oder einem Snack untergeschoben worden sein, genauso gut aber auch am Filter einer Zigarette geklebt haben könnte. Und ja, es wird schon fleißig nach demjenigen gesucht, der sich als Giftmischer betätigt haben könnte.«

Paul sah sie erwartungsvoll an. »Und?«

»Nichts und. Bei der Suche nach Verdächtigen mit einem Motiv schälten sich zwar auf Anhieb einige vielversprechende Kandidaten heraus, doch für weitere Details ist die Zeit noch nicht reif. Immerhin dürfen die Kollegen die Möglichkeit nicht gänzlich außer Acht lassen, dass dein bedauernswerter Fotografenkollege vielleicht nur ein falsches Medikament eingenommen hat und sich alles doch bloß als ein tragischer Unfall oder sogar Suizid herausstellt.«

An diese Variante mochte Paul nicht glauben. Stattdessen dachte er an die Gesprächsfetzen, die er beim Lauschen an der Garderobentür aufgeschnappt hatte, und erkundigte sich: »Du sprichst von ersten Verdächtigen. Wer denn zum Beispiel?«

»Nach dem, was ich vorhin im Präsidium mitbekommen habe, wollen sich die Kollegen zunächst auf die unmittelbaren Vorgesetzten des Toten konzentrieren. Zwischen Baumann und seinen Chefs hat es in letzter Zeit wohl häufiger gekracht. Es muss dabei heftig zur Sache gegangen sein. Jürgen Klinger, der die Marketingarbeit der Oper verantwortet, hat vor Zeugen mit Baumanns Rausschmiss gedroht.«

»Klinger? Ja, den habe ich schon kennengelernt. Solche Ausbrüche traue ich ihm ohne Weiteres zu.«

»Aber er ist nicht der Einzige. Es gibt da noch einen Regisseur: Ricky Haas. Er ist ein alter Hase im Geschäft. Mit Baumanns Leistungen als Bühnenfotograf war er wohl schon lange nicht mehr zufrieden. Haas unterstellte ihm sogar, seine Inszenierungen bewusst zu sabotieren, um seine Stücke in ein schlechtes Licht zu rücken.«

»Das ist nicht nett, aber noch lange kein Mordmotiv«, meinte Paul.

»Du kennst diese Theaterleute nicht«, hielt Jasmin dagegen. »Die sind fürchterlich impulsiv, theatralisch und manchmal völlig realitätsfremd.«

»Ich weiß ja nicht ...« Paul wurde es allmählich heiß. Er sah sich nach der Sanduhr um, die er beim Betreten der Sauna gewendet hatte: noch ungefähr fünf Minuten bis zum Ende des ersten Saunagangs. »Was ist denn mit Baumanns Lebensgefährtin?«, brachte er seine eigene Spur ins Spiel.

Jasmin wiegte den Kopf. »Irena? Eine abgehalfterte Diva mit recht erfolgreicher Vergangenheit, wie man hört. Soll sogar mal an der Mailänder Scala gesungen haben. Meine Kollegen haben sie kurz ins Kreuzverhör genommen. Sie ist nett, aber frustriert, sagen sie. Trinkt ganz gern mal einen Sekt oder auch Stärkeres. Wie die Beziehung der beiden lief, können wir noch nicht beurteilen. Sie war zu aufgewühlt, um bei der ersten Vernehmung alle Fragen beantworten zu können.«

»Bleibt an ihr dran«, riet Paul, um sich mit diesem Tipp für Jasmins Offenheit zu revanchieren.

Ehe diese nachfragen konnte, wurde die Saunatür geöffnet. Im Türrahmen stand eine junge Frau mit weißen Pantoffeln, weißem Bademantel und weißem Haarband im gelockten Haar.

»Hannah?« Paul war zum zweiten Mal an diesem Abend überrascht.

Katinka Blohms Tochter blieb für einige Momente unbewegt im Türrahmen stehen. Ihre Augen wanderten zwischen Paul und Jasmin hin und her. Schließlich ließ sie ihren Bademantel fallen, kickte ihre Schlappen beiseite und trat ein. Sie breitete ihr Handtuch an Pauls freier Seite aus und setzte sich zu ihm. So dicht, dass ihre Schenkel seine berührten. »'n Abend. Störe ich?«

»Nein«, sagten Paul und Jasmin wie aus einem Mund.

»Fein«, sagte Hannah, atmete tief ein und drückte ihren Oberkörper heraus.

Paul dagegen atmete aus und bemühte sich, seine neue Nachbarin nicht zu genau anzusehen.

»Macht ruhig weiter«, meinte Hannah. »Lasst euch von mir nicht stören.«

Jasmin verstand den Wink und griff nach ihrem Tuch. »Ich bin sowieso schon zu lange drin. Macht's gut«, sagte sie und ging.

Hannah und Paul blieben schweigend zurück. Paul wartete und behielt die Sanduhr im Auge, bis die letzte Minute seines Saunagangs verstrichen war. Erst dann wandte er sich Hannah zu: »Bist du neuerdings zu meinem Wachhund avanciert?« Er stand auf und schnürte sich das Handtuch um die Lenden. »Tschüss. Viel Spaß beim Schwitzen.«

»Werde ich haben«, meinte Hannah mit einem zuckersüßen Lächeln. »Übrigens: Deine rothaarige Polizeischnecke hat 'nen süßen Arsch.«

»Ich werde es ihr bei Gelegenheit ausrichten«, sagte Paul verkniffen.

Vielleicht, dachte er sich, als er wenig später in der Umkleidekabine stand und seine Sachen zusammenpackte, sollte er das Fitnessstudio wechseln.

5

Tag eins als Bühnenfotograf begann für Paul in der Kantine. Wenn es einen Ort gab, an dem alle Fäden zusammenliefen und die Menschen aus den verschiedensten Bereichen des Theaterbetriebs zusammenkamen, dann war es der Speisesaal. Der ideale Ort, um unauffällig Erkundigungen einzuziehen – so jedenfalls sah Pauls Plan aus. Da er von Klinger ohnehin erst am frühen Nachmittag für die Einweisungen in seinen neuen Job erwartet wurde, wollte er die Mittagszeit für seine Detektivarbeit nutzen. Nicht dass er vorhatte, mal wieder einen Kriminalfall zu lösen, nein, nein, davon war er ein für allemal geheilt. Ihm ging es nur darum, mehr über das Wesen und das Schaffen seines Vorgängers zu erfahren und herauszufinden, wie die Leute am Theater so tickten. Denn er wollte ja das Beste aus seinem neuen Job machen und nicht etwaige Fehler von Baumann wiederholen. Das ging nur, wenn er sich auskannte.

Sein erster Eindruck von der Kantine, die er sich ganz anders vorgestellt hatte, überraschte ihn. Der Raum war schlicht und zweckmäßig eingerichtet; es sah aus wie in jeder x-beliebigen Firma. Auch die meisten Gäste wirkten ganz normal. Paul hätte es mit der Belegschaft einer Versicherung, einer Behörde oder einer Fabrik zu tun haben können. Er machte Männer mit Anzug und Schlips ebenso aus wie eine Gruppe im blauen Overall und einen munter plaudernden Damentisch mit einer Besetzung wie aus dem Frisiersalon. Was er nicht sah, waren farbenprächtig kostümierte Mimen, die selbst beim Essen ihre Textbücher nicht aus der Hand legten und sich komplett auf den nächsten Auftritt konzentrierten. Irgendwie war Paul enttäuscht.

»Suchen Sie jemanden Bestimmtes?« Die Frau, die ihn ansprach, war fast zwei Köpfe kleiner als er, pummelig und freundlich.

»Nein«, antwortete Paul spontan. Dann besann er sich eines Besseren: »Das heißt: ja! Ich bin neu hier. Ich fange heute als Nachfolger von Norbert Baumann an, dem Bühnenfotografen.«

Die mollige Blondine war von dieser Auskunft offensichtlich so verblüfft, dass sie wie ferngelenkt einen Schritt zurücktrat und Paul voller Erstaunen ansah. Er konnte sich denken, was in ihrem Kopf vorging: Sie war verwundert oder sogar empört darüber, dass die Stelle des Toten so schnell neu besetzt worden war – noch vor dessen Beerdigung. Doch der Frau gelang es, ihre Irritation sehr schnell zu überwinden. Lächelnd streckte sie Paul ihre Hand entgegen. »Willkommen im Club. Ich bin Evelyn Glossner.«

Paul schlug ein und war angenehm berührt von diesem netten Empfang. »Sind Sie Schauspielerin?«, fragte er, korrigierte sich angesichts ihrer gedrungenen Statur jedoch: »Oder Sängerin?«

»Weder noch«, antwortete Evelyn Glossner und senkte geschmeichelt den Blick. »Doch wenn Sie mich unbedingt als Akteurin einstufen möchten, spiele ich hier die Rolle des Betriebsarztes.«

»Oh, Sie sind Medizinerin?«

»Ich bin Psychologin. Und Sie können mir glauben: Am Theater ist ein guter Seelenklempner dringender vonnöten als ein Sanitäter.«

»Ach ... – sind Sie fest bei den Städtischen Bühnen angestellt?«

»Nein, nein. Nur stundenweise. Ich habe meine Praxis in der Stadt. Aber manchmal habe ich das Gefühl, dass ich meine gesamte Arbeitszeit hier verbringen könnte. Bedarf wäre jedenfalls genug da.« Mit diesen Worten berührte sie noch einmal kurz Pauls Hand. »Ich will Sie nicht aufhalten. Reihen Sie sich ein, wenn Sie noch etwas vom Nachtisch ergattern wollen. Heute gibt es Milchreis mit Zimt und Zucker.«

Paul nahm den Ratschlag gern an und begab sich mit der Milchreisschale in der Hand auf die Suche nach einem freien Platz. Den fand er neben einer etwas schüchtern wirkenden Frau. Er schätzte sie auf Mitte zwanzig. Sie hatte schwarz glänzendes Haar und ein hübsches, aber blasses Gesicht, mit dem ihre auffallend rot lackierten Fingernägel kontrastierten.

»Darf ich?«, fragte Paul und rückte neben sie auf die Sitzbank. »Mein Name ist Paul Flemming. Ich bin neu hier.« Diesmal behielt er zunächst für sich, in welcher Funktion er bei den Städtischen Bühnen angeheuert hatte.

Gleichwohl sah ihn die Frau zweifelnd an. Oder war ihr Blick nur scheu? »Hallo«, sagte sie leise. »Ich bin die Britta. Britta Kistner.«

Dieser Name sagte ihm nichts. Also ließ sich Paul den Milchreis schmecken, bevor er eine Konversation begann. Es war nicht gerade das Niveau der Süßspeisen aus Jan-Patricks *Goldenem Ritter*, aber wie hieß es doch so schön: Es muss nicht immer Kaviar sein.

Da Paul nicht den gleichen Fehler begehen wollte wie bei seiner ersten Bekanntschaft, legte er sich bei seiner Frage nach dem Beruf nicht von vornherein fest: »Was machen Sie denn am Theater?«

»Singen«, folgte prompt die knappe Antwort. Britta Kistner schenkte Paul ein schiefes Lächeln. »Ich weiß ja nicht, als was Sie hier eingestellt worden sind. Aber mit dem Ensemble sollten Sie sich bald vertraut machen, wenn Sie in keine Fettnäpfchen treten wollen.«

»Entschuldigung«, sagte Paul mit ehrlichem Bedauern. »Ich muss zugeben, dass ich nicht gerade viel Zeit hatte, mich auf mein neues Tätigkeitsfeld einzustimmen.«

»Schwamm drüber. Als was arbeiten Sie denn bei uns?«

Als Paul es ihr sagte, verschwand das kleine Lächeln schlagartig aus ihrem Gesicht. »Ist es nicht ziemlich daneben, den Posten des Bühnenfotografen neu zu besetzen, bevor der Vorgänger unter der Erde ist?«

»Das lag nicht in meinem Ermessen«, antwortete Paul offen. »Ich kann mich nur bemühen, es annähernd so gut zu machen wie Norbert Baumann.«

Paul registrierte, wie sich die Augen der jungen Sängerin weiteten. Sie ging auf Abstand, indem sie ihren Stuhl zurückschob. »Wenn ich Ihnen einen Tipp geben darf: Machen Sie es bloß nicht so wie Baumann.«

Hellhörig geworden, fragte Paul: »Weshalb? Gab es denn Schwierigkeiten mit Baumanns Arbeit?«

Die junge Frau verzog den Mund. »Eher mit Baumanns Person. Er hatte ein ziemlich schroffes Auftreten. Wenn er bei den Proben seine Fotos machte, nahm er keine Rücksicht darauf, dass wir uns gleichzeitig auf unsere Arbeit konzentrieren mussten. Mal frei heraus gesagt: Baumann konnte einen tierisch nerven.«

»Das klingt nicht nach großer Trauer über den Verlust eines geschätzten Kollegen«, tastete Paul sich weiter vor.

»So ist es nun einmal. Ich habe Baumann nie besonders gut leiden können. Trotzdem ist es furchtbar, was ihm zugestoßen ist. Ein schrecklicher Unfall.«

»Das ist gar nicht sicher. Ich habe gehört, dass die Polizei in Richtung Fremdverschulden ermittelt.«

»Ach, ja?« Britta Kistner sah ihn verdutzt und neugierig zugleich an. »Das ist mir neu. Stand das denn schon in der Zeitung?«

»Noch nicht. Die Polizei ist mit Informationen gegenüber der Öffentlichkeit sehr zurückhaltend. Ich weiß es auch nur durch Zufall. Hatte Baumann denn Feinde im Haus?«, schloss Paul sogleich die nächste Frage an, denn nun juckte es ihn ja doch in den Fingern, ein bisschen zu ermitteln.

»Feinde? Nein. Wie gesagt: Er war nicht gerade beliebt. Aber dass ihn jemand umgebracht haben soll, das glaube ich nicht.« Sie brauchte Zeit, um die Neuigkeit zu verdauen. Dann wollte sie wissen: »Warum interessieren Sie sich eigentlich so dafür? Sie kannten Baumann doch gar nicht, oder?«

»Immerhin bin ich sein Nachfolger«, zog sich Paul aus der Affäre.

»Da haben Sie sich was vorgenommen«, meinte Britta Kistner mit offenem Bedauern. »Wir Schauspieler und Sänger sind empfindsame Wesen, sensible Mimosen und nicht einfach im Umgang.«

Paul lachte. »Das haben Sie nett ausgedrückt. Aber keine Sorge, ich werde damit zurechtkommen. Wie sind Sie denn ins Ensemble gelangt? Direkt von der Schauspielschule oder nach einem Musikstudium? Sie sind ja noch sehr jung ...«

»Danke.« Britta Kistner wirkte mit einem Mal unruhig. »So jung bin ich auch nicht mehr. Ich bin Quereinsteigerin.« Mit diesen Worten stand sie auf. »Die Pflicht ruft. Ich muss los. Es war schön, Sie kennenzulernen.« Damit ließ sie Paul zurück. Ebenso einen Teller, der nicht einmal halb leergegessen war.

Paul wollte die letzten Happen seines Milchreises verdrücken, doch Appetit hatte auch er nicht mehr. Ein Blick auf seine Armbanduhr machte ihm klar, dass er keine Zeit hatte, über das kurze Gespräch zu reflektieren. Klinger wartete auf ihn! Also ließ auch er sein Essen stehen und setzte der jungen Sängerin nach. Am Ausgang der Kantine holte er sie ein. »Sorry«, sagte er und hielt sie am Arm. »Ich muss zur Probenbühne 2. Können Sie mir sagen, wo ich die finde?«

Britta Kistner schien kurz zu überlegen, bevor sie ihm freundlich Auskunft gab. »Ich könnte Ihnen einen unendlich komplizierten Weg beschreiben, der Sie durchs Haupthaus bis in die Nebengebäude führt. Viel einfacher ist es aber, wenn Sie die Abkürzung durch den Keller nehmen.«

»Durch den Keller?«, fragte Paul erstaunt.

»Genau. Das Opernhaus ist ziemlich verschachtelt. Wenn ich auf dem schnellsten Weg irgendwohin möchte, nehme ich meistens den direkten Weg – und der führt durch das Untergeschoss.« Sie erklärte Paul in wenigen Worten den Weg. »Auf diese Weise sind Sie in zwei Minuten am Ziel.«

»Danke für den Tipp«, freute sich Paul über den praktischen Hinweis. Er würde sich diese hilfsbereite und aufgeschlossene junge Frau für seine weiteren Recherchen warm halten, nahm er sich vor.

Paul folgte Britta Kistners Ratschlag und begab sich ins Untergeschoss. Was er sich als narrensichere Abkürzung vorgestellt hatte, erwies sich allerdings als orientierungstechnische Herausforderung. Denn der Keller des Opernhauses war ebenso labyrinthisch wie das Erdgeschoss – und noch dazu höchst ungemütlich.

Die nette Britta hat gesagt, dass ich in zwei Minuten da bin, vergegenwärtigte sich Paul, als er an einer Art Kreuzung stand, von der aus es in drei Richtungen weiterging. Vergeblich suchte er nach Hinweisschildern.

»Entschuldigung«, fragte er einen Mann in Schreinerkluft, der mehrere Pressspanplatten auf seinem Rücken schleppte. »Können Sie mir sagen, wie ich zur Probebühne 2 komme?«

Der Handwerker hielt kurz inne, deutete fahrig auf den dritten Gang und setzte seinen Weg grummelnd fort.

»Danke!«, rief ihm Paul nach und ging weiter. Der Gang zog sich in die Länge und führte dabei um mehrere leichte Kurven. Längst hatte Paul das Gefühl dafür verloren, wo er sich befand und in welche Himmelsrichtung er unterwegs war. Da von dem Gang aber keinerlei Türfluchten abzweigten, konnte er sicher sein, dass er auf dem richtigen Weg war.

Der Flur endete jäh vor einer soliden Feuerschutztür. »Wenn die jetzt abgeschlossen ist ...«, dachte Paul laut. Doch hier war sein Pessimismus unangebracht, denn die Tür ließ sich ohne Probleme öffnen. Es folgte ein weiterer, jedoch wesentlich kürzerer Gang mit hoher Decke. Aus der nackten

Backsteinmauer standen Rohre hervor, Licht kam nur von ein paar lieblos angebrachten Glühbirnen. Der Korridor endete an der nächsten Tür, die nur etwa fünf Meter entfernt war. Hinter dieser zweiten Tür vermutete Paul das Treppenhaus, das hinauf zu den Probebühnen führte. Er schaute auf seine Armbanduhr: Er hatte vier anstelle von zwei Minuten bis hierher benötigt. Aber er war immer noch in der Zeit.

Forschen Schrittes ging Paul auf die Tür zu, als er hinter sich einen lauten Schlag hörte und leicht zusammenzuckte. Er blickte sich um und stellte fest, dass die andere Tür zugefallen war. Erstaunlich, denn er hatte vorher keinen Luftzug wahrgenommen. Während er noch darüber nachdachte, hörte er das Rasseln eines Schlüsselbundes. Versperrte da etwa jemand den rückwärtigen Ausgang?

Das war seltsam, aber Paul machte sich keine übermäßigen Sorgen, denn der Weg nach oben lag ja vor ihm. Als er die Tür zum Treppenhaus erreichte, drückte er beherzt die Klinke. Er erwartete, dass sie nachgeben und die Tür sich öffnen würde. Aber da hatte er sich getäuscht. Er konnte die Klinke so oft und so kräftig drücken, wie er wollte – der Ausgang blieb verschlossen. Jemand hatte auch hier abgesperrt.

»Soll das ein schlechter Witz sein?«, redete Paul ins Leere. Er machte kehrt und versuchte sein Glück noch einmal an der rückwärtigen Tür. Leider mit demselben Ergebnis: verschlossen.

»Hahaha, ich lach mich tot!« Paul spürte, wie der Zorn in ihm aufstieg. Gepaart mit einer klaustrophobischen Sorge, den Gang so bald nicht verlassen zu können.

Erneut probierte er es bei der vorderen Tür. Immer noch kein Glück. Allmählich wurde ihm mulmig zumute. Er griff in seine Jackentasche und suchte nach seinem Handy. Es war zwar etwas albern, um Hilfe zu rufen, wenn man gerade mal fünf Minuten in der Klemme steckte. Aber das war ihm egal. Er würde die Zentralnummer des Opernhauses wählen und nach dem Hausmeister verlangen. Oder vielleicht direkt bei Jürgen Klinger anrufen, der sicher schon auf ihn wartete?

Völlig egal, denn wie er schnell feststellte, gab es in den Katakomben des Opernhauses keinen Empfang. Nicht einmal für einen einzigen Balkenausschlag auf dem Display reichte es.

Das war ja wirklich eine blöde Situation! Paul dachte an den Bühnenarbeiter, den er vorhin nach dem Weg gefragt hatte, und überlegte, wie lange es wohl dauern würde, bis wieder jemand durch diesen Gang käme. Wenn er Pech hatte, könnte das Stunden dauern. Sein neuer Auftraggeber würde ja einen schönen Eindruck von ihm bekommen! Verärgert trat Paul gegen eine schäbige Sockelleiste. Was nun?

Noch war ihm nichts eingefallen, als er plötzlich im Dunkeln stand: Die Deckenbeleuchtung war erloschen – es war stockfinster um ihn herum.

»So ein verfluchter ...« Paul schimpfte ungehemmt, als er sich an der rauen Wand entlangtastete, um den Lichtschalter zu finden. Er ging zunächst in Richtung des Zugangs, durch den er den Flur betreten hatte. Zu seinem Leidwesen fand er aber weder auf der rechten noch auf der linken Seite einen Schalter. Abermals stieß er einen Fluch aus und machte sich tastend und stockend auf den Weg zur anderen Seite.

Er war etwa bis zur Hälfte gekommen, als er wieder ein Geräusch hörte. Es war das Quietschen eines Türscharniers. Paul blieb stehen und lauschte in die Stille.

»Hallo?«, rief er, als sich nichts rührte. »Ist da jemand?« Niemand antwortete.

Hatte er sich das Quietschen nur eingebildet? Egal. Paul setzte seinen Weg langsam und vorsichtig fort. Er war nur noch wenige Schritte von der zweiten Tür entfernt, als er erneut innehielt. Ihn beschlich das unheimliche Gefühl, dass jemand dicht bei ihm stand. Er hörte ein leises Atmen – es war sehr nahe.

Paul fröstelte. Noch immer war es um ihn herum dunkel wie die rabenschwarze Nacht. Er streckte seine Arme aus und griff ins Leere. Er spürte mit jeder Pore seines Körpers, dass jemand ganz in seiner Nähe sein musste! Doch wo er auch hintastete, er stieß auf keinen Widerstand. Der Fremde war nicht zu fassen.

Paul bekam es mit der Angst zu tun. In geduckter Haltung schlich er weiter. Er wollte jetzt nur noch eines: so schnell wie möglich einen Lichtschalter erreichen! Viel zu dicht drückte er sich dabei an die Wand, sodass sich seine Handflächen schmerzhaft am rauen Verputz rieben. Doch unbeirrt ging er weiter. Das letzte Stück nahm er in flinkeren Schritten.

Diesmal hatte er Glück: Dort, wo er einen Schalter vermutet hatte, ertastete er tatsächlich eine Armatur. Hoffentlich funktionierte der Lichtschalter! Paul legte den altmodischen Hebel um. Schlagartig flackerten die Glühbirnen an der Decke auf und tauchten den Gang in ein nüchternes Licht. Paul sah sich hastig nach allen Seiten um. Er war allein! – Doch die Tür vor ihm war nicht mehr verschlossen. Sie stand weit offen und war am Wandanschlag arretiert.

»Sehr witzig!« Wenn auf diese Weise alle Opernneulinge begrüßt wurden, sprach das Bände, dachte Paul verärgert. Jetzt musste er sich sputen, um die verlorenen Minuten wieder reinzuholen.

Jürgen Klinger war nicht begeistert, dass sein neuer Fotograf sich schon am ersten Arbeitstag verspätete. Anstatt Paul seinen Missmut offen kundzutun, wählte der Dramaturg jedoch einen indirekten Weg: Er richtete sich an die bereits in voller Montur angetretenen und etwas gelangweilt dreinblickenden Akteure auf der Bühne und sagte: »Nicht Talent ist die größte Gabe für die Arbeit in einem Team, nicht das Aussehen und nicht der Charme. Nein, meine Damen und Herren, es ist –

das wissen wir alle – die Pünktlichkeit. Denn sie ist der wichtigste Ausdruck der Kollegialität.«

Paul verzog schuldbewusst das Gesicht. Freunde hatte er sich mit seinem Zuspätkommen wohl nicht gemacht. Verstohlen schaute er sich unter den Anwesenden um: Ein Gnom mit nervösem Augenzucken sah verärgert auf seine Armbanduhr. Zwei junge Damen, die sich am Schminktisch gegenseitig überboten hatten, gaben ihm mit Blicken zu verstehen, dass er so ziemlich das Letzte war. Einer der Akteure las in seinem Textbuch und schaute nicht zu ihm auf, ein anderer brachte seinen Unmut offen zum Ausdruck, indem er Paul kopfschüttelnd ansah.

Unverhofft bekam er jedoch Hilfe: »Schwing keine Reden, Jürgen!« Der agile, schmal gebaute Mann mit dem wallenden weißen Haar, der Paul bereits am Tatort aufgefallen war, drängte den eineinhalb Köpfe größeren Dramaturgen beiseite. »Wir müssen weitermachen, Kinder! Alle auf ihre Positionen!«

Seinem Auftreten nach musste es sich um Ricky Haas handeln, den Regisseur. Aus der Art und Weise, wie er mit seinem Kollegen Klinger umsprang, meinte Paul schließen zu können, dass er den Marketingmann und dessen Wesensart nicht besonders schätzte.

»Nicht so hastig«, setzte sich Klinger zur Wehr und erkämpfte sich seinen exponierten Platz vor der Probebühne durch schieren Einsatz seiner Körpermasse zurück. »Zuerst sind wir mit den Fotos dran. Die Presse braucht Aufnahmen für die Ankündigung der Premiere.«

»Ihr hattet eure Chance«, schimpfte Ricky Haas. »Heute haben wir keine Zeit mehr für die Knipserei. Meine Inszenierung geht vor!«

»Das werden wir ja sehen«, dröhnte Klinger und verschränkte die Arme vor der Brust. »Du weißt ganz genau, dass der GMD Wert auf gute Publicity legt. Ohne Fotos keine Werbung. Ohne Werbung keine Besucher.«

»Der Generalmusikdirektor kann mich kreuzweise, wenn es um *meine* Inszenierung geht! Und das, mein Lieber, weißt *du* ganz genau!«

Da sich der Streit in die Länge zog, ging Paul dazu über, erneut die Reaktion der immer noch wartenden Darsteller, Techniker und anderen Helfer zu beobachten. Noch immer wirkten sie genervt und gelangweilt zugleich. Allem Anschein nach waren sie dieses Kompetenzgerangel gewöhnt, denn sie nahmen kaum Notiz von der Auseinandersetzung der beiden. Einige gingen dazu über, ihre Partien zu üben, andere bereiteten sich gedanklich wohl schon auf die Pause vor.

Paul wäre keine Wette eingegangen, wer von den zwei Streithähnen als Sieger aus dem Disput hervorgehen würde. Schließlich erwies sich aber Ricky Haas als zäher. Klinger räumte das Feld, mit vor Wut rosa schimmernden Wangen und Paul im Schlepptau.

Kaum waren sie außer Hörweite der anderen, fuhr er Paul an: »So etwas möchte ich nicht noch einmal erleben. Haben wir uns verstanden?«

»Das war ja deutlich genug«, antwortete Paul.

»Warum sind Sie so spät aufgekreuzt und haben uns warten lassen?«, ließ Klinger nicht locker.

Paul verschwieg ihm die Begebenheit im Keller, weil er sich nicht vollends der Lächerlichkeit preisgeben wollte. Stattdessen schlug er vor: »Tun Sie mir den Gefallen und vergessen Sie die Sache. Ich gebe Ihnen mein Wort, dass ich das nächste Mal pünktlich zur Stelle bin.«

Klinger musterte ihn von oben bis unten, wie er es schon bei ihrer ersten Begegnung getan hatte. Dann wandte er sich abrupt ab und murmelte. »Meinetwegen. Aber ich muss mich künftig auf Sie verlassen können.«

»Ich werde Sie nicht enttäuschen«, versicherte Paul. »Sie können mir glauben, dass ...« Weiter kam er nicht, denn Ricky Haas näherte sich ihnen in flottem Schritt und mit wehendem

Haar. Er schien seine Probe unterbrochen zu haben, um noch ein Hühnchen mit Klinger zu rupfen.

»Klinger, wir müssen reden!«, sagte er mit einer Entschiedenheit, die keinen Widerspruch zuließ. Der deutlich kleinere und zierlichere Haas wippte auf seinen Fußsohlen, eine halbe Portion neben dem massigen Klinger.

Paul verstand, dass seine Anwesenheit nicht länger erwünscht war, nuschelte einen Abschiedsgruß und ging. Aber nur bis um die nächste Ecke. Dort blieb er stehen und konnte verfolgen, wie der Streit in eine neue Runde ging:

»Ich weiß genau, was du bezweckst. Aber bilde dir ja nicht ein, dass du damit durchkommst!«, zeterte Haas los.

»Keine Ahnung, wovon du sprichst«, ließ ihn Klinger abprallen.

»Wovon ich spreche? Von deinem neuen Anhängsel, dem Fotografen. Es liegt auf der Hand, weshalb du es so eilig hattest, Baumanns Stelle zu besetzen: Damit du jemanden unterbringst, den du für deine Zwecke instrumentalisieren kannst.«

»Red doch keinen Unsinn!«

»Unsinn? Glaubst du, es wäre mir nicht aufgefallen, wie du in letzter Zeit mehr und mehr Leute um dich scharst, die dir gewogen sind?«

»Fängt das schon wieder an?« Klinger klang genervt. »Möchtest du mir mal wieder unterstellen, dass ich unseren Geschäftsführenden Direktor beerben will und für den anstehenden Machtkampf meine Schützen in Position bringe?« Klinger lachte hämisch.

»Trefflicher hätte ich es nicht formulieren können!«

»Du dramatisierst, Haas. Verwechsle die Realität nicht mit einer deiner Inszenierungen. Und erzähl mir nicht, dass du nicht ähnliche Karrierepläne schmiedest. Wenn der Geschäftsführende Direktor nächstes Jahr in Rente geht, wirst du der Erste sein, der den Finger hebt und ›Hier! Hier!‹ schreit. Auch wenn dir jede Qualifikation für eine solche Position fehlt.«

»Das ist eine gemeine, gehässige Unterstellung!«, ereiferte sich Haas.

»Die dich nur trifft, weil sie stimmt.«

Paul konnte nicht länger zuhören, weil eine Truppe Komparsen auf ihn zukam und ihn mit neugierigen Blicken musterte. Er versuchte, möglichst unbefangen zu wirken, und verließ gemeinsam mit ihnen den Trakt.

6

Jan-Patrick hatte kleine Augen mit großen Ringen darunter – der Tribut des Spitzenkochs an einen Sechzehnstundentag? Oder lag es am Nachwuchs, der jede Nacht krähte? Paul war sich nicht ganz sicher, als er sich am Abend bei seinem Freund im *Goldenen Ritter* zum Essen einlud, um Ablenkung von den Aufregungen des Tages zu finden. Sicher hingegen war er in seiner Meinung über den Menüvorschlag des Küchenmeisters.

»Klingt köstlich«, frohlockte Paul und nahm an seinem Stammplatz direkt neben dem Kücheneingang des urigen Altstadtlokals Platz. Jan-Patrick hatte einen neuen gastronomischen Schwerpunkt gesetzt, frei nach dem Motto »Zurück zur Natur«. Der quirlige Koch wollte sich fortan der Wald- und Wiesenküche widmen, und das nahm er durchaus wörtlich.

»Darf ich dich mit Nesselmaultaschen verwöhnen?«, flötete Jan-Patrick und erklärte im Säuselton: »Für die Füllung nehme ich eine Handvoll zarter junger Brennnesselblättchen, vermenge sie mit Nesselblüten und kleingehackten grünen Haselnüssen, etwas Butter, Quark ...«

»Du bist verrückt«, entfuhr es Paul. »Wie kommt man bloß auf solche Ideen?«

Jan-Patrick grinste – eindeutig selbstzufrieden trotz der Müdigkeit, fand Paul. »Die Konkurrenz schläft nicht. Man muss sehen, dass man seine Kundschaft bei Laune hält. Die ist mittlerweile nämlich ziemlich anspruchsvoll.«

»Brennnesseln, grüne Nüsse ... – sag mal: Woher beziehst du deine Rohstoffe? Doch wohl kaum vom Großmarkt.«

Der Koch freute sich augenscheinlich über diese Frage. »Nein, da ist mehr Kreativität gefragt. Nehmen wir zum Beispiel Löwenzahn: Die mildesten Blätter gedeihen auf Maulwurfshügeln. Oder Brunnenkresse: Sie fühlt sich am wohlsten an sauberen, fließenden Gewässern. Den Kleinen Wiesenkopf oder auch Pimpernell erkennst du an seinen eiförmig-ovalen und stark gezackten Blättern, wenn du beim Spazierengehen die Augen offen hältst. Und beim Giersch ist es wichtig, dass du die Babyblättchen pflückst, sobald sie aus der Erde spitzen.«

Paul war bass erstaunt, welche Wissensflut da auf ihn einströmte: »Du bist gerade erst Vater geworden. Woher nimmst du neben der Küchenarbeit die Zeit, im Wald nach Maulwurfshügeln und winzigen Blättern zu suchen?«

»Nun«, Jan-Patrick hüstelte, »ein wenig delegieren muss man schon.«

»Das heißt im Klartext?«

»Es heißt, dass mein Azubi schon seit dem Frühjahr beim morgendlichen Joggen durch den Reichswald ein kleines Körbchen unter dem Arm trägt. Seine Ausbeute wird frisch verarbeitet oder für die spätere Verwendung eingefroren, so wie die Nesselblüten.«

»Über diese Mehrbelastung ist er sicherlich begeistert«, spottete Paul.

»Willst du nun die Maultaschen oder nicht?«

»Ja ja, ich nehme sie. Dazu ein Gläschen vom Hauswein, bitte.«

»Geht klar.« Bevor Jan-Patrick in der Küche verschwand, erkundigte er sich: »Warum bist du eigentlich hier? Nur zum Essen?«

»Hauptsächlich ja. Aber ich bin auch verabredet.« Er sah auf seine Armbanduhr. »Hannah sollte eigentlich schon da sein.«

»Du triffst dich mit Hannah? Was heckt ihr beiden denn schon wieder aus?«, wollte der Koch wissen.

Paul wiegelte ab: »Das braucht dich nicht zu interessieren. Jedenfalls geht es nicht um einen Kriminalfall, wenn du darauf anspielst.«

Hannah tauchte mit einer für ihre Verhältnisse geringen Verspätung auf. Sie war leger gekleidet wie meist. Als sie sich nach kurzer Begrüßung zu ihm setzte, löste sie ihr Haargummi und schüttelte ihre Lockenmähne aus. »Puh! Noch ganz schön warm für die Jahreszeit, was? Ich bin mit dem Fahrrad gekommen.« Ihre blauen Augen tasteten Pauls Gesicht prüfend ab. »Was gibt es denn so Wichtiges? Weshalb wolltest du mich sehen? Plagt dich das schlechte Gewissen wegen deines heimlichen Sauna-Dates?«

Paul beschloss, die Getränke abzuwarten. Erst nachdem diese serviert waren, erklärte er mit gedämpfter Stimme: »Ich muss deine Mutter unter vier Augen sprechen.«

»Warum verabredest du dich dann mit mir und nicht mit ihr?«, fragte Hannah verständnislos.

»Weil …« Paul suchte nach den passenden Worten. »Ich brauche ein wenig Zeit mit ihr allein. Du kennst deine Mutter doch am besten: Vielleicht hast du einen Tipp für mich, wie ich das am schlauesten anstelle.«

»Geh in ihr Büro beim Oberlandesgericht. Wenn sie die Tür hinter euch zumacht, seid ihr völlig ungestört.«

»Nein. Zu unpersönlich.«

»Dann trefft euch meinetwegen bei ihr zuhause. Oder bei dir. Was ist daran denn so kompliziert?«

»Im Prinzip gar nichts. Aber gibt es nicht vielleicht einen Ort, der ihr besonders viel bedeutet und der gleichzeitig etwas abgelegen ist? Ich möchte, dass uns wirklich niemand dazwischenfunkt, wenn ich ihr …«

Hannah rückte mit ihrem Stuhl näher heran. »Willst du ihr einen Antrag machen?«, fragte sie und machte große Augen.

»Nicht so laut!« Paul sah sich beunruhigt nach den anderen Gästen um. »Es soll doch eine Überraschung werden.«

»Hätte nie gedacht, dass du dich einmal dazu aufraffen würdest«, meinte Hannah. Dennoch war ihr deutlich anzumerken, dass sie sich über diese Neuigkeit sehr freute. »Wenn du einen Tipp von mir willst: Lade sie an einen Ort ein, wo euch möglichst keiner kennt und wo es kein Mobilfunknetz gibt. Dann hast du vielleicht die Chance, zehn Minuten störungsfrei mit Frau Oberstaatsanwältin zu plaudern.«

Paul sah sie ratlos an: »Aber wo, bitte schön, soll dieser Ort sein?«

Hannah sah nachdenklich drein. »Keine Ahnung«, sagte sie schließlich. »Du musst dir halt was einfallen lassen.«

»Toller Ratschlag«, murrte Paul. »Darauf wäre ich auch allein gekommen.«

Die Maultaschen wurden mit einem Schälchen zerlassener Butter serviert und waren tatsächlich ein Gedicht. Paul nahm sich vor, bei nächster Gelegenheit mehr von Jan-Patricks Wald- und Wiesen-Karte zu probieren.

»Sag mal«, begann Hannah kauend ein neues Thema. »Stimmt es, was aus der Gerüchteküche zu hören ist? Du arbeitest neuerdings für die Städtischen Bühnen?«

»Nicht für den ganzen Theaterbetrieb. Nur für die Oper«, schränkte Paul ein.

»Schönes Betätigungsfeld«, kommentierte Hannah, »eine nette Herausforderung. Aber kennst du dich in diesem Metier überhaupt aus?«

»Ich bin ja nur der Fotograf«, versuchte sich Paul im Tiefstapeln, um eine Diskussion über das Thema zu vermeiden, die nur seine Wissenslücken entblößen würde.

»Auch der Fotograf sollte eine Ahnung von dem haben, was er fotografiert.« Hannah schob tatenfroh ihre Ärmel zurück. »Lass uns Günther Jauch spielen. Ich stelle dir ein paar Fragen, und du versuchst, das Beste daraus zu machen.«

»Muss das sein?« Paul war wenig begeistert über diesen Vorschlag.

»Frage eins: Wer komponierte den *Lohengrin*?«

»Das gehört zum Allgemeinwissen des Franken: Wagner natürlich.«

»Frage zwei: Was weißt du über den Inhalt?«

Paul zögerte. »Den Inhalt? Nun, da war doch etwas mit

einem Schwan und einem Ritter auf der Suche nach dem Heiligen Gral ...«

Hannah lachte auf: »Ich wusste, du brauchst Nachhilfe! Nein, das war sein Vater Parsifal, darüber gibt's auch eine Oper. Parsifal hat den Gral dann aber gefunden, und Lohengrin ist nur noch einer der Gralswächter. Also, pass auf: *Lohengrin*, das ist im Grunde genommen Mystery pur. Sohn und Tochter des gerade verstorbenen Herzogs von Brabant gehen im Wald spazieren, aber nur die Schwester Elsa kehrt zurück. Die wird daraufhin angeklagt, ihren Bruder gemeuchelt zu haben, um das Herzogtum zu bekommen. Da es in der Oper keinen Paul Flemming gibt, der den Fall klären könnte, muss ein Gottesurteil her: Zwei Ritter sollen kämpfen, und wenn Elsas Ritter gewinnt, ist sie unschuldig. Es findet sich aber keiner, der für sie kämpfen will. Und jetzt kommt der Schwan ins Spiel: Der zieht ein ganzes Boot hinter sich her. In dem sitzt, in vollem Blech, Lohengrin, auf Urlaub vom Gralshüten. Er kämpft für Elsa, gewinnt, und – klar! – Heirat inklusive. Daher der bekannte Hochzeitsmarsch. Klingt nach Happy End, aber von wegen: Bedingung für Lohengrins Hilfe ist, dass Elsa ihn nie fragen darf, wo er eigentlich herkommt. Aber – auch klar! – sie macht es doch, die dumme Kuh, woraufhin alles den Bach runtergeht. Mein lieber Schwan, was für ein Elend.« Ganz nebenbei, als wäre es nichts, fügte Hannah hinzu: »Jede Figur hat ein eigenes Erkennungsmotiv, das Musikdrama ist berühmt für seine originellen musikalischen Einfälle. Bei einer Spieldauer von mindestens vier Stunden ist das Stück allerdings nur etwas für beinharte Wagner-Fans.«

»Ach?« Paul sah Hannah mehr als erstaunt an.

»Frage zwei: Wie heißt Giuseppe Verdis populärste Oper?«

Paul dachte intensiv nach. Verdi ... – wie hieß doch gleich diese bekannte ...

»*Nabucco* wäre eine Möglichkeit gewesen und natürlich *Aida*. Darauf hättest du kommen müssen!«, tadelte Hannah.

»*Aida* wurde 1871 anlässlich der Eröffnung des Suezkanals uraufgeführt. Verdi ist dabei die perfekte Mischung aus Gefühl und Action gelungen. Die Oper ist voll von Ohrwürmern: die Nil-Arie, der Triumphmarsch, das Todesduett am Ende. *Aida* ist gleichzeitig eine pompöse Ausstattungsoper und tief bewegend in der Figurenzeichnung. Nur ganz wenige Opern sind dermaßen brillant. Mitreißende Chöre und die Integration von orientalischen Klängen ... Das absolute Highlight ist die Arie *Holde Aida* – das ist wahre Weltmusik!«

Paul blickte seine Tischnachbarin offen an. »Hannah, du verblüffst mich. Erst neulich hat sich Victor Blohfeld als Kenner der klassischen Musik entpuppt. Nun das Gleiche von dir. Kennst du dich wirklich so gut aus?«

Hannah grinste ihn selbstbewusst an. »Teste mich!«, forderte sie ihn auf.

»Also gut ...« Paul dachte nach. Er suchte nach einem angestaubten Stück, für das sich Hannah ganz sicher nicht begeistern konnte. »Nehmen wir mal den *Rosenkavalier* von Richard Strauss. Was kannst du mir darüber sagen?«

»Erstaunlich, dass dir bei Verdi die *Aida* nicht eingefallen ist, du aber den *Rosenkavalier* kennst. Aber gut, wenn das eher deine Geschmacksrichtung ist, soll's mir recht sein.« Sie zögerte nicht eine Sekunde: »Ein junger Typ liebt eine ältere Frau. Oder doch die Jüngere? Es ist nicht ganz klar. Diese Musikkomödie hält einige Überraschungen parat. Musikalisch allerdings gäbe es heute Ärger: Hat Strauss bei Mozart abgekupfert? Was soll's, mittlerweile zitieren ja viele Komponisten schamlos ihre Vorbilder.«

Paul war ehrlich beeindruckt. »Du bist wirklich spitze. Alle Achtung! Aber nun raus damit: Wann hast du dir dieses Wissen angeeignet?«

»Ist schon eine Weile her. Sozusagen in einem früheren Leben. Oder glaubst du vielleicht, ich hatte schon immer vor, BWL zu studieren?« Sie schüttelte heftig den Kopf und ließ ihre Locken wippen. »In der Schule war ich in der Theater-AG, und Musik hatte ich als Leistungskurs. Am liebsten hätte ich auch mein Studium so ausgerichtet, aber Mama bestand darauf, dass ich mich entweder bei den Juristen oder wenigstens bei den Betriebswirtschaftlern einschreibe. Und wieder hat das Schicksal ein großes, verkanntes Talent einfach links liegen lassen.«

»Du brichst mir das Herz«, spöttelte Paul im gleichen Tonfall, schloss jedoch gleich ein Lob an: »Wenn ich Blohfeld und dir beim Fachsimpeln zuhöre, komme ich mir wie ein Kulturbanause vor.«

Hannah sah ihn prüfend an. Dann sagte sie, ohne mit der Wimper zu zucken: »Einsicht ist der erste Schritt zur Besserung. Es wird Zeit, dass du dich intensiver mit deiner neuen Materie beschäftigst.«

Sie plauderten und flachsten noch eine Weile munter weiter, bis Hannah Anstalten machte, sich zu verabschieden. Paul rang mit sich, ob er ihr von seinem Erlebnis im Untergeschoss des Opernhauses berichten sollte. Würde sie ihn ernst nehmen oder auslachen? Doch dann gab er sich einen Ruck und erzählte von den bangen Minuten im dunklen Kellergang.

Hannah hörte aufmerksam zu. Je länger Paul redete, desto breiter wurde ihr Grinsen. »Du befasst dich einfach viel zu viel mit Kriminalfällen und witterst überall das Böse«, befand sie. »Für das alles gibt es doch ganz vernünftige Erklärungen. Das Licht ist ausgegangen, weil im Keller vermutlich Zeitschalter eingebaut sind, damit die Lampen nicht den lieben langen Tag brennen, wenn jemand vergisst, sie auszuknipsen. Die Tür war wahrscheinlich gar nicht verschlossen, sondern hat nur geklemmt. Ja, und dein Phantom war vermutlich bloß der Luftzug, der entstand, als die Tür wieder aufsprang.«

»Nein, nein«, widersprach ihr Paul. »Ich bin ganz sicher, dass sich jemand in dem Flur aufgehalten hat. Ich habe es förmlich gerochen!«

»Gerochen? Soso. Ein Phantom mit Mundgeruch, oder hatte es sich parfümiert?«

»Mach dich nur lustig.« Paul bereute es nun doch, sie ins Vertrauen gezogen zu haben.

Hannah bemerkte seinen Missmut und klopfte ihm aufmunternd auf die Schulter. »Keine Sorge, ich erzähl's niemandem weiter.« Wieder etwas ernsthafter fuhr sie fort: »Wenn du partout davon überzeugt bist, dass dich jemand in eine Falle gelockt hat, frage ich mich: Wer sollte das denn gewesen sein? Etwa das junge Mädel, das dir den Weg beschrieben hat?«

»Britta, die Sängerin? Wohl kaum. Ich würde eher vermuten, dass jemand unser Gespräch belauschte und mir dann gefolgt ist. Die Kantine war proppenvoll, und die Tische stehen dort dicht beieinander. Es gab Dutzende freiwillige oder unfreiwillige Zuhörer.«

»Dann wird es schwierig, deinen unheimlichen Schatten zu identifizieren. Es bleibt vorerst also doch beim Phantom.«

7

Paul setzte alles daran, am nächsten Tag überpünktlich auf Probebühne 2 zu erscheinen. Einen weiteren Rüffel seines Chefs wollte er um jeden Preis vermeiden. Er war angehalten worden, ab jetzt die hauseigene Fotoausrüstung anstelle seiner eigenen zu verwenden. Daher musste er vor seinem Einsatz auf der Probebühne noch schnell im Büro seines Vorgängers vorbeischauen und sein Equipment zusammenstellen. Dieses Büro, das noch über eine angeschlossene Dunkelkammer aus alten Zeiten verfügte, hatte er bisher nur einmal betreten und seinen Aufenthalt dort auf ein Minimum beschränkt, denn er hatte ein flaues Gefühl bei dem Gedanken, dass er quasi im Revier eines anderen wilderte, wenn er dessen Raum und Ausrüstung einfach so nutzte.

Doch so war nun mal der Gang der Dinge, und Paul verscheuchte diese Bedenken aus seinem Kopf. Er hatte das Zimmer am Ende eines Seitenflügels bald erreicht und nestelte nach dem Schlüssel, den man ihm schon am ersten Tag übergeben hatte. Da bemerkte er, dass die Tür nur angelehnt war. Er wunderte sich ein wenig über diese Nachlässigkeit, denn immerhin lagerten in dem Raum Fotoausrüstungen im Wert von einigen tausend Euro. Er gab der Tür einen leichten Schubs und wollte gerade eintreten, als er mitten in der Bewegung innehielt. Hatte er eben ein Geräusch aus dem Raum gehört?

Sehr langsam ging Paul weiter und sah sich in Baumanns Quartier um. Es war ein alles in allem unordentliches und recht schmuddeliges Büro. Die Reinigungskräfte hatten offensichtlich schon vor geraumer Zeit vor diesem Raum kapituliert, denn sonst wäre es kaum erklärlich gewesen, dass auf einem Sideboard noch die leeren Verpackungen eines Fastfood-Menüs lagen. Paul suchte weiter nach der Quelle des Geräuschs, konnte zunächst aber nichts finden.

Als er sich schulterzuckend daran machte, eine abgenutzte Fototasche mit zwei Kamerabodys, Blitzlicht und mehreren Objektiven zu füllen, erstarrte er. Da war doch wieder etwas zu hören! Ein Rascheln und zwischendurch ein leises Rumpeln. Er stand angespannt mitten im Büro und spitzte die Ohren. Kurz darauf hatte er die Quelle lokalisiert: die Dunkelkammer.

Paul schlich zu dem dicken schwarzen Vorhang, der das Büro von der Kammer trennte. Er schob ihn zur Seite und sah mit Befremden einen großen, korpulenten Mann, der mit fahrigen Bewegungen einen Stapel Papiere durchwühlte. Was machte Klinger da?

Wie Paul schnell erkannte, hatte sein Vorgänger die nicht mehr benötigte Dunkelkammer in eine Art Archiv umfunktioniert. Stapelweise lagen Fotoabzüge, Negativmappen, Programmhefte sowie reichlich Rechnungen und andere Dokumente herum. Ein heilloses Chaos! Auf was genau es Klinger abgesehen hatte, konnte Paul nicht beurteilen.

Da der Dramaturg so beschäftigt war, dass er ihn nicht bemerkte, hustete Paul dezent in seine Faust. Augenblicklich drehte sich Klinger zu ihm um und starrte ihn an. Er sah erschrocken aus, und seine Körperhaltung verriet, dass er sich ertappt fühlte. Aber dieser Eindruck hielt kaum eine Sekunde an. Klinger fand sehr schnell seine Fassung wieder und zwang ein überlegenes Lächeln auf sein feistes Gesicht.

»Herr Flemming«, sagte er nun beinahe belustigt. »Heute zur Abwechslung mal pünktlich?«

Paul lag die Frage auf der Zunge, was Klinger in Baumanns Räumen zu suchen hatte, er verkniff sie sich aber. Stattdessen sagte er: »Das habe ich Ihnen ja zugesichert. Auf mich ist Verlass.« Er deutete auf die Kameratasche, die er über der Schulter hängen hatte. »Ich habe nur noch schnell die passende Ausrüstung zusammengestellt.«

»Prima«, lobte Klinger und nickte in Richtung des Ausgangs. »Dann wollen wir keine Zeit verlieren. Auf geht's!«

»Okay«, sagte Paul. Er hielt den Vorhang auf, sodass sein Chef die Dunkelkammer verlassen konnte. Da er aber nicht gleich kam, warf Paul noch einen kurzen Blick nach hinten. Dabei registrierte er eine blitzschnelle Bewegung von Klingers rechter Hand: Irgendetwas hatte er sich in die Tasche seines Jacketts gesteckt.

Die heutige Stellprobe fand zu Pauls Enttäuschung ohne Maske und Kostüme statt. Die Fotos, die er schoss, würden letztlich also zu nichts nütze sein. Denn weder für die Schaukästen noch für die Programme oder zur Weitergabe an die Presse waren sie zu gebrauchen. Als er Klinger gleich zu Beginn der Aufnahmen darauf aufmerksam machte, sagte dieser nur lapidar: »Das dient der Übung. Bei der Gelegenheit können Sie sich schon mal die besten Positionen aussuchen und vormerken.« Dann ging er.

Paul betrachtete seinen Einsatz eher als Arbeitsbeschaffungsmaßnahme. Klinger wollte so viel wie möglich aus dem vereinbarten Festhonorar herausholen und Paul lieber für die Katz arbeiten lassen als ihm frei zu geben. Als er merkte, dass die Mimen auf der Bühne seine Auffassung teilten und sich durch seine Knipserei sogar in ihrer Konzentration gestört fühlten, wurde es Paul zu dumm. Zumal eine unscheinbare Nebendarstellerin mit kurzem, braunen Haar Paul als Demonstrationsobjekt auserkor und sich ihm wie aus heiterem Himmel mit theatralischer Geste vor die Füße warf. Ohne jede Vorwarnung begann sie herzergreifend zu schluchzen, schlug mit den Fäusten auf den Bühnenboden und jammerte mit erstickter Stimme: »Dieser Fotograf – er zerstört alles! Er vergiftet die Atmosphäre, nimmt mir die Luft zum Atmen! Freunde, haltet zusammen! Ergreift ihn! Entfernt ihn von hier!« Gleich darauf stand sie wieder aufrecht und sah ihn herausfordernd an.

Paul war es nicht gewohnt, mit Menschen umzugehen, die sich auf eine so exaltierte Weise ausdrückten. Er kapitulierte, steckte die Kamera zurück in die Tasche und erntete dafür kurzen Applaus von einem dickleibigen Sänger, einem übel gelaunten Bariton.

Paul machte sich auf die Suche nach Klinger, denn er wollte ein klares Wort mit ihm sprechen. Er wollte sich nicht vor der Arbeit drücken, aber auch nicht seine Zeit mit nutzlosen Tätigkeiten vergeuden. Dafür war er sich schlichtweg zu schade.

Mit einem kleinen Vorrat aufgestauter Wut verließ er den Probenraum und wechselte in den Verwaltungstrakt. An Klingers Bürotür klopfte er höflich, aber bestimmt und drückte die Klinke. Er steckte seinen Kopf in den Raum. Klingers Schreibtisch war verwaist.

Wo mochte der Dramaturg sein, fragte sich Paul und wollte die Tür bereits wieder schließen, als er Klingers Jackett an einem Kleiderständer in der Ecke des Büros hängen sah. Paul zögerte. Er dachte an den Vorfall in der Dunkelkammer. Sollte er ... – aber nein, das durfte er nicht tun!

In Pauls Kopf kämpften Wünsche und Verbote gegeneinander an. Der Sieger in diesem Streit war jedoch schnell ausgemacht. Paul konnte einfach nicht widerstehen. Auf Zehenspitzen schlich er in den Raum, tastete das Jackett ab, fasste in die rechte Tasche. Er zog ein Papier mit glatter Oberfläche heraus und erkannte ein Programmheft aus einer etliche Jahre zurückliegenden Spielzeit. Paul musterte es ratlos. Warum hatte Klinger das Heft eingesteckt? Und weshalb heimlich, denn Paul sollte es ja offensichtlich nicht mitbekommen?

Er blätterte die schmale Broschüre durch, überflog die Texte und sah sich die Bilder an. Die damaligen Akteure waren ihm größtenteils unbekannt, und die knappen Sätze, mit denen die Inszenierungen beschrieben waren, sagten ihm wenig. Worin also lag die Brisanz dieses Papiers? Erst auf der Rückseite wurde er fündig. Dort hatte jemand etwas notiert. Mit blauem Kugelschreiber und in kleiner Schrift, sodass Paul es beinahe übersehen hätte. Es waren nur einzelne Buchstaben, jeweils mit einem Punkt dahinter. Die Buchstaben waren in Versalien geschrieben und zu Zweierpaaren verbunden.

Paul las leise vor: »R.H.«, »J.K.«, »E.A.« Neben die Buchstabenpaare waren ein Fragezeichen und ein Ausrufezeichen gesetzt worden.

Paul hatte nicht die geringste Ahnung, was diese Notizen bedeuten sollten. Er überlegte hin und her und fragte sich, ob Baumann hier fototechnische Fachausdrücke abgekürzt hatte. Wenn, dann waren es keine, die er kannte.

Ihm wurde mulmig, als ihm wieder einfiel, dass sein Eindringen in Klingers Büro jederzeit bemerkt werden könnte. Es war an der Zeit, das Programmheft zurück in die Jacke zu stecken. Aber noch konnte sich Paul nicht losreißen. Er ging die Buchstaben wieder und wieder durch. Dann schloss er kurz die Augen und seufzte. Fototechnische Fachausdrücke? Manchmal sah man doch den Wald vor lauter Bäumen nicht. Die Kürzel waren sicher Initialen, nichts anderes als abgekürzte Namen.

Nun brauchte Paul auch nicht mehr lange zu überlegen, welche Personen zu den Buchstaben passten: Mit »J.K.« war bestimmt kein anderer als Jürgen Klinger selbst gemeint. Das würde zumindest erklären, warum der Dramaturg das alte Heft interessant genug gefunden hatte, um es einzustecken. Hinter »R.H.« konnte sich möglicherweise Ricky Haas verbergen. Nur mit dem letzten Buchstabenpaar wusste Paul nichts anzufangen. Er kannte niemanden an der Oper, dessen Initialen »E.A.« lauteten. Wen hatte Baumann wohl gemeint? Weshalb hatte er die Kürzel überhaupt auf dem Programmheft vermerkt, und warum fand Klinger das so wichtig?

Bevor Paul weiter über diese Zusammenhänge nachdenken konnte, musste er sich in Sicherheit bringen – auf dem Gang hörte er jetzt Schritte. Paul ließ das Programmheft zurück in Klingers Tasche gleiten, ging auf leisen Sohlen zur Tür und verschwand so unauffällig, wie er gekommen war.

8

Es war ein herrlicher Septembertag, warm und mild, und in der Luft lag die Erinnerung an einen sonnenverwöhnten Sommer. Paul verließ eine gute halbe Stunde vor dem Beginn der nächsten Fotoprobe seine Wohnung am Weinmarkt, nahm die direkte Route quer durch die Altstadt, holte sich unterwegs einen Coffee-to-go von *Mr. Bleck* und war 20 Minuten später am Opernhaus.

Ehe er hineinging, nahm sich Paul Zeit, um die beeindruckende Fassade auf sich wirken zu lassen, denn dieses Gebäude verdiente es, dass man sich mit ihm beschäftigte: Der im Grunde neubarock angelegte Monumentalbau entsprach trotz seiner Größe und Klobigkeit in vielen Einzelformen und Ornamenten doch eher dem Jugendstil. Dem Trutzigen und Pompösen war das Filigrane und Liebliche entgegengesetzt. Baumeister Heinrich Seeling hatte seinerzeit ganze Arbeit geleistet, sinnierte Paul und bewunderte die aufgesetzten Türmchen und Figuren der hohen Giebelfront.

Statt der Abkürzung durch den Keller nahm Paul den zwar umständlicheren, aber sicheren Weg durch den hellen und belebten Flur im Erdgeschoss. Auf die Minute genau traf er an der Probebühne 2 ein – und musste enttäuscht feststellen, dass er so ziemlich der Einzige war, der pünktlich erschienen war. Außer zwei Sängern, die über ihre Noten gebeugt in einer Ecke hockten, und einer Frau mit rötlichem Haar und einem Schminkkoffer in der Hand war noch niemand da.

Paul ging auf die Frau zu, die zu seinem Befremden trotz des strengen Rauchverbots eine Zigarette in der Hand hielt. Paul schätzte sie auf 50 Jahre, vielleicht etwas älter. Sie war fast zwei Köpfe kleiner als er, trug ein goldenes Kreuz über ihrer schwarzen Bluse und kam ihm vage bekannt vor. Vermutlich hatte sie zu den Schaulustigen gehört, die sich nach Norbert

Baumanns Tod am Tatort eingefunden hatten. Vielleicht war sie sogar diejenige, deren Gespräch er danach an der Garderobentür belauscht hatte. »Habe ich mich in der Zeit geirrt oder hat sich der Termin verschoben?«, sprach Paul sie an und stellte sich als der neue Bühnenfotograf vor.

Die Frau ließ ihre halb gerauchte Zigarette zu Boden fallen und trat die Glut mit der Fußspitze aus. »Ich bin die Maskenbildnerin, Paula Dorfner.« Sie streckte ihm ihre Hand entgegen. »Nein, Sie haben sich nicht geirrt. Aber wir sind hier Kummer gewöhnt. Pünktlich sein muss nur die arbeitende Bevölkerung. Für die Herren Dramaturgen gelten andere Gesetze. Die nehmen sich alle Freiheiten raus.«

Das klang überraschend bitter, fand Paul. Er sah ihr ins Gesicht: graue Haut, verkniffene Augen, die nach Pauls Empfinden etwas Boshaftes ausstrahlten und nicht zu dem christlichen Symbol auf ihrer Brust passten. »Kommt es wohl öfter vor, dass man Sie warten lässt?«, fragte er.

»Es ist sogar die Regel«, antwortete Paula Dorfner. Nachdem sie Paul offenbar als harmlos eingestuft hatte und nicht befürchtete, von ihm verpfiffen zu werden, zündete sie sich die nächste Zigarette an.

Es dauerte nicht lange, bis die restlichen Sänger und Darsteller eintrudelten, darunter auch der Star der Truppe, Sopranistin Irena, die Freundin des verstorbenen Norbert Baumann. Paul hatte ja viel von ihr gehört und war entsprechend gespannt darauf, sie nun live erleben zu können.

Die Bezeichnung »abgehalfterte Diva«, die Jasmin Stahl gewählt hatte, traf auf Irenas äußeres Erscheinungsbild voll und ganz zu. Ihr schulterlanges, goldblond gefärbtes Haar umsäumte ein nicht mehr junges, bleiches Gesicht mit großen Augen, die eher leer als traurig wirkten. Ihr Gang war gebeugt, was den Eindruck verstärkte, dass sie ein gebrochener Mensch war. Gleichwohl erwies sich Irena als wandlungsfähig: Kaum hatte sie sich zu ihren Kollegen gesellt, straffte sich ihre Haltung. Sie warf ihr Haar in den Nacken und begann lächelnd zu schwatzen.

Seltsam, dachte Paul, dass sie nach dem Tod ihres Lebensgefährten nicht wenigstens ein paar Tage frei genommen hatte, um abseits des Tagesgeschäfts trauern zu können. Aber vielleicht brauchte sie die Ablenkung, um nicht in ein tiefes seelisches Loch zu fallen. Oder aber sie befürchtete, dass ihre Rolle bei längerer Fehlzeit anderweitig besetzt würde.

»Paula!« Irena winkte die Maskenbildnerin zu sich heran. Diese schnippte widerstrebend die gerade erst angezündete Zigarette beiseite, ergriff ihre Tasche und folgte dem Ruf der Sängerin. »Du hast doch sicher etwas für uns dabei?«, fragte Irena mit glänzenden Augen. »Damit das Warten nicht zu lang wird.«

Wortlos öffnete Paula Dorfner ihre Schminktasche und zauberte zu Pauls Verblüffung eine Piccoloflasche Sekt hervor. Dann reichte sie noch einen kleinen Plastikbecher nach.

»Du bist ein Schatz«, sagte Irena und drückte die Maskenbildnerin kurz an sich. Irena schraubte den Verschluss der kleinen Flasche auf, und Paul meinte zu erkennen, wie ihre Hände dabei zitterten. Sie goss den Becher randvoll und stürzte den Sekt in wenigen schnellen Zügen hinunter. »Möchte von euch auch jemand?«, fragte sie in die Runde, wartete die Antwort aber nicht ab. Blitzschnell hatte sie sich nachgeschenkt und trank den Rest aus. Diese Frau hat ein Problem, dachte Paul bei sich.

Als Ricky Haas endlich auftauchte, hatte sich Paul bereits mehr als eine Stunde im Proberaum aufgehalten. Gern hätte er den Grund für die lange Wartezeit erfahren, doch nach dem Gesichtsausdruck des Regisseurs zu urteilen gab es jetzt wichtigere Dinge. Denn Haas war aschfahl! Seine weißgrauen Haare sahen noch wilder und zerzauster aus als sonst, und seine Stimme versagte ihm fast den Dienst, als er mühsam hervorstieß: »Es ist ... schrecklich ... ganz fürchterlich ...«

Die Schauspieltruppe hing an seinen Lippen, ebenso Paul. Haas kam auf wackeligen Beinen auf sie zu: »Ihr müsst jetzt ganz stark sein, Kinder«, sagte er.

Dies war die Ankündigung einer neuen schlimmen Nachricht, so viel stand für Paul fest.

9

Paul traf zeitgleich mit Haas und den Sängern am Schauplatz des Dramas ein: Wieder handelte es sich um einen Teil des umfangreichen Kulissenlagers. Und wieder war der Tote inmitten von Requisiten und Bühnenteilen einer längst eingestellten Produktion aufgefunden worden.

Jürgen Klinger lag auf dem Bauch, der unter seinem eigenen Gewicht seltsam gequetscht wirkte. Weiße Speckrollen quollen über den Hosenbund. Klingers Hände waren zu Fäusten geballt. Sein Kopf war zur Seite gedreht, die Augen weit aufgerissen. Sein Mund stand wie zu einem Schrei geöffnet. Am Hinterkopf klaffte eine große Wunde, aus der Blut und Hirnflüssigkeit ausgetreten waren und sich mit Splittern der Schädeldecke zu einer grau-weiß-roten Masse vereinten.

Pauls erster Impuls befahl ihm, sich voll Abscheu abzuwenden. Nur wegsehen und nichts mit diesem entsetzlichen Vorfall zu tun haben! Aber er war zu sehr Profi, um jetzt seinem natürlichen Impuls nachzugeben. Mit der gebotenen Achtsamkeit trat er näher an den Fundort der Leiche heran. Näher als alle anderen Anwesenden.

Die Polizei war noch nicht eingetroffen. Wenn die Beamten mit Katinka im Schlepptau erst einmal hier wären, bekäme er eine Fotoerlaubnis bestenfalls nach Abschluss der Spurensicherung und der Untersuchungen des Polizeiarztes. Bis dahin würde man den Leichnam pietätvoll zugedeckt oder schon in einen Behelfssarg gelegt haben. Verwertbare Hinweise auf den Tathergang würden Pauls Fotos zu diesem Zeitpunkt nicht mehr hergeben. Also fackelte er nicht lange, sondern nahm seine Kamera von der Schulter und knipste drauflos.

»Darf der das?« – »Ist das denn erlaubt?«, folgten prompt die Reaktionen der Umstehenden. Paul ließ sich davon nicht abhalten, sondern machte weitere Aufnahmen. Nachdem er mehrmals den ausgestreckten Leichnam fotografiert hatte, konzentrierte er sich auf Details und ließ auch das Bühnenbild nicht aus, in dem sich die Tragödie ereignet hatte.

»Genug!« Dieser Protest kam besonders heftig. Paul ließ seine Kamera sinken und erkannte Ricky Haas. Der Regisseur wirkte aufs Höchste erregt. Er warf Paul vernichtende Blicke zu, seine Hände waren angriffslustig in Pauls Richtung ausgestreckt, die Finger wie zu Krallen gekrümmt. »Was fällt Ihnen ein, in einer solchen Situation zu fotografieren?«

Paul versuchte gar nicht erst, eine Erklärung abzuliefern, sondern zog sich mit einem angedeuteten Bedauern aus der unmittelbaren Nähe des Toten zurück. Und das genau im richtigen Moment, denn ein Trupp Uniformierter eilte an ihnen vorbei. Die Polizeibeamten begannen unverzüglich, die Schaulustigen aus dem Umfeld des Toten zu entfernen. Dabei gingen sie nicht zimperlich vor. Auch Paul wurde unsanft am Arm gefasst und aus dem Lagerraum geschoben.

»Nicht so hastig!«, protestierte er, ohne sich jedoch zu wehren. Denn ihm war klar, dass die Ermittler weder Lust noch Zeit hatten, sich mit Störenfrieden wie ihm abzugeben.

Zurück auf dem Flur rumpelte er, immer noch rückwärts stolpernd, mit jemandem zusammen. Er stieß auf einen weichen, fast molligen Widerstand. »Upps, bitte um Verzeihung«, sagte er und blickte in die Schweinsäuglein einer stämmigen Rettungssanitäterin.

»Sind Sie okay?«, fragte diese, nur um im nächsten Moment an Paul vorbeizublicken. Sie war auf Haas aufmerksam geworden, der von den Polizisten ebenfalls des Raums verwiesen worden war. Der Regisseur wirkte noch immer über die Maßen aufgebracht. Eine schwer zu verkraftende Mischung aus Trauer und Wut schien von ihm Besitz ergriffen zu haben. Die Sanitäterin beobachtete ihn besorgt: »Wie es aussieht, werde ich woanders gebraucht.« Sie schob sich an Paul vorbei und ging mit beschwichtigenden Gesten auf Haas zu.

Obwohl sich die Gruppe vor der Lagerhallentür nur langsam auflöste und immer wieder neue Schauspieler, Bühnenarbeiter, Techniker und Bürohengste aufkreuzten, sah Paul keinen Sinn darin, noch länger zu bleiben. Er ging den Flur entlang, unschlüssig über seine nächsten Schritte. Wie würde es nun für ihn weitergehen? Jetzt, da sein neuer Chef tot war, war womöglich auch der Job weg. Hinzu kam die Frage, was er mit den Fotos anstellen sollte, die er gerade so eigenmächtig und unüberlegt geschossen hatte? Zugegeben: Ein wenig reizte es ihn schon, sie an Blohfeld zu verkaufen. Der Boulevardreporter würde ein hübsches Sümmchen für den Abdruck solcher Exklusivbilder locker machen. Andererseits: Das war nicht Pauls Stil. Und es war auch nicht der eigentliche Beweggrund für Pauls spontanes Handeln gewesen. Nein, er hatte die Bilder einzig und allein gemacht, um sie später in aller Ruhe nach Hinweisen absuchen zu können – nach Hinweisen auf den Täter. Denn da Paul nicht an eine Häufung von Zufällen glaubte, glaubte er folglich auch nicht an einen Unfall. Klinger war ganz offensichtlich erschlagen worden. Die große Wunde an seinem Kopf ließ keine andere Deutung zu.

Als Paul um die nächste Ecke bog, erfüllte ihn der Anblick eines Kaffeeautomaten mit neuer Energie. Ein Cappuccino war genau das, was er jetzt brauchte! Vor ihm waren allerdings noch zwei junge Damen an der Reihe, die gerade ihr Kleingeld herauskramten. »Ach, hallo«, sagte Paul, als er in einer der beiden Britta Kistner, seine Kantinenbekanntschaft, erkannte. Da sie und ihre etwa gleichaltrige Begleiterin bester Dinge schienen, wussten sie offenbar noch nichts von Klingers Tod. Paul hielt es für das Beste, ihnen davon zu erzählen, ehe die Nachricht die Runde machte. Sie würden die schlechte Nachricht sowieso bald erfahren.

»Was? Mein Gott!« Britta presste sich die Hände vors Gesicht, nachdem Paul geendet hatte. »Nun auch Klinger? Ausgerechnet Klinger?«

»Ja. Es tut mir leid.«

»Klinger ... – ich begreife das nicht.« Paul registrierte, wie sich eine feine Schweißnote unter das blumig-sportliche Parfüm der jungen Frau mischte. Sie war blass wie der Tod, als sie fragte: »Sagen Sie, Herr Flemming: Auf Ihrer Kamera ... – sind da etwa Bilder von ...«

Paul nickte verhalten. Er zögerte. Dann hob er die Kamera an, brachte das Display auf der Rückseite zum Leuchten und rief eines der Bilder auf. Keine Nahaufnahme, sondern eine Totale, auf der der Tote nur am unteren Bildrand zu erahnen war. Die Wirkung war dennoch durchschlagend:

»Wahnsinn! Das darf nicht wahr sein!« Britta taumelte zwei Schritte zurück.

Paul sah sie sorgenvoll an. »Ich wollte Sie nicht schockieren. Es war nicht meine Absicht ...«

»Schon gut.« Britta kam wieder näher, ebenso ihre Bekannte. Beide starrten auf den kleinen Bildschirm von Pauls Kamera. Lange Sekunden verstrichen, ohne dass eine der beiden etwas sagte. Als Britta schließlich wieder das Wort ergriff, klang sie gefasster: »Armer Klinger. Er war ein egoistischer, ehrgeiziger und hinterhältiger Mensch. Nur auf seinen Vorteil bedacht. Aber das ...« Sie schüttelte den Kopf. »Das hat er nicht verdient. Wie ist es passiert?«

»Das müssen Sie die Polizei fragen.«

»Wie Sie das betonen, ist es auch dieses Mal kein Unfall gewesen.«

Paul antwortete nicht gleich darauf. Doch die beiden jungen Frauen sahen ihn voll ungeduldiger Erwartung an, sodass er meinte, ihnen die Auskunft einfach nicht vorenthalten zu können: »Klinger wurde mit zertrümmertem Schädel aufgefunden.«

»Hat sich vielleicht ein Teil der Bühnentechnik gelöst oder ist eine Kulissenwand auf ihn gestürzt?«, fragte Britta Kistners Begleiterin etwas unbedarft.

»Nichts dergleichen. Zumindest war rund um den Toten nichts zu sehen, was darauf hindeutet«, sagte Paul und wartete auf eine weitere Reaktion seiner Gesprächspartnerinnen.

»Dann bleibt nur Vorsatz«, meinte Britta Kistner tonlos. Sie betrachtete das kleine Bild auf dem Kamerarücken abermals eingehend, und ihre Augen waren vor Entsetzen geweitet.

Auch ihre Begleiterin sah genau hin. Dann sagte sie unvermittelt: »Im Hintergrund – das ist das Bühnenbild von *Elektra*!«

Paul sah sie fragend an. »Und hat das eine Bedeutung?«, wollte er wissen.

Die junge Frau blickte ihn aus flackernden Augen an und presste die Lippen aufeinander. Dann erklärte sie knapp: »Strauss hat in dieser Oper einen Bühnentod vorgesehen, der Ihrem Foto genau entspricht.«

»Na ja«, widersprach ihr Britta, »ein Bühnentod ist es eigentlich nicht, oder?«

»Hast recht«, gab die andere zu. »Dann ist das sicher Quatsch ...«

»Sagen Sie es trotzdem«, drängte Paul. »Was haben Sie eben gemeint?«

»Also, es ist kein Tod auf offener Bühne«, erklärte Brittas Kollegin, »aber während Elektra draußen wartet, geschieht im Inneren des Palastes der Mord – Ägisth wird erschlagen.«

10

Für Paul begann die einsame Beschäftigung des Fotografen, der heimkehrt, um seine Tagesausbeute zu sichten. Er tat dies wie immer an seinem gläsernen Schreibtisch in der Ecke seines Ateliers. Er hatte es eilig, die Daten des Speicherchips aus seiner Kamera auf die Festplatte seines Computers zu übertragen. Denn er wollte sich die unautorisierten Fotos des toten Klinger in voller Größe und Auflösung auf seinem Flachbildschirm ansehen. Der Hinweis der beiden jungen Frauen hatte ihn aufhorchen lassen – mehr als das!

Es verging keine Minute, da waren sämtliche Aufnahmen übertragen. Paul wählte aus den Vorschaubildern jenes Foto aus, auf dem Britta Kistners Bekannte das Szenenbild aus der Oper *Elektra* erkannt haben wollte.

Intensiv musterte er das Foto und stieß dabei fast mit der Nase an den Monitor. Zwar konnte er als Opernlaie nicht zweifelsfrei behaupten, dass es sich tatsächlich um eine Requisite aus dieser Inszenierung handelte, aber die Leiche wirkte vor der eindrucksvollen Kulissenwand wie willentlich drapiert. Paul fragte sich, warum ihm das nicht gleich aufgefallen war.

Ein Verdacht drängte sich ihm auf, worauf er flink den Bilderordner wechselte. Nun durchsuchte er gezielt die Fotos, die er zwei Tage zuvor am Fundort des anderen Toten gemacht hatte.

Diesmal war es schwieriger, eine Aufnahme zu finden, auf der einerseits die Leiche zu sehen war und die andererseits einen gewissen Überblick gewährte. Immer standen Kripoleute im Bild, außerdem erschwerten die Absperrbänder und Beweissicherungstafeln die Orientierung. Er sah sich gezwungen, Bild für Bild anzuklicken und zu begutachten. Es dauerte eine ganze Weile, bis er einen geeigneten Schuss gefunden hatte: Der tote Baumann lag im Vordergrund, dahinter war die farbenfrohe Theaterkulisse in all ihren Nuancen und Schattierungen zu bewundern. Nur – Paul kannte sie nicht und konnte sie nicht zuordnen. Um seine leise Vermutung bestätigen zu können, musste er sich vorerst also auf die Richtigkeit der Worte Victor Blohfelds verlassen. Was hatte er doch gleich über den Titel der Oper gesagt, aus der das Szenenbild angeblich stammen sollte? Irgendein Werk von Donizetti. Aber welches?

Paul hatte weder Lust noch Muße, den Reporter anzurufen und seinem Gedächtnis von ihm aufhelfen zu lassen. Zumal Blohfeld bestimmt sofort Lunte riechen und neugierige Fragen stellen würde. Also tat Paul das Nächstliegende und begab sich ins Internet.

Drei Minuten und circa 20 Klicks später hatte er den gesuchten Operntitel gefunden: *Lucrezia Borgia*. Paul durchforstete das Netz nun nach der Handlung des Stücks, las die Zusammenfassung mit wachsender Unruhe und stieß einen leisen Pfiff aus. Denn auch in Donizettis Werk gab es – wie in so vielen klassischen Opern – Tote. Donizetti allerdings ging im Vergleich zu seinem Kollegen Richard Strauss weniger handfest vor: Statt seine Akteure mit einem Beil hantieren zu lassen, bevorzugte der Italiener das Töten mit Gift.

Paul klickte das Browserfenster weg, sodass wieder das Tatortfoto den Bildschirm ausfüllte. Baumanns Leichnam war auf dem Bild bereits abgedeckt, aber Paul erinnerte sich noch genau an die ersten Eindrücke, die er bekommen hatte, als er zusammen mit Blohfeld eingetroffen war: Baumanns Gesichtszüge waren verzerrt gewesen, und vor seinem Mund stand Schaum. Anzeichen für einen Tod durch Vergiften. Und hatte nicht auch Jasmin Stahl bei ihrem zufälligen Saunatreff bestätigt, dass die Kripo bereits nach einem Giftmischer suchte?

Er stand vor der Wahl, sich grübelnd hinzulegen und dann doch nicht einschlafen zu können oder mit jemandem über seinen Verdacht zu reden. Am besten gleich mit jemandem, der sich auskannte und ohnehin zuständig war für die Klärung der beiden Todesfälle. Also ging er zur Fensterbank und nahm sein Telefon aus der Ladestation.

Um nicht mit der Tür ins Haus zu fallen, begann Paul das Gespräch mit einer Sehnsuchtsbekundung, die im Übrigen ehrlich gemeint war.

»Du möchtest mich sehen?« Katinkas Stimme klang erwartungsvoll und warm.

»Ja. Lieber heute als morgen«, raunte Paul ins Telefon und ließ die Blicke über die Dächer der umliegenden Häuser des Weinmarktes schweifen.

Doch seine Gesprächspartnerin roch den Braten schneller, als er gedacht hatte: »Hannah hat mir verraten, dass du wieder etwas im Schilde führst«, meinte Katinka mit neckischem Unterton. »Rück schon raus damit: Was ist es?«

Paul wollte sie nicht enttäuschen und blieb zunächst beim rein Privaten: »Ich rücke sehr gern raus damit. Aber dafür müssen wir uns treffen. Durchforste deinen Terminplaner und räum einem alten Verehrer 15 Minuten deiner kostbaren Zeit ein. Das dürfte reichen – fürs Erste.« Versonnen betrachtete er das kleine Schmuckkästchen, das immer noch ungeöffnet auf der Fensterbank stand.

»Ich werde sehen, was sich machen lässt«, säuselte Katinka durch den Hörer. »Aber nun zur Sache: Da du ja sowieso im Opernhaus herumspionierst, kannst du mir doch sagen, was du bisher herausgefunden hast. Gibt es verwertbaren Klatsch und Tratsch? Oder hat Spürnase Paul womöglich schon so etwas wie eine heiße Spur?«

Paul musste unwillkürlich lächeln. »Ich dachte, du hältst nichts von der Mitarbeit von Laien? Wie dem auch sei: Ich glaube, ich bin auf etwas gestoßen. Die Todesarten bei beiden Taten lassen sich mit etwas Fantasie thematisch mit dem Inhalt der Opern verknüpfen, in deren Kulissen die Toten gefunden wurden.«

Stille. »Das heißt ...?«, fragte Katinka abwartend.

»Das heißt, dass Jürgen Klinger inmitten von Strauss' *Elektra* aufgefunden wurde. Eine Oper, in der es um den Mord mit einem Beil geht.«

»Ein Beil könnte es tatsächlich gewesen sein, mit dem Klingers Schädel zertrümmert wurde«, ging Katinka erstaunlich schnell auf Pauls Vermutung ein. »Allerdings fehlt bislang eine entsprechende Tatwaffe.«

»Trotzdem ist es vielleicht eine Spur.«

»Ja, Paul, es ist eine Spur, die schnell im Nichts verläuft. Es sei denn, du hast noch mehr zu bieten.«

»Das habe ich: Es gibt eine Parallele zum Fall Norbert Baumann. Ich bin zwar kein Opernkenner«, musste Paul einräumen, »aber wenn ich richtig recherchiert habe, ist Baumann im Szenenbild eines Stücks gestorben, in dem auf der Bühne so einige Leute an Gift sterben.«

»Gift?« Katinka klang überrascht. »Da hast du ins Schwarze getroffen. Inzwischen steht tatsächlich fest, dass Baumann vergiftet wurde. Wir wollen das morgen an die Presse rausgeben.«

Paul streckte den Arm aus und betrachtete das Mobilteil in seiner Hand wie ein seltenes Tier. Das hatte er noch nicht erlebt, dass Katinka auf seine Ermittlungen so positiv reagierte. Die Zeiten änderten sich wirklich. Schnell führte er das Telefon zurück an sein Ohr. »Es stimmt also wirklich? Es gibt also ein Muster?« Er schluckte. »Ist das ein Zeichen dafür, dass wir es mit einem Serientäter zu tun haben?«

»Mal langsam«, bremste Katinka seinen Elan. Na bitte – so kannte er sie schon eher. »Eine solche Schlussfolgerung ist sehr hypothetisch und müsste durch weitere Fakten belegt werden. Abgesehen davon wäre ein solches Vorgehen untypisch für Nürnberger Mörder.«

»Was?« Paul glaubte nicht richtig gehört zu haben. »Traust du den Franken so etwas nicht zu?«

»Ich sage nur, dass es untypisch wäre. Den letzten Serienmörder haben meine Vorgänger in den Sechzigerjahren hopsgenommen. Seitdem morden meine Kunden meistens nur einmal und fast durchweg aus niederen Motiven. Nürnberg ist einfach nicht das richtige Pflaster für Psychopathen.«

»Du meinst, wir müssen uns doch nicht auf die Suche nach einem fränkischen Hannibal Lecter machen?«, fragte Paul ein wenig enttäuscht.

»Wir?« Katinka atmete heftig in den Hörer. »Die Polizei und die Staatsanwaltschaft haben – eventuell – mit einem Serientäter zu tun. Nicht aber du, Paul! Du bist ab sofort raus aus der Sache. Schlag dir deinen Job im Opernhaus aus dem Kopf! Kündige! Am besten gleich morgen früh!«

Paul schmunzelte. »Machst du dir etwa Sorgen um mich?«

»Ja.«

»Glaubst du nicht, dass ich selbst auf mich aufpassen kann?«

»Nein.«

Paul dachte nach. Dann fasste er einen Entschluss: »Ich verstehe deine Sorge. Das Ganze ist ja wirklich ziemlich heftig. Aber lass mich wenigstens noch ein wenig weitermachen. Ich habe einige vielversprechende Kontakte geknüpft. Die könnten auch dir weiterhelfen. Außerdem rate ich dir, dass ihr euch diesen Haas vorknöpft.«

»Ricky Haas? Den Regisseur?«

»Genau den. Ein aufbrausender Typ. Er hatte ein sehr gespanntes Verhältnis zu Klinger. Die beiden konnten sich nicht ausstehen. Auch mit Baumann stand er auf Kriegsfuß, wird gemunkelt.«

Katinka lachte auf. »Hältst du uns eigentlich für totale Idioten? Wir haben Haas und alle anderen infrage kommenden Personen längst überprüft. Zumindest für den Zeitpunkt von Baumanns Tod hat er ein hieb- und stichfestes Alibi: Haas ist begeisterter Hobbykoch: Jeden Mittag macht er eine ausgiebige Pause, geht heim und bekocht seine Familie. So auch zur infrage kommenden Zeit. Seine Frau hat das bestätigt.«

»Ach ...« Paul schämte sich für seinen vorschnellen Verdacht. »Aber es hätte ja sein können.«

»Hätte, Paul, hätte.« Katinkas Stimme wurde wieder sanfter, als sie fragte: »Wie sieht es nun aus mit unserem Treffen? Ich bin neugierig.«

Paul äußerte eine spontane Idee: »Was hältst du davon, wenn wir ins Kino gehen? Am besten ins IMAX. Das ist tief unter der Erde und hat hoffentlich keinen Handyempfang. Da können wir ungestört beieinander sein, kein ungebetener Gast kommt uns in die Quere, und danach ...«

»Du meinst wie früher als Teenager? Im Dunkeln sitzen, Händchen halten und knutschen?« Katinka klang aufrichtig erfreut, hatte jedoch einen anderen Vorschlag parat: »Wie wäre es mit dem Tiergarten? Da besteht auch wenig Gefahr, Bekannten über den Weg zu laufen. Höchstens ein paar harmlosen Hornochsen. Und die Handys schalten wir einfach ab.«

»Tiergarten?« Paul musste sich mit dem Gedanken erst anfreunden. »Wo denn da genau? Jedenfalls nicht im Affenhaus, sonst suchst du dir noch einen vernünftigeren Primaten aus als mich.«

Katinka kicherte durchs Telefon. »Mich zieht es eher zu den Flamingos. Die sind so grazil und so schön rosa. Morgen habe ich einen langen Tag am Gericht. Aber übermorgen! Abgemacht?«

»Abgemacht!«

11

Paula Dorfners ganzes Können war gefragt, als sie mit dem Make-up gegen Irenas immer neu fließende Tränen antrat, bis sie schließlich aufgab.

Also musste Paul ran. »Sie sind der Star des Opernballs. Die Gäste zahlen viel Geld für ihre Eintrittskarten, um Sie als Carmen zu hören und zu bewundern«, umgarnte er die Sopranistin, die auf dem Schminkstuhl kauerte wie ein Häuflein Elend. Brach die Trauer um ihren Lebensgefährten jetzt doch durch? »Das wissen Sie doch, nicht wahr? Spätestens beim Opernball muss die Nummer sitzen.«

Irena holte ein Taschentuch hervor und schnäuzte sich. »Sie haben ja recht. Aber es ist so schwer, zu funktionieren, wenn alles um einen herum zusammenbricht.«

Paul ging in die Hocke, um mit ihr auf Augenhöhe zu sein: »Wenn Sie wollen, können wir das Shooting verschieben«, sagte er einfühlsam.

»Nein, nein. Das geht nicht. Ricky macht mir die Hölle heiß, wenn die Fotos nicht rechtzeitig fertig sind. Wie Sie schon sagten: Es ist nicht mehr lange hin bis zum Opernball.«

Paul nickte leicht und lächelte ihr zu. Ricky Haas konnte einem in der Tat die Hölle heiß machen. Es war keine Rede davon gewesen, dass Paul nach Klingers Tod nicht weiterbeschäftigt würde, im Gegenteil: Haas hatte ihn mit neuen Aufgaben eingedeckt, und der Druck war enorm gestiegen, alles im Zeichen des Opernballs. »Sicher, aber auch ein Regisseur vom Schlage eines Ricky Haas wird Verständnis haben, wenn ...«

»Wird er nicht!«, fuhr ihm die Maskenbildnerin über den Mund. »Außerdem weiß ich, was unsere Irena braucht.« Mit diesen Worten förderte sie eine Flasche Sekt zutage, die ihr die Sängerin bereitwillig abnahm. Während Irena sich daran machte, den Verschluss zu öffnen, richtete Paula Dorfner ihre Aufmerksamkeit auf Paul und fixierte ihn aus ihren stechenden Augen, als sie ihm erklärte: »Es geht nicht nur darum, auf Geheiß von Klinger oder nun eben Haas zu spuren. Die haben bloß ihre eigenen Interessen im Kopf. Aber wir müssen an diejenigen denken, die das alles hier bezahlen. Ich meine *wirklich* bezahlen.«

»Ich verstehe nicht, worauf Sie hinauswollen«, sagte Paul, dem die Maskenbildnerin immer unsympathischer wurde.

»Ja, wo leben Sie denn?« Paula Dorfner startete einen neuen Versuch, Irena zu schminken. Dabei redete sie ungeniert weiter: »Glauben Sie, die mickrigen Eintrittsgelder der Zuschauer würden die Kosten auch nur ansatzweise decken?«

»Aber die Stadt finanziert doch ...«, setzte Paul an.

»Viel zu wenig!«, führte die energische Rothaarige seinen Satz zu Ende. »Ein Opernbetrieb wie unserer überlebt nur dank großzügiger Sponsoren. Eduard Ascherl ist derjenige, den wir zufriedenstellen, wenn Irena auf Ihren Fotos gut rüberkommt.«

Ascherl? Bei diesem Namen begann es in Pauls Kopf zu rattern. Er brachte ihn mit einer alteingesessenen Nürnberger Kaufmannsfamilie in Verbindung. Eduard Ascherl war Kopf des Clans, der über eine florierende Ladenkette für Bodenbeläge herrschte und dem außerdem ein glückliches Händchen im Immobiliengeschäft nachgesagt wurde. Auch dass Ascherl Mäzen des Staatstheaters und der Oper war, wusste Paul. Über seinen tatsächlichen Einfluss auf den Betrieb war er sich bisher aber nicht im Klaren gewesen.

»Dann will ich mal mein Bestes geben«, sagte Paul und nahm sich vor, bei nächster Gelegenheit mehr über Ascherl und sein Wirken an der Oper in Erfahrung zu bringen.

Das Shooting geriet trotz der dicken Schminkschicht, die Paula Dorfner auf Irenas verheultem Gesicht aufgetragen hatte, zum Flop. Die Augen der Sängerin waren gerötet, ihre Tränensäcke auch bei schmeichelhaftester Beleuchtung nicht zu übersehen und ihre Haltung trotz animierender Worte gramgebeugt.

»Sorry, aber so wird das nichts«, brach Paul die Aufnahmen nach vielen misslungenen Anläufen ab.

Irena entschuldigte sich schluchzend. Das Divenhafte, das ihr bei ihrer ersten Begegnung noch angehaftet hatte, war nun gänzlich verschwunden. Sie wirkte auf Paul nur noch deprimiert und verzweifelt. Er verstaute seine Fotoausrüstung. Als die Maskenbildnerin kopfschüttelnd und leise schimpfend gegangen war, setzte er sich zu Irena an den Rand der Probebühne.

»Bitte lassen Sie mich allein«, sagte die Sängerin und schnäuzte sich in ein Taschentuch.

»Ich möchte ungern gehen, bevor ich Ihnen nicht wenigstens meine Hilfe angeboten habe.«

Irena sah ihn kurz an. Dann zuckten ihre Mundwinkel. »Sie? Wie wollen Sie mir denn helfen?«

»Vielleicht, indem ich Ihnen zuhöre«, schlug Paul freundlich vor.

»Das bringt doch nichts. Das hat Paula auch schon getan. Sie hat sogar für mich gebetet. Schön für sie, wenn sie im Glauben an Gott ihren Halt findet. Ich kann das leider nicht.« Sie starrte eine Weile stumm ins Leere. Dann verschränkte sie locker die Arme und deutete mit dem Kopf hinauf zur Bühne. »Ich kann es hier aushalten. Hier, in der Oper, wo die Tat geschehen ist. Ich hätte nicht gedacht, dass ich es wirklich ertrage, aber es stört mich nicht im Geringsten, meine Arbeit hier fortzuführen. Manchmal kommt es mir nur – trotz all der Menschen, der Kollegen – leer vor. Ist das nicht seltsam? Was wehtut, ist die Einsamkeit, Norberts Abwesenheit. Ich denke immer noch, er müsste jeden Moment mit seiner Kamera um die Ecke biegen.«

»Na, sehen Sie«, sagte Paul sanft. »Es tut gut, wenn man darüber spricht.«

»Unsinn!« Irena sah ihn abweisend an. »Wie ich schon sagte: Das Reden bringt mir nichts, es verstärkt den Schmerz nur noch mehr. Und auch das Gequatsche von der Glossner ist doch für die Katz.« Sie drehte sich von ihm weg und zog die Flasche Sekt zu sich heran, die die Maskenbildnerin für sie zurückgelassen hatte. Es war nur noch ein kleiner Rest darin.

»Glossner?«, erkundigte sich Paul. »Die Hauspsychologin?«

Irena trank den letzten Schluck und setze die Flasche erst ab, als kein einziger Tropfen mehr aus dem Flaschenhals rann. »Ja, sie ist meine Therapeutin. Schon lange. Sie ist normalerweise sehr gut darin, das Selbstvertrauen zu stärken. Aber jetzt hilft mir ihr Gefasel auch nicht mehr weiter.«

»Das Selbstvertrauen stärken?«, griff Paul diesen Gedanken auf. »Das braucht man wohl, wenn man in diesem gnadenlosen Job überleben will. Ich stelle es mir nicht leicht vor, sich einerseits vor schwierigen Regisseuren behaupten zu müssen und andererseits immer die Furcht im Nacken zu spüren, beim Publikum durchzufallen.«

»Ja. Da ist viel Wahres dran«, sagte Irena seufzend und schilderte einige unschöne Begebenheiten des Theateralltags. »So sehr mir das Künstlerdasein gefällt – im besten Fall ist es so wunderbar verrückt, wissen Sie, ein herrliches, unkonventionelles Leben –, so unerbittlich ist auch der Druck, der auf einen ausgeübt wird. Egal, ob vom Publikum, der Presse, den Kollegen, dem Regisseur oder dem Dirigenten.«

Allmählich schien sie Vertrauen zu ihm zu fassen. Darum wagte Paul einen Vorstoß: »Waren Sie auch wegen Ihrer Beziehungsprobleme mit Baumann in Behandlung bei Frau Glossner?«

Irena riss ruckartig ihren Kopf herum und starrte Paul fassungslos an: »Was? Meine Beziehungsprobleme?«

»Ja, ich habe gehört, dass Sie es an der Seite meines Vorgängers nicht immer ganz leicht hatten.«

Sie sprang auf. »Sind Sie von allen guten Geistern verlassen? Was geht Sie das an?«

»Nichts!« Auch Paul erhob sich. »Ich dachte nur ...«

»Was dachten Sie, hä? Was?« Sie stampfte heftig mit dem Hacken ihres rechten Schuhs auf den Boden. »Erwarten Sie, dass ich unsere schmutzige Wäsche vor Ihnen ausbreite? Oder soll ich Ihnen bestätigen, worüber sich meine Kollegen die Mäuler zerreißen? Dass er andere gehabt hat? Jüngere? Dass kein Rock vor ihm sicher gewesen ist? Ist es das, was Sie hören wollen?« Sie brach in Tränen aus. Laut schluchzend floh sie aus dem Proberaum. Paul entging nicht, wie sie dabei schwankte.

Arme Frau, dachte er, als er ihr nachsah. Er war eindeutig zu weit gegangen. Aber ihre heftige Reaktion hatte ihm bewiesen, dass er einen wunden Punkt getroffen hatte. Irena war nicht nur von Trauer erfüllt, sondern auch von Zorn. War die Wut groß genug gewesen, um ihren Partner ins Jenseits zu befördern?

Eine tiefe Stille kehrte ein, als Irenas stöckelnde Schritte allmählich verklangen. Paul blieb noch eine ganze Weile unbewegt stehen und hing seinen düsteren Gedanken nach. Bis plötzlich jemand rief:

»Hey!«

Paul fuhr erschrocken zusammen. Die Stimme war wie aus dem Nichts gekommen!

»Hallo, Fotograf!«

Wieder die Stimme, die nicht zu orten war. Paul drehte sich irritiert um.

»Huhu, hier oben bin ich!«

Paul legte den Kopf in den Nacken. Auf der Beleuchtungsbrücke, knappe vier Meter über ihm, hockte ein Mann, der ihm zuwinkte.

»Dort drüben ist eine Leiter. Kommen Sie hoch zu mir!«

»Hallo«, sagte er und ließ sich neben dem Fremden nieder.

Der hatte schütteres blondes Haar, trug einen ausgeprägten Backenbart und war salopp gekleidet. Sein Alter schätzte Paul grob auf Mitte 40. »Ich bin Paul Flemming.«

»Ja, ich weiß. Der neue Knipser. Willkommen beim Theater!«

»Und Sie sind?«

»Ich? Ich bin der Hans im Glück!« Der Mann lachte über seinen eigenen Witz. »Mein Name ist Hans-Peter Glück. Und bei mir trifft es wirklich zu: Nomen est omen. Ich bin nämlich der Chefbeleuchter. Das ist der beste Job, den es hier gibt!«

Schön, wenn jemand mit seiner Profession so zufrieden ist, dachte sich Paul. »Ja, es kann viel Spaß machen, das richtige Licht zu wählen und dadurch die Dramaturgie eines Bildes nachhaltig zu beeinflussen. Als Fotograf weiß ich das zu schätzen«, versuchte Paul sein Fachwissen ins Spiel zu bringen.

Der andere wiegte den Kopf. Dann stieß er Paul mit freundschaftlicher Geste an die Schulter und sagte: »Korrekt, Kollege. Aber das eigentlich Geile an dem Job ist, dass ich hier oben in meinem Adlerhorst sitze, dass ich alles sehen und hören kann und mich keiner dabei bemerkt. Sachen erlebst du da ...«

»Ach.« Paul war für den Moment sprachlos.

»Mal ganz unter uns: Wenn du – ich darf dich doch duzen, ja? – wissen willst, wer mit wem und so, dann wende dich an mich. Ich habe sie alle schon dabei gesehen, wenn sie glaubten, unbeobachtet zu sein.«

»Tatsächlich? Haben Sie ... äh, du?«

»Na klar. Mir entgeht nichts. Weder hier auf der Probebühne, noch drüben im großen Bühnenhaus. Da hat das Ganze natürlich andere Dimensionen. Wenn ich dort auf der Arbeitsgalerie stehe oder dem Schnürbodenmeister über die Schultern schaue, bin ich schon fast zu hoch und zu weit weg vom Geschehen. Die Probebühne eignet sich sehr viel besser, um zu ...«

»... um zu spannen«, rutschte es Paul heraus. Er biss sich auf die Zunge, aber es war bereits zu spät.

Hans-Peter sah ihn enttäuscht an. »Wenn es dich nicht interessiert, was ich sage, ist das okay. Aber dann frage ich mich, warum du hier rumschnüffelst! Du bist doch genauso scharf darauf wie ich, den Jungs und Mädels dabei zuzusehen. Mir kannst du nichts vormachen!«

Paul beschloss spontan, sich wenigstens vorübergehend mit dem Beleuchter zu verbrüdern. »Okay. Erwischt!« Er lachte. »Es wäre nett, wenn du mich ein bisschen in die Bühnentechnik einweisen könntest. Und wenn du mir dabei über die ein oder andere Affäre aus dem Ensemble erzählen würdest, wäre das eine tolle Sache.«

Hans-Peter grinste schäbig. »Ich wusste gleich, dass wir uns verstehen werden. Bist ein Kumpel!«

»Äh, danke, du auch«, zwang sich Paul zu sagen und fragte sich, ob Hans im Glück auf jeden Neuzugang so vertrauensselig zuging. »Wo wir gerade dabei sind: Was ist denn an den Gerüchten um Baumann dran?«

Der Beleuchter behielt sein Grinsen bei. »Das sind keine Gerüchte, das ist die Wahrheit. Norbert Baumann war ein scharfer Hund. Absolut hormongesteuert. Der war sicher kein Traummann, hat längst nicht so gut ausgesehen wie du. Du bist ja so ein George-Clooney-Typ, auf den bestimmt alle Bräute scharf sind. Aber auch er hatte den richtigen Dreh raus, um sie rumzukriegen.«

»Ein Schwerenöter, soso.« Paul sah sein Gegenüber forschend an. »Irena wusste davon, ja?«

Hans lachte. »Nachdem sie weder blind noch taub ist, wusste sie es natürlich. Baumanns Fremdgeherei setzte ihr ziemlich zu, aber sie ist ein tapferes Mädchen. Ließ sich nie etwas anmerken. Redete mit niemandem darüber und ging lieber in Therapie.« Er lachte erneut. »Das war das Beste, was sie tun konnte, denn das hat Norbert gewaltig gestunken. Er war strikt dagegen, dass sie sich von dieser Glasner behandeln ließ.«

»Glossner«, verbesserte ihn Paul.

»Ja, richtig, so heißt sie. Aber in diesem Punkt ist Irena hart geblieben und ließ sich von ihm nicht wieder um den Finger wickeln, wie das meistens der Fall war. Ihre Therapie zog sie durch.«

»Was hatte er denn dagegen, dass Irena zur Psychologin ging?«

»Keine Ahnung, wahrscheinlich gefiel ihm die Vorstellung nicht, dass seine Freundin bei einer anderen Frau schlecht über ihn redet.«

»Man könnte Baumann also als das Gegenteil einer treuen Seele bezeichnen«, dachte Paul laut.

Hans bestätigte das. »Das muss ihm der Neid lassen: Baumann war der König der Aufreißer. Dem konnte selbst Klinger nicht das Wasser reichen, was seine Weibergeschichten anging.«

»Klinger?« Jetzt wollte Paul es genau wissen: »War Klinger denn auch ein Schürzenjäger?«

»Na, sicher! Ob blond, ob braun … Aber er kam viel seltener zum Zug als Baumann. Lag wohl auch daran, dass er so fett war.«

»Das ist interessant«, meinte Paul grüblerisch.

»Soll ich dir jetzt noch das Bühnenhaus zeigen? Die Ober- und Untermaschinerie ist total interessant. Und von der Stellwarte aus kannst du …«

»Nein, vielen Dank«, bremste Paul Hans' Enthusiasmus. »Fürs Erste langt es mir. Aber ich komme gern auf dein Angebot zurück.«

»Das solltest du auch«, sagte Hans-Peter plötzlich sehr ernst. »Denn auf dem Schnürboden kann es gefährlich werden, wenn man sich nicht auskennt. Es ist besser, wenn du dich von einem Fachmann einweisen lässt, bevor du dich hier oben allein bewegst.«

In Pauls Ohren klang dieser Ratschlag eine Spur zu bestimmt. Fast wie eine Drohung.

12

Nachdem Haas nicht auf seine Dienste verzichten wollte, war Paul mit seinen Aufgaben als Bühnenfotograf inzwischen gut ausgelastet. Dennoch verging ihm die Zeit bis zu seinem Rendezvous mit Katinka im Nürnberger Tiergarten wie in Zeitlupe.

Er war beschwingt und guter Dinge, als er sich zur vereinbarten Stunde an dem schön angelegten Zierteich einfand, in dem ein großer Schwarm Flamingos bereits auf ihn zu warten schien. Einbeinig standen die Gefiederten – ebenso elegant wie gelassen – in dem flachen Wasser und ließen sich die Spätsommersonne auf die rosa Federn scheinen. Paul lehnte sich gegen einen Zaun und erfreute sich an dem schönen Anblick.

Zunächst war er ebenso entspannt wie die grazilen Wasservögel. Bis sich in sein Wohlbefinden eine feine Prise Nervosität mischte. Ein leichtes Bauchgrummeln machte sich bemerkbar.

Zwar hatte er sich den Text für seinen gleich folgenden großen Monolog gut eingeprägt und war ihn gedanklich zigmal durchgegangen. Aber nun stellte sich wohl doch das gefürchtete Lampenfieber ein. Je länger er am Wasser stand und wartete, desto mehr bezweifelte er, dass er die Frage aller Fragen über die Lippen bringen würde, ohne sich heillos zu verhaspeln. Nur gut, dass sich die Flamingos von seiner Unruhe nicht anstecken ließen ...

»Hübsch, gell?« Katinka war neben ihm aufgetaucht, ohne dass er ihr Kommen bemerkt hatte.

Paul wurde augenblicklich von einem neuen Nervositätsschub durchflutet. Sein Magen schien sich zehn Zentimeter zu senken. Wie weggewischt war der geprobte Text, dahin die ganze Souveränität, mit der er ihr gegenübertreten wollte! Vielerlei ging ihm gleichzeitig durch den Kopf: Mit welchem Thema sollte er einsteigen? Wäre es geschickt, erst einmal auf die Opernmorde zu sprechen zu kommen? Oder ob er besser erst eine Bilanz ihrer Freundschaft zog und dann langsam auf die Übergabe des Schmuckkästchens überleitete? Oder aber ob er am Anfang ein gänzlich anderes, unverfängliches Thema wählen sollte ...

Katinka nahm ihm die Entscheidung ab. Sie schmiegte sich an ihn und drückte ihre Lippen sanft auf die seinen. Ihre Finger suchten nach seiner Hand. Ehe er sich versah, hatte sie die kleine Schatulle ertastet, er spürte ihr leichtes Zögern, ihre Verwunderung. Als der lange, ausgiebige und intensive Kuss vorbei war, nahm sie das Kästchen behutsam aus seiner Hand. Der sanfte Schleier, der meist über ihren Augen lag, wich dem strahlenden Blau ihrer Iris. »Ist es das, was ich vermute?«, fragte sie leise. Eine fast kindliche Vorfreude lag über ihrem Gesicht.

Paul stammelte: »Es ist ein ...«

Sie legte ihm ihren Zeigefinger auf den Mund. »Pssst. Nicht verraten.« Dann wandte sie sich wieder dem Kästchen zu. »Darf ich?«, fragte sie, wartete sein zustimmendes Nicken ab und begann vorsichtig, das Geschenkpapier zu lösen. Sie ging sehr sorgsam vor und ließ sich gebührend Zeit damit. Dann legte sie eine Pause ein, sah Paul abermals voller Erwartung an, atmete tief ein, schloss die Augen und ließ den Deckel aufschnappen.

Fünf, vielleicht zehn Sekunden verstrichen, bevor sie die Augen wieder öffnete. »Ein Ring.« Katinkas Pupillen waren groß und dunkel. »Und was für ein schöner!« Plötzlich umarmte sie Paul stürmisch und drückte sich fest an ihn. Paul spürte die warme Nässe auf seiner Schulter, als Katinka ihre Freudentränen nicht länger zurückhalten konnte. Dann löste sie sich von ihm und sah ihn strahlend an. »Danke, Paul. Vielen, lieben Dank!«

Paul schluckte, denn die eigentliche Aufgabe lag ja noch vor ihm. Er musste sich zweimal räuspern, bevor er seine Frage stellen konnte: »Katinka, ich liebe dich. Willst du ...« Er musste sich abermals räuspern. »Willst du meine Frau werden?«

Neue Freudentränen bahnten sich ihren Weg über Katinkas Wangen, als sie Paul offen ansah und ohne jedes Zögern antwortete: »Ja, Paul, ich liebe dich auch. So wie ich noch nie jemanden geliebt habe. Und ja, ich will deine Frau werden!«

Paul, überwältigt, wollte etwas Bedeutungsvolles darauf sagen, doch die Worte waren ihm ausgegangen. Das Einzige, was ihm einfiel, war, den Kuss fortzusetzen.

Es dauerte lange, bis sich beide wieder voneinander lösten. Damit war es besiegelt, dachte Paul staunend und selig, sie waren verlobt. Endlich ...

Die folgende Stunde verbrachten sie damit, durch den Tiergarten zu schlendern, den wunderschönen Kuss viele Male zu wiederholen und sich gegenseitig ihrer Liebe zu versichern. Paul fühlte sich wie im siebten Himmel, und nur allmählich mischten sich in ihr Gespräch auch wieder andere Dinge, die sie beschäftigten:

»... so bin ich auf keine verwertbaren Spuren gestoßen. Aber es könnte nicht schaden, sich näher mit Eduard Ascherl zu befassen«, schlug Paul vor, als sie schließlich doch noch am Affenhaus ankamen. »In der Oper wird mit großem Respekt von ihm gesprochen. Gleichzeitig klingt durch, dass er als wichtigster Geldgeber wohl auch mal die Daumenschrauben anzieht, wenn ihm etwas oder jemand gegen den Strich geht. Wie dem auch sei: Er könnte euch mit seinem Insiderwissen über die Strukturen des Opernbetriebs vielleicht helfen.«

Katinka beobachtete einen Orang-Utan dabei, wie er mit gespreizten Fingern sein rötliches Haupthaar kämmte und sie dabei mit nachdenklichem Blick ansah. »Ascherl, ja, bei dem werden wir wahrhaftig bald vorsprechen müssen. Ich kann mir gut vorstellen, dass er über alle relevanten Intrigen an der Oper bestens informiert ist. Aber das wird nicht leicht, denn es ist mit großen Widerständen zu rechnen. Das ist immer so bei Männern seines Kalibers. Die lassen sich nun mal nicht gern in die Karten schauen.«

»Was hat er denn für ein Kaliber?«, wollte Paul wissen.

»Ascherl gilt als aufbrausend und geht im Geschäftsleben – wie man so schön sagt – über Leichen. Mit seinen Teppichläden hat er ein Millionenvermögen angehäuft. Aber dieses Business war ihm immer zu profan. Daraus erklärt sich sein Engagement für die hohe Kultur. Die Nürnberger Oper betrachtet er als seinen Privatbesitz«, sagte sie mit deutlich vernehmbarem Missfallen.

»Das heißt, dass er seinen Einfluss mit allen Mitteln geltend macht«, brachte Paul es auf den Punkt und dachte an die ehrfurchtsvollen Worte Paula Dorfners über den Mäzen. Prompt verschluckte er sich heftig. Denn schlagartig fiel ihm ein beinahe vergessener Vorfall ein: Auf dem Programmheft, das er heimlich aus Klingers Jackett genommen hatte, war die Abkürzung »E.A.« vermerkt gewesen. Die Initialen von Ascherl!

»Warum bist du denn mit einem Mal so blass?«, erkundigte sich Katinka besorgt und klopfte dem noch immer hustenden Paul auf die Schulter.

Paul erklärte es Katinka und handelte sich eine Schelte dafür ein, dass er mal wieder nicht an sich halten konnte und rechtswidrig in Klingers Büro eingedrungen war. »Außerdem hättest du mir das alles schon viel früher sagen müssen«, sagte sie und sah ihn missbilligend an. »Lernst du denn nie dazu, Paul? Im Grunde genommen müsste ich dich fortwährend wegen Behinderung der Justiz drankriegen.«

»Ich bewerte das eher als Unterstützung der Justiz. Immerhin habe ich vielleicht einen Hinweis auf den Täter geliefert und hätte eine Belohung verdient.«

»Belohnung? So weit kommt's noch!« Katinka, nun schon wieder freundlicher gestimmt, stupste ihn an. »Zieh keine

voreiligen Schlüsse. Es lässt sich zwar nicht abstreiten, dass Ascherl mehr Einfluss auf das Opernprogramm ausüben möchte. Mit dem jetzigen Generalmusikdirektor liegt er wegen künstlerischer und personalpolitischer Meinungsverschiedenheiten oft im Clinch.«
»Aber?«
»Es gibt kein Aber. Denn es liefert beileibe keinen ausreichenden Grund für einen oder sogar zwei Morde, wenn jemand nicht zufrieden mit dem Spielplan einer Bühne ist.«
»Wenn ich Millionen in ein Theater stecken würde, das Stücke aufführt, die mir nicht passen, würde mich das zumindest sehr ärgern«, gab Paul zu bedenken. »Und wenn ich dann auch noch jähzornig und leicht aufbrausend wäre, dann ...«
Katinka verzog den Mund. »Okay, ich gebe dir insofern recht, als Ascherl auf bisweilen aggressive Art versucht, Lobbyarbeit zu leisten. Er bemüht sich um Gleichgesinnte, die seinen Geschmack teilen und ähnliche Aufführungen umsetzen wollen wie er. Dabei scheut er nicht davor zurück, seinen gesellschaftlichen und politischen Einfluss geltend zu machen, um hin und wieder Posten und Rollen mit eigenen Kandidaten neu zu besetzen.«
»Waren Baumann und Klinger denn Männer, die seinen Geschmack teilten?«, bohrte Paul nach.
Katinka zuckte die Schultern. »Über Baumann kann ich mir kein Urteil erlauben. Aber von Klinger weiß ich, dass er eine eigene Linie fahren wollte. Er strebte danach, sich freizumachen von den Zwängen eines einseitigen Sponsorings.«
»Na also!«, meinte Paul triumphierend.
Katinka sah ihn ebenso liebevoll wie mitleidig an. »Wenn es so einfach wäre, Paul. Wenn es so einfach wäre ...«
Nach ihrem ausgiebigen Bummel über das weitläufige Gelände kehrten sie in der *Waldschänke*, dem urig rustikalen Tiergartenrestaurant, ein und himmelten sich über ihre Milchkaffeetassen hinweg an. So einvernehmlich waren sie

schon lange nicht mehr beieinander gewesen, dachte Paul zufrieden.

Katinka hob immer wieder ihre Hand, um den Ring an ihrem Finger zu betrachten. Sie freute sich, sagte aber nichts mehr dazu. Obwohl es jetzt viele Fragen zu stellen und zu beantworten gäbe, hielt sie sich zurück. Auch Paul wollte den Moment des unbeschwerten Glücks genießen, ohne die traute Zweisamkeit durch eine konkrete Zukunftsplanung zu stören. Überlegungen wie die, ob sie ihre getrennten Wohnungen nun aufgeben und zusammenziehen würden, klammerte er vorerst aus. Auch Katinka schien es so halten zu wollen. Man sollte nichts überstürzen.

Schließlich öffnete Katinka ihre Handtasche und nahm eine sorgsam gefaltete Tageszeitung heraus. Mit den Worten »Damit du dich ohne mich nicht langweilst« legte sie ihm die Zeitung auf die Sitzbank. Als sie ihm gleich darauf einen Abschiedskuss auf die Wange drückte, weil sie zurück ins Oberlandesgericht musste, sah Paul ihr nach und schwelgte noch eine Weile in süßen Gedanken.

Daraus löste er sich jedoch abrupt, als er beim Durchblättern der Zeitung im Wirtschaftsteil hängen blieb. Dort war ein prominent platzierter Dreispalter keinem Geringeren als Eduard Ascherl gewidmet. Ein willkommener Zufall, der aber auch nur aufs Neue bewies, welchen Status Ascherl in der Stadt besaß. Paul verschlang jede Zeile des sehr aufschlussreichen Berichts und erfuhr, dass der Kaufmann mit massiven finanziellen Problemen zu kämpfen hatte. Diese waren nicht zuletzt dadurch verursacht worden, dass Ascherl viel Geld in eine Werbekampagne gesteckt hatte, in der er für sein klassisches Teppichsortiment mit Bild- und Themenmotiven der Oper werben wollte. Diese bundesweit geplante Marketingstrategie drohte zu scheitern, nachdem von Seiten des Nürnberger Opernhauses urheberrechtliche Bedenken angemeldet worden waren.

Paul legte die Zeitung beiseite und versuchte, seine Schlüsse aus dieser neuen Information zu ziehen. Wenn es Klinger in seiner Funktion als Marketingchef gewesen war, der Ascherl diesen Knüppel zwischen die Beine geworfen hatte, dann stellte der Teppichhändler nicht nur eine Randfigur dar, sondern einen Tatverdächtigen mit handfestem Motiv. Ob Katinka diese Hintergründe schon kannte?

Ja, sicher, beantwortete er sich diese Frage selbst. Denn es war wohl doch kein Zufall, dass sie ihm ausgerechnet diese Zeitung dagelassen hatte. Sie wollte ihm damit zu verstehen geben, dass sie durchaus selbst in der Lage war, Spuren zu erkennen und Verdächtige zu finden, auch wenn er permanent meinte, ihr auf die Sprünge helfen zu müssen. Paul biss sich auf die Unterlippe; Katinkas Botschaft war angekommen.

13

Hannah erklärte sich dazu bereit, Pauls Wissenslücken über die Welt der Oper und Operette zu füllen, nahm ihm im Gegenzug aber ein Versprechen ab: Sie wollte ihn hinter die Kulissen des Schauspielbetriebs begleiten und, wenn möglich, die eine oder andere Bühnengröße persönlich kennenlernen. »Am liebsten Irena«, schwärmte sie, und Paul hoffte, dass sie von der arg mitgenommenen Sopranistin in natura nicht allzu enttäuscht sein würde. »Und Britta Kistner«, ergänzte Hannah überraschenderweise die Liste ihrer Lieblinge. »Ich habe sie neulich in *Don Giovanni* gesehen und bin begeistert. Sie ist jung, frisch und besitzt das nötige Feuer, um mal ein ganz großer Star zu werden!«

»Also gut«, sagte Paul zu. »Ich werde sehen, was sich machen lässt. Aber erst mal bist du dran. Stichwort *Don Giovanni*: Was kannst du mir darüber sagen?«

Hannah streckte sich auf dem Sofa in Pauls Atelier aus, als wäre sie bei sich zuhause. »Dramatisch, düster, leidenschaftlich. Mozarts Meisterwerk um einen skrupellosen Frauenhelden und Lebemann, der im Höllenfeuer endet. Das ist fast ein Psychothriller. Wolfgang Amadeus war in absoluter Höchstform, als er diese Oper komponierte. Und Britta war in ihrer Rolle als Donna Anna brillant: hingebungsvoll und gleichzeitig verletzlich, einfach absolut authentisch!«

»Okay. Verstanden. Bleiben wir für den Anfang bei Mozart. Was hast du noch zu bieten?«

»Wie wäre es mit der *Zauberflöte*? Das musst du dir als eine Art Highschool Musical vorstellen, ein Singspiel – mit vielen klassischen Hits. Deshalb wird das Stück heute oft für jugendliches Publikum gespielt.« Sie hob ihre Beine, ließ die Zehen wackeln und suchte nach einem weiteren Beispiel. »Nun noch etwas, das auch schon in Nürnberg gespielt wurde: *Tosca* von

Giacomo Puccini. Alle großen Sängerinnen haben sich an der Divarolle versucht – auch Irena: *Dies sind die Küsse von Tosca!* Aber die Kritiker waren der Meinung, dass sie nicht im Entferntesten an das große Vorbild Maria Callas herangekommen ist.«

»Das wäre ja auch viel verlangt«, meinte Paul.

»Würde ich genauso sehen. Aber Irena gilt als sehr ehrgeizig. Die Kritiken haben ihr bestimmt nicht gefallen.«

Als Paul seine Gegenleistung für die Klassiknachhilfe erbrachte, blieb ihm noch eine gute Stunde Zeit bis zu seinem nächsten Einsatz als Fotograf. Er führte Hannah durch die nüchternen Flure des Hinterhauses und beschloss, sie zunächst in die Kantine mitzunehmen. Mit etwas Glück würden sie dort die eine oder andere Kandidatin von Hannahs Wunschliste antreffen. Doch weder Irena noch Britta Kistner waren unter den Gästen.

»Versuchen wir es später noch einmal«, meinte Paul. »Ich zeige dir in der Zwischenzeit das Allerheiligste: die Hauptbühne und den Zuschauerraum. Um diese Uhrzeit kannst du dir die Ränge und das Parkett mal bei Putzlicht ansehen. Aber sei nicht überrascht, wenn die besondere Aura ein wenig von ihrem Glanz einbüßt.«

Paul hätte sich seine Bedenken sparen können, denn Hannah war wie ferngelenkt, als sie voller Euphorie durch die menschenleeren Sitzreihen des großen Zuschauerraums ging und ihre Blicke nach links und rechts zu den drei Rängen emporgleiten ließ.

Mehr noch interessierte sie sich aber dafür, wie es hinter dem Vorhang aussah. Paul begleitete sie auf die ebenfalls verwaiste Bühne, erwies sich aber als schlechter Führer, da er die meisten Begrifflichkeiten nicht kannte. Er deutete auf eine Reihe von hoch hängenden Transparenten und Tüchern, die an Seilzügen befestigt waren. »Das sind Teile der Dekoration«, reimte er sich zusammen.

Hannah folgte seinem Blick und schmunzelte. »Das trifft es nicht ganz. Das vordere ist der Prospekt oder auch Hinterhängestück genannt. Dann der Bogen oder Zwischenhängestück. Zuletzt die Soffitte. Sie dient als Deckendekorationsstück, also lagst du nicht ganz daneben.«

Wieder einmal sah Paul seine junge Begleiterin verblüfft an. »Du bist aber auch eine Neunmalkluge«, schalt er sie mit nur teilweise gespieltem Ärger. »Du weißt nicht nur über Opern Bescheid, sondern auch über Theatertechnik – woher denn, zum Kuckuck?«

»Hab ich dir doch schon erzählt: Vier Jahre Theater AG im Gymmi«, antwortete sie rotzlöffelig. »Da gab es auch Exkursionen zu den Profibühnen. Stadttheater Fürth, das Nürnberger Schauspielhaus und natürlich die Oper«, und nahtlos ermahnte sie ihn: »Pass bloß auf, dass du nicht in die Versenköffnung fällst!«

Paul blieb augenblicklich stehen. Neben ihm klaffte ein Loch im Boden. Darunter erkannte er eine bewegliche Bodenplatte und hydraulische Systeme. »Danke für die Warnung.«

»Da hat euer Maschinenmeister wohl geschlampt«, meinte Hannah. »Normalerweise sollte so etwas nicht einfach offen stehen.«

Um endlich mal wieder Oberwasser zu gewinnen und Hannah etwas zu erklären, das sie – hoffentlich – noch nicht wusste, konzentrierte sich Paul auf die Leuchtkörper. Denn damit war er als Fotograf ja vertraut. Er zeigte ihr die imposanten Portalscheinwerfer am Ausgang der Vorbühne, dann die berühmten Rampenlichter. Schließlich lenkte er ihren Blick bis ganz nach oben, wo die Horizontbeleuchtung, schwenkbare Spielflächenscheinwerfer und auch die fahrbare Beleuchtungsbrücke untergebracht waren. Da die Dimensionen hier auf der Hauptbühne ungleich größer waren als auf der kleinen Probebühne, konnte Hannah die Anordnung der vielen Lampen und Leuchten vom Boden aus allenfalls erahnen.

Das war etwas unbefriedigend, fand Paul. Umso mehr freute es ihn, dass er Chefbeleuchter Hans-Peter Glück auf der Arbeitsgalerie dicht unter dem Rollenboden entdeckt zu haben glaubte. Ganz sicher war er sich nicht, denn 15 Meter über ihnen war das Licht zu diffus, um mehr als nur Schemen zu erkennen. Doch wer außer Glück sollte sich dort oben herumtreiben?

Paul formte mit beiden Händen einen Trichter vor seinem Mund und rief hinauf: »Hallo! Hans-Peter, ich bin es! Hast du was dagegen, wenn wir zu dir raufkommen?«

Hannah zog Paul am Ärmel. »Lass mal sein, Paul. Das ist mir entschieden zu hoch.«

»Aber ...«, setzte Paul enttäuscht an.

»Ist schon okay. Geh ruhig rauf zu deinem Kumpel. Ich muss sowieso mal für kleine Mädchen. Wir treffen uns dann später am Souffleurkasten.« Damit verschwand sie hinter dem Eisernen Vorhang.

Schade, dachte Paul, du verpasst was! Dann musste er sich eben allein aufschwingen. Er steuerte die schmale Leiter neben der Vorbühne an und erklomm die Sprossen bis hinauf auf die Galerie. Dicht am Handlauf entlang ging er weiter und stellte fest, dass Hannah nicht ganz unrecht gehabt hatte. Es war wirklich verdammt hoch und nur etwas für Schwindelfreie.

Paul vermied es, nach unten auf die Bühne zu schauen, wo die Bühnendekoration spielzeughaft klein geworden war. Tapfer setzte er seinen Weg auch dann noch fort, als der metallische Handlauf einem Seil wich, das kaum mehr Halt bot.

Er brauchte länger als erwartet, bis er die Stelle erreichte, an der er den Chefbeleuchter gesehen hatte: unmittelbar an den Prospektzügen, deren Stahlseile sich hinter Paul spannten. Er sah sich um. »Hans-Peter?«, rief er. Glück war jedoch nirgends zu sehen. Ob er schon wieder gegangen war, fragte sich Paul. Aber er musste doch mitbekommen haben, dass

Paul zu ihm hochkommen wollte! Wenn er einfach verschwunden war, war das nicht besonders nett.

Paul vergewisserte sich, dass er an der richtigen Stelle stand, denn das Obergeschoss des Bühnenhauses war nicht nur ziemlich dunkel, sondern auch unübersichtlich. Es könnte ja sein, dass Paul den falschen Arbeitssteg genommen hatte und Glück doch woanders auf ihn wartete. Aber Pauls Rufe hätte er ja trotzdem hören müssen. Und da wäre es höflich gewesen, wenigstens zu antworten.

»Hans-Peter!«, rief Paul noch einmal. »Glück! Wo steckst du?«

Das letzte Wort war kaum verklungen, als er auf ein sirrendes Geräusch aufmerksam wurde. Es war wie ein heller, metallischer Gesang. Paul drehte sich nach der Geräuschquelle um. Die schnell lauter werdenden Töne kamen von den Seilzügen. Paul erkannte, dass sich einige von ihnen in vibrierende Bewegung gesetzt hatten. Und eines der Stahlseile direkt vor ihm rasselte mit großer Geschwindigkeit nach unten. Es musste gerissen sein! Bevor Paul ganz begriff, was vor sich ging, rauschte das lose Ende des Seils auf ihn zu.

Die Erkenntnis kam zu spät, um sich noch in Sicherheit zu bringen! Mit einem peitschenden Knall schlug das Seil wenige Zentimeter neben ihm auf dem schmalen Laufsteg auf und brachte die Galerie zum Schwingen. Paul, zu Tode erschrocken, machte einen falschen Schritt und geriet ins Stolpern. Die Sohlen seiner Schuhe hatten nicht das richtige Profil, um auf der immer stärker wankenden Arbeitsbühne das Gleichgewicht zu halten. Ehe er sich versah, zog es ihm die Füße weg. Paul landete hart auf dem Laufbrett, rutschte weiter und kippte kopfüber in die Tiefe.

Im Fallen riss er beide Arme nach oben, bekam gerade noch das Halteseil des Handlaufs zu fassen und klammerte sich mit aller Kraft daran fest. Pauls Atmung ging stoßartig, als er versuchte, sich zurück auf den Steg zu hieven. Doch mit jedem Schwung, den er nahm, brachte er den schwebenden Gang nur noch stärker zum Pendeln.

Paul baumelte über dem klaffenden Abgrund – und seine Kraftreserven schwanden von Sekunde zu Sekunde.

»Hilfe.« Er stöhnte mehr, als dass er schrie. »Ich brauche Hilfe!«

Seine Hände schmerzten, weil das Seil in seine Haut schnitt. Die Muskeln seiner Oberarme begannen zu zittern. Aber er musste durchhalten. Er musste! Paul nahm einen weiteren Anlauf, sich hochzuschwingen, doch er scheiterte kläglich.

Der Verzweifelung nah, rief er noch einmal um Hilfe. Und endlich, nach schrecklichen Sekunden, kam die Rettung. Jemand näherte sich mit flinken und entschlossenen Schritten. Das musste Hans-Peter sein. Gott sei Dank!

Paul war am Ende seiner Kräfte, als er die Hand ergriff, die ihm gereicht wurde. Mit einer letzten gewaltigen Anstrengung gelang es ihm, seine 80 Kilo auf die Galerie zurückzuwuchten. Auf dem Bauch blieb er liegen und schnappte nach Luft. Kaum hatte sich sein Puls einigermaßen beruhigt, richtete er seinen Oberkörper auf, um seinem Retter zu danken.

Doch da war niemand mehr.

Paul rieb sich die Augen. »Hans-Peter?« Er wandte den Kopf. Der Steg war leer. Weder links noch rechts eine Menschenseele! Was sollte denn das nun wieder? Warum war Glück so schnell verschwunden?

Mühsam kam Paul wieder auf die Beine. Mit beiden Händen am Handlauf trat er den Rückweg an. »Hans-Peter?«, fragte er noch einmal, diesmal aber leiser.

Als er die Leiter hinter sich gelassen und endlich wieder festen Bühnenboden unter den Füßen hatte, war er sich einen Moment lang nicht sicher, ob er ab sofort an Geister glauben sollte. Oder an Phantome. Denn was er soeben erlebt hatte, würde er keinem vernünftigen Menschen erklären können.

Mit unsicheren Schritten ging er auf den verwaisten Stuhl des Spielleiters zu, ließ sich erschöpft hineinfallen und versenkte seinen Kopf in den Händen.

Er wusste nicht, wie lange er in dieser Pose verharrt hatte, bis ihn Hannah aus seiner Lethargie riss, ganz sicher waren es aber zehn Minuten oder mehr gewesen. »Paul?«, hörte er ihre Stimme, in deren unbekümmerter Fröhlichkeit auch etwas Sorge mitschwang. »Ist alles in Ordnung?«

Paul schaute auf und stellte fest, dass Hannah nicht allein war.

»Schau mal, wen ich kennengelernt habe«, sagte sie stolz.

Britta Kistner nickte ihm freundlich zu. »Wir haben uns auf der Toilette getroffen.«

»Wir standen beide vorm Spiegel, und ich habe sie gleich erkannt und angesprochen«, ergänzte Hannah. »Britta hat gesagt, dass sie mir die Oper zeigt. Du bist also von dieser Bürde befreit, Paul.«

»Das ist ... nett.«

Jetzt schien Hannah aufzufallen, wie mitgenommen Paul aussah. »Ist wirklich alles in Ordnung?«, vergewisserte sie sich.

»Nein«, antwortete Paul und rang sich dazu durch, von seinem Beinaheabsturz zu berichten. »Die ganze Anlage muss dringend repariert werden. Das ist ja lebensgefährlich dort oben!«

Hannah und Britta hingen an seinen Lippen und waren zunächst sprachlos. »War es wirklich Hans-Peter, der Sie gerettet hat?«, brach Britta schließlich die Stille.

»Ja«, meinte Paul. »Wer sonst?«

»Aber du hast ihn nicht wirklich erkannt, oder?«, hakte Hannah nach.

»Das nicht. Aber der Mann war von ähnlicher Statur. Schlank, flink und behände.«

»Ja, das trifft auf Hans-Peter zu«, bestätigte Britta.

»Schlank und flink sind aber auch andere«, gab Hannah zu bedenken. »Zum Beispiel dieser Regisseur, von dem du mir erzählt hast.«

»Ricky Haas?«, fragte Paul überrascht. »Der ist zu alt für solch halsbrecherische Aktionen. Außerdem hätte er keinen Grund, nach meiner Rettung unerkannt zu verduften.«

»Hans-Peter auch nicht«, gab Britta zu bedenken.

»Bist du denn überhaupt sicher, dass es ein Mann war, der dich vor dem Absturz bewahrt hat?«, fragte Hannah direkt.

Nein, das war er nicht, dachte Paul und sah sie nachdenklich an. »Ich habe keine Ahnung«, sagte er dann. »Jedenfalls habe ich einen Heidenschreck gekriegt und könnte jetzt einen starken Kaffee vertragen.«

Britta Kistner erbot sich, dem Haustechniker den Schaden zu melden und damit künftigen Unfällen vorzubeugen. Paul nahm dankend an, denn um diesen Part riss er sich nicht – am Ende hätte man ihn noch für das gerissene Seil verantwortlich gemacht. Er zwinkerte Hannah zu. »Lass dir von Britta ruhig alles zeigen. Meine Rolle als Fremdenführer ist für heute beendet.«

14

Als Paul nach einem langen, anstrengenden, im übrigen Verlauf aber wenig ereignisreichen Arbeitstag das Opernhaus verließ und nach Hause ging, sehnte er sich nur noch nach einem gut gekühlten Gutmann Hefeweizen, von dem er hoffte, dass es in seinem Kühlschrank auf ihn wartete.

Er hatte den Weinmarkt fast erreicht, als ihn ein Ruf einholte, der vom Hauptportal der Sebalduskirche her kam. Paul drehte sich um und war erfreut, seinen alten Freund, den Pfarrer Hannes Fink, zu sehen. In herzlicher Verbundenheit umarmten sich die beiden Männer und klopften sich dabei auf die Schultern.

»Paul, meinen Glückwunsch!«, sagte der Pfarrer und verzog seinen Mund samt Schnauzbart zu einem Lächeln. »Du hast dich spät, aber richtig entschieden.«

»Ach, du weißt es auch schon?« Paul fragte sich, wie sich die Nachricht von seinem Heiratsantrag so schnell herumsprechen konnte. Am wahrscheinlichsten war, dass Hannah die Nachricht verbreitete.

»Ich hoffe, eurer klammheimlichen Verlobung wird bald eine kirchliche Trauung unter meinem Segen folgen«, meinte Fink mit seiner brummigen und doch so freundlichen Stimme.

»Eins nach dem anderen«, dämpfte Paul das Tempo.

»Komm!« Fink griff Paul am Ellenbogen. »Ich begleite dich bis zu deiner Wohnung. Ist die Luft nicht herrlich heute Abend?«

»Ja ... schon«, stimmte Paul verhalten zu. Denn er musste damit rechnen, dass ihn der Pfarrer nicht so einfach davonkommen lassen, sondern ihm erst einmal auf den Zahn fühlen würde. Denn wenn es darum ging, den Bund fürs Leben zu schließen, durfte sein Rat als Geistlicher nicht fehlen. Das entsprach Finks Selbstverständnis als Seelsorger.

Und schon legte er los. »Du brauchst dich vor dem nächsten Schritt nicht zu fürchten«, sagte er getragen. »Du bist ein wacher, neugieriger Mensch. Die Unruhe, der Zweifel und das Suchende liegen in deiner Natur – aber all diese Dinge, die dich ausmachen, brauchst du in deiner Ehe mit Katinka nicht abzulegen. Im Gegenteil, Paul! Katinka kennt dich lange genug mit all deinen Ecken und Kanten, um nicht die Illusion zu nähren, dich auf deine alten Tage noch bändigen zu können.«

»Deine Zuversicht in Gottes Ohr«, sagte Paul etwas eingeschnappt.

»Ich meine das durchaus ernst, Paul. Ihr beide seid zwei ausgeprägte Charaktere, jeder auf seine Weise. In eurem jahrelangen Ringen um Lebenserfüllung habt ihr so manches Opfer gebracht. Doch das größte Opfer war es, dass ihr all die Zeit allein gewesen seid. Deshalb mein Rat: Zieh die Sache jetzt durch! Du weißt, dass Katinka die Frau deines Lebens ist. Steh dazu!«

»Das tue ich ja! Zweifle doch nicht permanent an meiner Standfestigkeit, sonst werde ich am Ende wirklich wankelmütig.« Paul war froh, dass sie vor seinem Haus angekommen waren. Auf eine längere Moralpredigt verspürte er keinerlei Lust, obwohl sicherlich viel Wahres und Gutgemeintes in Finks Worten lag. Paul nahm Anlauf, sich zu verabschieden, als ihm eine feine Veränderung in der Mimik des Pfarrers auffiel: Ein düsterer Gedanke schien das gütige Lächeln aus Finks rundem Gesicht zu vertreiben. Daraufhin stellte Paul seine eigenen Angelegenheiten hintan und erkundigte sich: »Und was gibt es bei dir? Es ist doch so weit alles klar, will ich hoffen.«

»Ja, ja. Alles bestens.« Fink haderte ganz offensichtlich mit sich selbst, ob er mit dem herausrücken sollte, was ihn plagte. »Es ist nur …«, setzte er an. »Ich habe momentan mit einem etwas ungewöhnlichen beruflichen Problem zu kämpfen.«

»Was denn für ein Problem?« Darunter konnte sich Paul alles Mögliche oder auch gar nichts vorstellen. »Möchtest du darüber reden?«, fragte er.

Fink sah ihn aus seinen großen, leicht hervortretenden Augen unglücklich an. »Das ist es ja gerade. Nur zu gern würde ich darüber sprechen und deine Meinung hören. Aber ich darf nicht.« Der Pfarrer ließ die rechte Hand in seine Tasche gleiten und förderte eine Packung Tabak zutage. Während er begann, sich eine Zigarette zu drehen, erläuterte er: »Ich habe jemandem eine Art Beichte abgenommen.«

»Beichte?« Paul war mehr als überrascht. »Hast du eine Identitätskrise? Du bist bei der evangelischen Kirche angestellt, nicht bei den Katholiken.«

»Ob du es glaubst oder nicht, mein lieber Paul: Die Beichte kennt man auch bei uns, und auch evangelische Schäfchen haben ab und zu das Bedürfnis, sich etwas von der Seele zu reden. Das allein ist nichts Besonderes, ungewöhnlich ist aber, wenn man es in dieser – sagen wir – seelsorgerischen Vertraulichkeit mit einer Straftat zu tun bekommt.«

Paul sah immer noch nicht, wo das Problem lag. »Dann geh zur Polizei und zeig die Sache an, wenn es dich so sehr bedrückt«, schlug er vor.

»Das geht nicht so einfach, wie du es dir vorstellst. Wie du schon sagtest: Ich bin kein katholischer Priester und sitze nicht wöchentlich im Beichtstuhl – sehr wohl habe ich aber die Verpflichtung, das Beichtgeheimnis zu wahren.«

»Aha ... – ich wusste nicht, dass so etwas konfessionsübergreifend ist.«

»Im Grunde genommen ist es ähnlich der ärztlichen Schweigepflicht, und ich finde das normalerweise sehr sinnvoll. Aber in diesem Fall ...« Ein Faltenteppich legte sich über seine breite Stirn.

»Ich verstehe«, meinte Paul. »Kannst du nicht wenigstens andeuten, worum es geht?«

»Nein«, sagte Fink bedauernd. »Dabei würde ich gerade *dir* gern mehr darüber verraten.«

»Weshalb ausgerechnet mir?« Das Thema wurde für Paul immer undurchsichtiger.

»Weil ...« Der Pfarrer druckste herum. »Nun ja ...« Ganz untypisch für ihn, dachte Paul. Schließlich riss Fink sich los, wünschte ihm zerstreut einen schönen Abend und ließ ihn ohne weitere Erklärungen stehen.

Noch während Paul die Stufen zu seinem Loft im Obergeschoss hinaufstieg, wunderte er sich über das seltsame Verhalten seines Freundes. Er kannte Fink als einen Mann der klaren Worte, der ohne Umschweife aussprach, was ihm durch den Kopf ging. Die ungewohnte Erfahrung, das Beichtgeheimnis in einem offenbar sehr heiklen Fall wahren zu müssen, hatte den Armen offensichtlich in eine echte Zwickmühle gebracht. Was Paul am meisten beunruhigte, war die Anspielung darauf, dass Paul selbst in irgendeine Art und Weise in die Sache verstrickt zu sein schien. Wie sonst sollte er Finks letzten Satz deuten, dass er ausgerechnet Paul ins Vertrauen ziehen wollte und nicht durfte?

Zu seiner Erleichterung fand Paul tatsächlich noch eine Flasche Weizenbier im Kühlschrank und goss sie sich voller Wonne ein. Während er die letzten Hefereste vom Flaschenboden schwenkte und sie ins Glas fließen ließ, fuhr er den Computer hoch. Routinemäßig rief er seine Emails ab. Dann ließ er sich durchs Internet treiben, bestellte zwei neue Bücher, Krimis diesmal, die er wie üblich parallel lesen wollte. Einer der beiden Romane – mit dem Titel *Stadtgrenze* – spielte sogar in Nürnberg. Der andere mit dem vielversprechenden Titel *Tartufo mortale* präsentierte ein neugieriges Trüffelschwein als tierischen Ermittler. Während Paul die Kurzinhalte las, war ihm plötzlich wieder sein eigener Krimi gegenwärtig – die Morde im Opernhaus.

Paul dachte an die beiden Toten und die dürftigen Spuren, die der Täter hinterlassen hatte. Etwas Gegenteiliges hatte er jedenfalls noch nicht gehört. Er dachte auch an sein beklemmendes Erlebnis im Kellergang und an seinen Beinaheabsturz vom Bühnenboden. Falls es jedes Mal ein und dieselbe Person gewesen war, die ihre Finger im Spiel gehabt hatte, musste sie sich verdammt gut in dem Gebäude auskennen. Viel besser als die meisten Angestellten und erst recht besser als der Neuling Paul! Wenn er also mit diesem Phantom mithalten und ihm auf die Schliche kommen wollte, musste er eine Menge Hausaufgaben machen.

Noch während er darüber nachdachte, flitzten seine Finger über die Tastatur und fütterten die Suchmaschine mit Stichwörtern wie »Oper«, »Nürnberg«, »Historie« und etlichen weiteren Suchbegriffen.

Paul konzentrierte sich zunächst auf die harten Fakten. Das Nürnberger Opernhaus war 1906 von Heinrich Seeling erbaut worden. 1935 ließen die Nazis das Gebäude umgestalten. Dann kamen Krieg und Zerstörung. Erst in den 90er-Jahren wurde der Originalzustand annähernd wieder erreicht. Dank des Vereins »Freunde der Staatsoper« und nicht zuletzt durch zahlfreudige Sponsoren wie Eduard Ascherl konnten viele verlorengegangene Details des ursprünglichen Entwurfs wiederhergestellt werden.

In seinem Inneren war und blieb das Opernhaus jedoch ein Labyrinth. Hinter den Kulissen des mondänen Kulturpalastes war gestückelt, improvisiert und teilweise auch gepfuscht worden. Noch während der Bauphase konzipierte man fleißig um und versetzte sogar Mauern. Räume wurden vergrößert, Flure umgeleitet. Am Ende blickte niemand mehr durch.

Paul las mit besonderem Interesse einen älteren TÜV-Bericht, der ganz der im Untergrund schlummernden Bühnentechnik gewidmet war. Die gesamte Maschinerie stammte noch aus dem Jahr 1905. Das Nürnberger Werk der M.A.N. hatte das monumentale Eisengerüst für die Zugeinrichtungen der Kulissen geliefert, die Paul vor wenigen Stunden um die Ohren geflogen waren. Die mittlerweile museumsreife Anlage, die die Bretterwelt von der Unterbühne bis zum 25 Meter hohen Schnürboden zusammenhielt, galt in ihrem Kern als robust und nahezu unzerstörbar. Aber die Seilzüge waren für relativ leichte Prospekt-Bühnenbilder konzipiert. Jedes der alten Seile war nur für Gewichte bis zu 220 Kilogramm ausgelegt. Um sperrige Illusionen aus Holz, Pappe, Styropor und Leinwand bewegen zu können, mussten deshalb die Lasten auf mehrere Zugseile verteilt werden – eine Lösung, die ein hohes Unfallrisiko mit sich brachte.

Paul löste seinen Blick von dem Bildschirm und ging in sich. Konnte das, was er heute auf dem Schnürboden erlebt hatte, tatsächlich nur die Folge einer falsch berechneten Bühnenaufhängung gewesen sein? Er versenkte sich wieder in die Internetquelle und stieß auf die bemerkenswerte Aussage eines Experten, eines Diplom-Ingenieurs und Gutachters: »Es dürfte vor allem dem geradezu vorbildlich sicherheitsgerechten Verhalten der Beschäftigten zu danken sein, dass sich das Unfallgeschehen in bemerkenswerten Grenzen hält. Es kann jedoch niemand garantieren, dass das so bleibt.« Gleich im Anschluss hatte jemand den Kommentar eines »erfahrenen Schnürboden-Hasen« eingestellt, der lautete: »Wenn ein Sänger einen Ton schmeißt, steht's in der Kritik. Wenn aber wir etwas sausen ließen, wär's eine Story für den Polizeibericht.«

Entweder, so folgerte Paul aus seinen Recherchen, war alles nur ein Zufall. Oder aber er hatte es mit einem Gegner zu tun, der erstens den Grundriss des Opernhauses in- und auswendig kannte und zweitens mit den Sicherheitsmängeln der Bühnentechnik vertraut war. In diesem Fall kam es einem Wunder nahe, dass er nicht schon tot war. Oder aber ...

Paul sah nachdenklich auf, als er seinen Gedanken weiter spann: oder aber dieser Gegner trachtete ihm gar nicht nach dem Leben, sondern wollte ihm nur einen Denkzettel verpassen. Eine eindringliche Warnung an ihn, die Schnüffelei sein zu lassen!

Paul spürte, wie ihm bei dieser Vorstellung angst und bange wurde. Doch – hatte er sich denn dermaßen auffällig verhalten, um eine so drastische Warnung zu provozieren? War er dieses Mal nicht sehr zurückhaltend vorgegangen und hatte seine Recherchen auf ein paar ganz harmlose Befragungen beschränkt?

Wenn allein schon sein zaghaftes Stochern derart heftige Reaktionen hervorrief, musste er einen wunden Punkt erwischt haben. Dies wiederum konnte nur einen Schluss zulassen: dass es sich bei den beiden Getöteten keineswegs um Zufallsopfer handelte, sondern sie gezielt ausgewählt worden waren. Es musste eine Verbindung geben, einen inhaltlichen Zusammenhang. Mit anderen Worten: einen Grund für zwei Morde! Dem Täter schwante vielleicht, dass Paul über kurz oder lang eben diesen Schluss ziehen würde – daher die Einschüchterungsversuche!

Angespornt durch diese Erkenntnis, durchsuchte Paul das Internet nach weiteren Spuren. Doch der durch eine gehörige Portion Adrenalin hervorgerufene Energieschub hielt nicht lange vor. Als er müde wurde, entschied er sich dafür, auf die lauter werdende Stimme der Vernunft zu hören. Er fuhr seinen Rechner herunter und legte sich schlafen.

15

Die Vögel zwitscherten so kräftig und melodiös, wie er es lange nicht mehr gehört hatte. Die Morgensonne war sanft und dennoch recht warm. Als er das Dachfenster öffnete, atmete er die frische Morgenluft ein, in der noch die Feuchtigkeit der Nacht lag. Paul legte seine Arme auf die Fensterbank und lehnte sich hinaus. Zu seiner Rechten sah er die beiden Türme der Sebalduskirche, die in nur etwa 50 Meter Entfernung von seiner Wohnung grazil in den kobaltblauen Morgenhimmel aufragten und deren Sandsteinmauern im zarten Morgenlicht rötlich schimmerten. Er schaute nach vorn, hob den Blick und erfreute sich am erhabenen Anblick der Kaiserburg, deren Turmspitzen und Zinnen er von seinem Atelier aus gut sehen konnte. Schließlich unterzog er den Weinmarkt zu seinen Füßen einer wohlwollenden Inspektion und beobachtete einige emsige Gestalten, die schon zu dieser frühen Morgenstunde unterwegs waren: Frauen mit Bäckertüten unter den Armen, eilige Kellnerinnen auf dem Weg zur Frühstücksschicht im *Café Sebald* und seriös gekleidete Geschäftsleute, die in einem der umliegenden Büros tätig waren.

Paul streckte sich, ließ seinen Kopf auf den Schultern kreisen und schnaufte wohlig. Der tiefe Schlaf der letzten Nacht war ihm gut bekommen, sodass er voller Elan in den neuen Tag starten konnte.

Im Opernhaus gab es heute nicht viel zu tun, denn Klingers Aufträge waren allmählich abgearbeitet, und Haas hatte nach dem geplatzten Shooting mit Irena noch keinen neuen Anlauf nehmen wollen. Er konnte sich also gleich daran machen, seine gestrigen Gedanken aufzugreifen und weiter im Leben der beiden Getöteten zu forschen. Denn inzwischen trieb ihn weniger die Neugierde als vielmehr der Selbsterhaltungstrieb, sich detektivisch zu betätigen. Einen »Unfall« wie am Vortag wollte er keinesfalls ein zweites Mal erleben!

Vor allem Klingers Psyche interessierte ihn. Während er sich den Charakter von Baumann durch die vielen Episoden, die er über ihn gehört hatte, noch einigermaßen plastisch vor Augen führen konnte und ihn als lasterhaften Lebemann einstufte, fiel ihm das bei dem toten Dramaturgen weitaus schwerer. Er brauchte dringend weiterführende Informationen und Details. Am meisten Aufschluss versprach er sich dabei von Evelyn Glossner, der Haus- und Hofpsychologin. Dadurch, dass sie bei den Städtischen Bühnen aus- und einging, weil offenbar ein Großteil ihrer Klientel aus dem Ensemble stammte, würde sie vielleicht noch den einen oder anderen wertvollen Hinweis geben können.

Er hatte mehr Glück, als er sich erhoffen durfte, und stieß im Eingang zur Kantine beinahe mit ihr zusammen. »Nicht so stürmisch, junger Mann«, begrüßte ihn die pummelige Frau flachsend.

Nach kurzem Zaudern ließ sich die Psychologin von Paul zu einer Tasse Kaffee einladen. Beide setzten sich in eine weniger belebte Ecke des Saals. Paul kam ohne Umschweife zur Sache.

Evelyn Glossner hörte ihm aufmerksam zu und stützte ihr Kinn dabei auf ihren gefalteten Händen ab. Als Paul geendet hatte, fragte sie ruhig: »Warum wenden Sie sich damit gerade an mich? Weil ich Psychologin bin? Ich muss Sie enttäuschen: Klinger zählte nicht zu meinen Patienten. Und selbst wenn, dürfte ich darüber nicht mit Ihnen reden.«

»Davon bin ich auch nicht ausgegangen. Aber Sie halten sich hier sehr oft auf, Klinger war Ihnen also kein Unbekannter. Außerdem verfügen Sie schon rein beruflich über eine ausgeprägte Menschenkenntnis. Ich kann mir keine kompetentere Gesprächspartnerin vorstellen.« Er sah sie gewinnend an.

»Danke für die Blumen.« Sie quittierte Pauls Schmeichelei mit einem sonnigen Lächeln. »Sie sind sehr charmant, Herr Flemming. Trotzdem gehört es nicht zu meinen Gepflogenheiten, mich über andere Leute auszulassen. Zumal Herr Klinger nicht gerade ein Befürworter meiner Tätigkeit hier gewesen ist. Ich möchte über niemanden schlecht reden, der sich nicht mehr wehren kann.«

»Das verlange ich ja gar nicht von Ihnen«, beeilte sich Paul zu versichern. »Alles, was ich mir erhoffe, sind ein paar Anhaltspunkte.«

»Nun ...« Evelyn Glossner schien sich tatsächlich erweichen zu lassen. »Sie sind ja kein offizieller Ermittler und machen auf mich einen vertrauenswürdigen Eindruck. Was genau wollen Sie denn über Klinger wissen?«

Paul erkannte seine Chance und legte los: »Wie er war! Ich meine, was für ein Mensch er wirklich gewesen ist. Nach außen hin trat er ja ungemein selbstsicher, beinahe großspurig auf und gab sich als Platzhirsch aus.«

»Ja, das klassische Alphatier. Das haben Sie gut erkannt«, bestätigte die Psychologin Pauls Beobachtungen. »Ich vermute jedoch, dass dieses Bild nur eine Fassade war. Oder sagen wir besser: eine Maske. Ist Ihnen aufgefallen, wie viel und wie laut er geredet hat? Durch die quantitative Fülle seiner Worte und eine überzogene Körpersprache in Mimik und Gestik versuchte er meiner Meinung nach, mangelnde Kompetenzen zu überspielen und von seinem an sich schwach ausgeprägten Ego abzulenken.« Sie lehnte sich leicht im Stuhl zurück, als sie weiter ausführte: »Wie Sie wissen, hat er hier im Haus eine führende Position angestrebt. Aber ich denke, dass die Fußstapfen, in die er treten wollte, einige Nummern zu groß für ihn waren. Je deutlicher er das erkannte, desto ungestümer wurde sein Verhalten.«

»Sie meinen, er war im Grunde genommen nur ein Blender?«, folgerte Paul.

Evelyn Glossner winkte ab. »Wie schon gesagt: Klinger zählte nicht zu meinen Patienten, ich kann also nur Vermutungen anstellen.«

Paul wollte die Psychologin nicht so schnell aus der Diskussion entlassen: »Und der Mord an ihm? Wie sehen Sie den? Könnte Klinger mit seinem aggressiven Machtstreben einen Konkurrenten so weit getrieben haben, dass …« Paul beließ es bei der Andeutung.

Seine Gesprächspartnerin wirkte zurückhaltend, als sie sagte: »Vorstellbar ist es. Klingers aufgesetzt selbstgefälliges Gehabe könnte auf den einen oder anderen provozierend gewirkt und gewisse Gegenmechanismen ausgelöst haben.«

»So, wie Sie das sagen, halten Sie diese Möglichkeit wohl nicht für wahrscheinlich.«

»Doch, durchaus. Aber man sollte niemals nur eingleisig denken, wenn es um ein so komplexes Gebilde wie die menschliche Psyche geht. Möglicherweise war eine ganz andere Seite seines Charakters ausschlaggebend für den Täter. Eine Seite, die wir gar nicht kennen.«

Paul kamen die Andeutungen von Chefbeleuchter Hans-Peter Glück in den Sinn, und er fragte aufs Geratewohl: »Können Sie sich vorstellen, dass Klingers amouröse Abenteuer etwas damit zu tun hatten?«

»Oje«, sagte Evelyn Glossner mit offenem Erstaunen. »Das ist wirklich mal ein ganz neuer Aspekt. Dass Norbert Baumann Derartiges nachgesagt wurde, ist mir bekannt. Aber Jürgen Klinger? Wer hat Sie denn auf diese Fährte gebracht?« Paul wog ab, ob ein Grund dafür vorlag, seine Quelle geheim zu halten, doch er entschied sich dafür, den Namen preiszugeben. Evelyn Glossners Reaktion bestand aus einem weiteren »Oje!«. Dann sah sie Paul aufmerksam an und sagte: »Es mag durchaus sein, dass Glück aus seiner Vogelperspektive einige interessante Beobachtungen gemacht hat. Vielleicht hat er daraus sogar die richtigen Schlüsse gezogen.«

»Aber?«, fragte Paul, der die Vorbehalte der Psychologin deutlich spürte.

»Aber ...«, sie wirkte ein wenig enttäuscht, »... in diesem Fall hätte ich *Ihnen* mehr Menschenkenntnis zugetraut, Herr Flemming. Hans-Peter Glück ist berüchtigt für sein flinkes Mundwerk und seine starken Sprüche – oder sollte ich sagen: üble Nachrede? Davon abgesehen ist er selbst kein unbeschriebenes Blatt ...« Sie unterbrach sich, als sie Britta Kistner in der Nähe ihres Tisches erblickte. »Britta!«, rief sie und winkte die junge Sängerin heran. Kaum war Britta angekommen, stand die Psychologin auf und bot ihr ihren Stuhl an. »Euer neuer Fotograf würde gern über die Vorlieben des Chefbeleuchters aufgeklärt werden. Ich glaube, das ist ein Thema, über das ihr euch besser intern unterhaltet. Ich als Außenstehende werde mich an dieser Stelle ausklinken.« Mit einem jovialen Zwinkern verabschiedete sie sich. »Ade!«

Britta saß Paul leicht befangen gegenüber. Sie legte ihre zartblassen Hände auf den Tisch; die Fingernägel waren wieder feuerrot lackiert. »Also, ich ...«

»Eine blöde Situation, was?« Paul versuchte, das ihr aufgedrückte Gespräch zu entkrampfen. »Sie kommen nichtsahnend vorbei und dann das. Aber, Britta, keine Sorge: Sie müssen mir natürlich gar nichts sagen.«

Die junge Frau wirkte nun etwas erleichtert. »Verstehe. Aber eigentlich ist es ja kein Geheimnis. Früher oder später werden Sie es sowieso erfahren.« Paul beugte sich neugierig vor, als Britta mit leiser Stimme berichtete: »Hans-Peter ist seit Jahren ein heimlicher Verehrer von Irena. Er vergöttert sie und holt bei ihren Auftritten alles aus seinem Lampenpark heraus, was nur geht. Auf Baumann war er entsprechend schlecht zu sprechen, weil der seine Angebetete nicht gut behandelte.«

Jetzt war es an Paul, laut »Oje!« zu sagen. Ein neuer Verdächtiger mit handfestem Tatmotiv!

Britta sah sich um und vergewisserte sich, dass ihr auch wirklich niemand anderes zuhörte. »Auch mit Klinger gab es ziemlich häufig Zoff. Hans-Peter gehört nämlich zur Haas-Fraktion und ließ Klinger bei jeder Gelegenheit auflaufen. Paula – also, Paula Dorfner, die Maskenbildnerin – hat mir von einem üblen Streit zwischen den beiden erzählt.«

Damit steckte Oberbeleuchter Glück ganz schön tief drin in der Sache, bilanzierte Paul. In was für einen Moloch aus Lügen und Leidenschaften war er hier geraten? An potenziellen Mördern für ihre Bluttaten mangelte es jedenfalls nicht: Haas, Mäzen Ascherl, Irena selbst und nun Hans im Glück ... Gleichwohl bemühte er sich um ein unbefangenes Lächeln, als er sich zum Gehen erhob. »Danke, Britta, Sie haben mir sehr geholfen.«

»Null problemo. Grüßen Sie Hannah von mir! Sie kann gern mal wieder vorbeischauen. Jederzeit.«

16

Das Alibi von Ricky Haas platzte inmitten einer kulinarischen Orgie, wie sie nur Jan-Patrick inszenieren konnte: Der Küchenchef hatte vor Pauls erwartungsvollen Augen ein Arrangement entstehen lassen wie von einem alten Meister gemalt: Links eine gerade Linie aus frittierten Selleriewürfeln und Miniaturquadern aus Quittengelee. Rechts eine Nocke aus Selleriemousse, davor ein Strudel mit Quittenkompott und einem Milch-Mandel-Schaumhäubchen. In der Mitte vier konzentrische Tranchen vom Hirschkalbsrücken auf Steinpilzgemüse an karamellisiertem Rotkohl.

Bevor Paul zu essen und schwelgen begann, konnte er sich eine ketzerische Frage nicht verkneifen: »Hat deine Wald- und Wiesenküche heute geschlossen, und es darf wieder fürstlich getafelt werden?«

Jan-Patrick musste sich erst einen Moment sammeln, ehe er antwortete: »Ganz im Gegenteil, Paul, ganz im Gegenteil: Das, was du hier siehst, riechst und gleich kosten darfst, ist die Essenz meiner Kräuterküche. Hier ist kein einziges Gewürz aus der Dose zum Einsatz gekommen. Bitte: Nimm deine Gabel und probier, dann merkst du, wie meine Wald- und Wiesenküche die authentischen Geschmacksnoten unterstreicht, verblüffende Aromen hervorzaubert und kontrastreiche Konsistenzen erzeugt.«

»Entweder, Sie sind bereit, Jan-Patrick auf seiner kulinarisch-spirituellen Reise zu folgen, oder Sie empfinden das alles – genau wie ich – als überteuerten, prätentiösen Mist«, mischte sich ungebeten die Stimme von Victor Blohfeld ein. Mit einem nachlässigen »Ich darf doch?« setzte sich der Reporter neben Paul, schnupperte an dessen Teller und fragte den Wirt: »Was können Sie denn einem Gourmetbanausen wie mir anbieten?«

Jan-Patrick ließ seine Abneigung gegenüber dem Reporter freien Lauf und schlug vor: »Lauwarme Gänseblümchensuppe mit Distelknospen und wilden Möhren wäre heute im Angebot.«

Der Reporter zuckte nicht mit der Wimper. »Haben Sie auch etwas Anständiges zum Sattwerden?«

Jan-Patrick musste augenscheinlich darum kämpfen, nicht die Beherrschung zu verlieren. Doch es gelang ihm, sich zusammenzureißen. Recht aufgeräumt unterbreitete er seinen nächsten Vorschlag: »Gegrilltes Reh mit Anis und Zimtjoghurt. Wäre das nach Ihrem Geschmack?«

»Meinetwegen. Wenn es nicht zu teuer ist.«

Nun war es genug. Der kleine Küchenmeister lief rot an, stellte sich auf die Zehenspitzen und begann zu zetern: »Sie sind ein unmöglicher Mensch, Blohfeld! Sie haben keinen Respekt vor der Leistung anderer. Sie sonnen sich in Ihrem Zynismus, und es macht Ihnen Spaß, Ihre Mitmenschen zu kränken!«

»Mal langsam, Jan-Patrick«, ging Paul dazwischen. »Kein Grund zur Aufregung.«

»Oh doch!«, beharrte der Wirt. »Meine Küche ist exzellent. Das lasse ich mir von niemandem kaputt reden, schon gar nicht von einem Victor Blohfeld! Bei mir gehen die echten Gourmets ein und aus.« Nun wurde er ruhiger und wandte sich an Paul: »Auch deine neuen Kollegen sind hier Stammgäste. Etliche Ensemblemitglieder und Regisseure. Baumann war ab und zu mein Gast, und dieser Haas ist sogar Stammkunde. Er schwört auf meine Küche.«

Paul ließ seine Gabel sinken. »Haas? Meinst du Ricky Haas?«

Jan-Patrick bereute offenbar im selben Moment, was er gerade ausgeplaudert hatte, denn er setzte deutlich leiser fort: »Ja, Haas. Aber sag es niemandem weiter, denn das wäre ihm bestimmt nicht recht. Er kommt meist in Begleitung.«

»Lassen Sie mich raten«, sagte Blohfeld mit hämischem Grinsen. »Die Begleitung ist blond, schätzungsweise 20 Jahre jünger als er selbst und mitnichten seine Ehefrau?«

Jan-Patrick zischte: »Ich sage gar nichts mehr.«

»Und ob du das tust!«, rief Paul. »Wenn du Haas einen Stammgast nennst, dann heißt das, dass er mehrmals in der Woche zum Mittagessen vorbeikommt, oder?«

»Ja«, antwortete Jan-Patrick knapp.

»Immer zusammen mit dieser jungen Frau?«

»Mit der oder mit anderen, ja. So genau schaue ich da nicht hin.«

»Donnerwetter!«, stieß Paul aus. »Der Polizei gegenüber hat Haas behauptet, dass er in jeder Mittagspause brav zuhause bei seiner Familie speist. Seine Frau hat dieses Alibi bestätigt.«

»Was?« Blohfeld war wie elektrisiert. »Der Kerl hat eine Falschaussage gemacht, und seine Alte hat ihn sogar gedeckt?« Er dachte kurz nach, fand aber sogleich eine passende Erklärung: »Wahrscheinlich wollte sie nicht als die Dumme dastehen, die sich von ihrem Mann regelmäßig Hörner aufsetzen lässt. Das klingt nach einer guten Story.«

»Vergessen Sie es, Blohfeld«, sagte Paul energisch. »Hier geht es um eine laufende Ermittlung, in der erst einmal die Staatsanwaltschaft am Zug ist, bevor die Öffentlichkeit informiert werden darf.«

»So, so. Kaum verlobt mit Frau Oberstaatsanwältin, reden Sie ihr schon nach dem Mund.«

Jan-Patrick, der die Blicke anderer Gäste auf ihren Tisch gerichtet sah, bemühte sich um Schadensbegrenzung und winkte seine beiden Bekannten aus dem Gastraum in die Küche. Dort waren die Küchenjungen und Aushilfen vollauf mit ihrer Arbeit beschäftigt, sodass sie kein Ohr für den Wortwechsel der drei übrig hatten. Zwischen dampfenden Töpfen und zischenden Pfannen erklärte der Küchenchef: »Ich möchte niemanden in Misskredit bringen, damit das klar ist.

Was meine Kundschaft treibt oder auch nicht treibt, geht mich nämlich gar nichts an. Hauptsache, die Herrschaften zahlen, und das tut Herr Haas immer. Für Marlen hat er sogar noch ein gutes Trinkgeld zur Hand.«

»Keine Sorge«, sagte Paul, »wir wollen nicht deine Gäste vergrämen. Aber du musst verstehen: Es geht hier um Mord. Wenn deine Beobachtung dazu beitragen kann, ein falsches Alibi auffliegen zu lassen, dann ist es sogar deine Bürgerpflicht, das zu melden.« Blohfeld neigte bestätigend den Kopf.

Jan-Patrick zog ein Taschentuch hervor und wischte sich über die Stirn. »Bürgerpflicht, sagst du?« Er verzog unwillig seine vollen Lippen. »Also gut: Wenn du mir das genaue Datum sagst, um das es geht, schaue ich die Bons meiner Registrierkasse durch. Darauf ist die jeweilige Tischnummer verzeichnet. Da Haas ja einen Stammplatz bei mir hat, ist es ein Leichtes, den Kassenbeleg seines Tisches herauszufinden. Darauf kann ich die Uhrzeit ablesen, wann der Bon herausgelassen wurde. Rechnet man dann ungefähr eine Stunde zurück, kommt man etwa auf den Zeitpunkt seines Eintreffens in meinem Restaurant.«

Paul nannte ihm den Tag des Mordes an Norbert Baumann, woraufhin Jan-Patrick sie für einige Minuten in der Küche allein ließ. Als er mit einem kleinen Bündel Papierstreifen zurückkam, runzelte er bekümmert die Stirn. »Seht ihr«, sagte er und breitete die Bons auf einer blankgeputzten Arbeitsplatte aus. »Das sind die Abrechnungen seiner Mittagessen in diesem Monat. Da ist so einiges zusammengekommen. Meistens haben er und seine Begleiterin sich für den Businesslunch entschieden. Der hat zwei Gänge, also sind sie immer zwischen 45 und 60 Minuten geblieben. Aber am besagten Datum steht nur ein Mineralwasser auf der Rechnung.«

»Nur ein Wasser? Nichts zu essen?«, hakte Blohfeld nach.

»Nein. Ich habe eben kurz mit Marlen gesprochen, die an dem Tag die Bestellungen aufgenommen hatte. Sie meint sich zu erinnern, dass Haas allein kam, was ja ganz unüblich war, und dann schon nach kurzer Zeit wieder ging. Dem Kassenbon zufolge hat er um 11:42 Uhr bezahlt, wobei er laut Marlen erst gegen halb zwölf gekommen war. Ein sehr kurzer Aufenthalt.«

»In der Tat!« Blohfeld kniff konzentriert die Augen zusammen. »Der Mord an Klinger wurde zwischen 12 und 12:30 Uhr verübt, sagen meine Quellen bei der Polizei. Vom *Goldenen Ritter* bis zum Opernhaus braucht man zu Fuß 15 bis 20 Minuten.«

»Das bedeutet, dass Haas in der fraglichen Zeit theoretisch doch am Tatort gewesen sein könnte«, folgerte Paul.

»Oder ihn hat das schlechte Gewissen befallen, und er ist heimgerannt zu seiner Frau, was ihm das Alibi sichern würde«, wandte Jan-Patrick ein.

»Das glaubst du doch wohl selbst nicht«, meinte Paul und fragte: »Darf ich mal dein Telefon benutzen?«

»Ja, sicher«, sagte Jan-Patrick. »Aber was wird aus deinem Essen?«

»Manchmal muss man Opfer bringen. Auch wenn es schwer fällt.«

Vom Büro seines Freundes aus rief er im Oberlandesgericht an. Er ließ sich von Katinkas Vorzimmerdame durchstellen, wobei er geflissentlich den Hinweis ignorierte, dass die Oberstaatsanwältin eigentlich nicht gestört werden wollte. »Sagen Sie ihr einfach, dass ich sie dringend sprechen muss!«

»Paul?« Katinkas Stimme klang sachlich, beinahe abweisend. »Was gibt es denn so Wichtiges?«

»Ihr müsst euch Ricky Haas noch einmal vorknöpfen. Wie es aussieht, hat er euch an der Nase herumgeführt. Er war zur Mittagszeit am Tag, als Baumann starb, gar nicht zu Hause.«

»Was erzählst du da?« Katinka klang nicht gerade begeistert über diese Enthüllung. Paul holte weiter aus, berichtete ihr von Haas' Mittagspausen in Begleitung, von Marlens Erinnerungen und dem Nachweis mit den Kassenbons. Er sprach sogar eine Vermutung aus, warum Haas' Frau bei der Falschaussage mitgespielt haben könnte: »Vielleicht hat sie ihrem Mann im Gegenzug das Versprechen abgenommen, dass er seine Affären beendet.« Aber auch mit dieser wohlüberlegten Vorlage rang er Katinka kein Lob für seine großartige Hilfe ab – im Gegenteil:

»Damit erweitert sich der Kreis der Verdächtigen immer mehr, statt sich um den wahren Mörder zu schließen«, sagte sie wenig erbaut.

»Wie meinst du das?«

»Du bist nicht der Einzige, der mir einen möglichen Täter auf dem Silbertablett serviert. Vorhin erhielt ich einen Anruf einer Kellnerin aus dem *Tucherbräu*, der Gaststätte gegenüber dem Opernhaus. Sie konnte beobachten, wie Eduard Ascherl am Todestag von Norbert Baumann an ihrem Wirtshaus vorbei und auf die Oper zugegangen ist – kurz vor der Tat. Und ehe du fragst: Nein, Ascherl hatte dort keinen offiziellen Termin.«

»Ach ... – aber das kann Zufall sein«, meinte Paul, fühlte sich gleichzeitig jedoch in seinem Anfangsverdacht gegen den Mäzen bestätigt.

»Würdest du das auch sagen, wenn du wüsstest, dass ihn ein weiterer Zeuge auch am Todestag von Jürgen Klinger in der Nähe der Oper beobachtet haben will? Wiederum ungefähr zur Tatzeit?«

»Nein.« Paul war bass erstaunt. Dann aber befielen ihn Zweifel: »Ist es nicht eine seltsame Vorstellung, dass ein hoch angesehener Geschäftsmann wie Ascherl am helllichten Tag in die Oper marschiert, dort kaltblütig mordet und dann in aller Öffentlichkeit den Rückweg antritt, als wäre es das Normalste auf der Welt?«

»Die raffiniertesten Mörder schlüpfen uns gerade deshalb durch die Maschen, weil sie die Nerven behalten und sich nichts anmerken lassen. Jemand, der wegrennt, fällt auf. Nicht aber einer, der Ruhe bewahrt und sich genau so verhält wie immer.«

»Trotzdem ...« Pauls gesunder Menschenverstand wehrte sich gegen diese Annahme. »Das erscheint mir einfach zu offensichtlich.«

»Es ist ja bisher nur ein Verdachtsmoment«, räumte Katinka ein. Dann erkannte sie wohl auf ihrem Display die Nummer des Telefons, das Paul benutzte, und fragte alarmiert: »Du rufst vom *Goldenen Ritter* aus an? Ich hoffe doch sehr, dass dieser Bluthund Blohfeld nicht in der Nähe ist und unser Gespräch mithört!«

»Nein, nein«, sagte Paul voll Überzeugung, weil er den Genannten in sicherer Entfernung wähnte. Er zuckte zusammen, als er die Hand des Polizeireporters auf seiner Schulter spürte.

17

Mehrere voluminöse Styroporrollen lagen nebeneinander auf dem Boden. Sie wurden mit einer Art heißer Säge, einem straff gespannten glühenden Draht, in handliche Zylinder zerlegt. Anschließend schälten zwei Männer mit Hobeln senkrechte Furchen aus ihnen heraus. Ein dritter Kollege machte sich mit Mundschutz und Sprühpistole daran, auf die fertig vorbereiteten Styroporblöcke eine marmorschimmernd changierende Farbschicht aufzutragen.

Paul war während seiner Pause durch die Gänge des Opernhauses gestreift und durch Zufall an der Werkstatt der Bühnenbildner vorbeigekommen. Er hatte staunend durch die offen stehende Tür gespäht und war eingetreten. Nun beobachtete er fasziniert das eifrige Schaffen in der weitläufigen Werkstätte, die über professionelle Fräsmaschinen und Kreissägen sowie viele weitere Maschinen und Werkzeuge verfügte.

»Was basteln Sie denn da?«, erkundigte er sich nach den seltsamen Styroporgebilden.

Ein beleibter Mann um die 60, der die Prozedur die ganze Zeit über mit kritischem Blick beobachtet und ab und zu eine knappe Anweisung erteilt hatte, antwortete in breitem Fränkisch: »Griechische Säulen. Die Deko für die Disco.«

»Disco?«, fragte Paul nach und las den Namen seines Gegenübers von einem aufgenähten Schild auf dessen Schreinerkittel ab: Heinz Wirth. Folglich unterhielt er sich mit dem leitenden Bühnenbildner – er hatte seinen Namen schon Tage zuvor aufgeschnappt.

»Ja, die Diskothek«, bestätigte Wirth. Er war offenbar kein Mann der großen Worte, denn anstatt zu weiteren Erklärungen auszuholen, griff er nach einem Lageplan und breitete ihn auf einer Hobelbank aus. Brummig deutete er mit dicken Wurstfingern darauf: »Hier kommt die Diskothek hin. Heuer mit griechischem Mittelmeerflair. Und dann müssen wir noch die Cocktail- und die Champagnerbar aufhübschen, die Cigar Lounge einrichten und den Kunstrasen fürs Putting Green ausrollen.« Wirth richtete seinen massigen Körper auf und stemmte die Arme in die Hüften. »Alles für den Opernball! Da geht bald ein halber Jahresetat dafür drauf.«

Paul sah ihm interessiert über die Schulter. »Ein ganz schöner Aufwand, was?«

»Von schön kann keine Rede sein! Meine Mannschaft muss so viele Überstunden schieben wie vor keiner noch so wichtigen Premiere. Der ganze Luxus nur, damit die oberen Zehntausend ihren Spaß haben.«

Paul erkannte jetzt, dass der Plan in mehrere Bereiche unterteilt war. Insgesamt gab es sechs Ebenen, die im Rahmen des Balls bespielt werden sollten: Im Untergeschoss luden eine Fränkische Stube und eine Souterrain Bar zum Verweilen ein, außerdem gab es Ballschneider und -schuster und einen Coiffeur. Im Erdgeschoss und ersten Obergeschoss würde sich die eigentliche Festveranstaltung abspielen: mit großem Ballsaal, aus dem die Bestuhlung entfernt werden musste, weiteren Bars und Lounges und sogar einem Wellness-Bereich. Noch mehr Zerstreuung, Belustigung und diverse Verwöhnangebote würden die Gäste auf den Ebenen zwei bis fünf finden, denen die jeweiligen Zuschauerränge und Logen angeschlossen waren. »Bei einem so großen Angebot fällt es einem ja schwer, sich zurechtzufinden«, bemerkte Paul.

»Ja«, bestätigte Wirth. »Wenn man sich in dem Getümmel aus den Augen verliert, sieht man sich erst nach Ende der Veranstaltung im Parkhaus wieder.« Er grinste feist, woraus Paul schloss, dass ihm diese Vorstellung – bezogen auf die feinen Gäste – durchaus gefiel.

Da Paul ihn mittlerweile auf seiner Seite wähnte, wollte er die Gelegenheit nutzen, um den Bühnenbildner ein wenig auszuhorchen. »Stammen eigentlich alle Kulissen, die hier in Gebrauch sind, aus Ihrer Werkstatt?«, begann er harmlos.

Wirth verzog seine dicken Lippen. »Na, sicher! Was denken Sie denn? So was kann man ja nicht bei IKEA kaufen.«

»Dann haben Sie ja einen ganz schönen Durchlauf.«

»Haben wir. Fünf, sechs komplette Bühnenbilder in der Saison sind das Minimum.«

»Stammen auch die alten Kulissen aus Ihrer Werkstatt?«

»Was meinen Sie genau? Die letzten 25 Jahre hatte ich jedenfalls die Hand drauf. Da habe ich den Regisseuren Manieren beigebracht. Habe ihnen gesagt, was geht und was nicht geht. Habe ihnen die Flausen ausgetrieben. Jetzt denken Sie aber nicht, dass meine Bühnenbilder einfallslos sind! Nein, nein! Es stecken jedes Mal viele Ideen darin. Viel Kreativität. Kein Bühnenbild ist so wie das vorherige.«

»Und wenn sich mal etwas wiederholt? Etwa bei der gleichen Aufführung, die wegen des großen Erfolges ein paar Spielzeiten später wieder aufgenommen wird?«

»Das ist ja bei fast allen Klassikern der Fall. Aber: nein. Jede Inszenierung bekommt ihr eigenes, charakteristisches Szenenbild. Da wird so gut wie nichts recycelt. Außer vielleicht bei Dauerbrennern wie *Schweig, Bub!*, Sie wissen schon, das Mundartschauspiel.«

»Dann werden die Ansprüche wohl immer höher und Ihr Aufwand größer?«, wollte Paul wissen.

»Nicht unbedingt. Manche wollen ganz einfache Dinge ohne viel Brimborium. Sie nennen das dann puristisch. Da reichen ein schwarzer Vorhang im Hintergrund, ein Stuhl und eine Stehlampe. Klinger hat solche Bühnenbilder bevorzugt.« In abfälligem Ton erklärte er: »Wohl kaum aus künstlerischen Gründen, sondern weil er sparen wollte. Er war ja scharf auf den Posten des Geschäftsführenden Direktors. Dafür wollte er sich beizeiten lieb Kind bei den Trägern machen und hat bei uns geknapst, wo es nur ging. Wir beide sind deshalb hin und wieder mächtig aneinandergeraten. Ich lasse mir nicht die Butter vom Brot nehmen.«

»Apropos Klinger.« Endlich gelang Paul der Schwenk zu dem Thema, das ihn eigentlich bewegte: »Die Kulissenteile, in denen die Toten gefunden wurden, haben ja eine ganz besondere Bedeutung gewonnen. Die Polizei geht inzwischen davon aus, dass die Fundorte eine Symbolik beinhalten, dass sie einer bewussten Inszenierung des Täters entspringen.«

Wirth verschränkte seine Wurstfinger über seinem stattlichen Bauch. Er sah Paul äußerst skeptisch an, und erst jetzt wurde Paul Wirths frappante Ähnlichkeit zu Schreinermeister Eder aus den *Pumuckl*-Filmen bewusst. Ein zweiter Gustl Bayrhammer stand vor ihm! Allerdings einer, der nicht bayerisch, sondern fränkisch sprach: »Habe ich gehört. Da halte ich gar nichts davon. Das wird völlig überbewertet.«

»Die Symbolik der Tatorte – Ihre Kulissen! – wird überbewertet? Stapeln Sie da nicht etwas zu tief?« Paul versuchte, Wirth aus der Reserve zu locken.

Doch der blockte ab: »Nein, das ist ein Gschmarri. Nur eine fixe Idee von den Kommissaren. Mehr nicht.«

»Aber, Herr Wirth, ich frage mich eben: Warum macht sich der Mörder so viel Mühe und führt seine Taten passend zu der Todesursache in einem ganz bestimmten Bühnenbild aus? Doch sicher, um uns eine Botschaft zu senden!«

»Botschaft? Nein!« Wirth schnaufte missgelaunt. »Wenn überhaupt, dann hat der Mörder nur eine Nachricht für uns: Er räumt unangenehme Zeitgenossen aus dem Weg, tut damit der Allgemeinheit einen Gefallen und hält uns allen vor, dass wir zu feige oder träge sind, selbst etwas zu unternehmen. Das ist ein Mann mit Charakter und Mumm und Humor noch dazu! Er führt die Bullerei an der Nase herum. Macht einen auf Psychopath, weil er weiß, dass die Schnüffler einen Mordsrespekt davor haben und alles Mögliche in die Spuren hineindeuten. Vor allem in die Fundorte, die Kulissen. Aber ich sage nur: Gschmarri! Unsere Bühnenbilder sind nichts Solides. Bloß Pressholz, Kleister und ein bisschen Farbe. Nicht belastbar. Genauso wenig wie die Vorstellung, die Tatorte würden irgendetwas über den Mörder verraten. Das ist die völlig falsche Spur! Total daneben. Aber ich gönne dem Täter seinen Vorsprung. Er zeigt es denen jedenfalls einmal, diesen Großkopferten!«

Paul sah den Bühnenbildner eine Weile nachdenklich an. Dann warf er einen letzten Blick auf die Fragmente der griechischen Säulen und verabschiedete sich.

Hatten die Fundorte der Toten inmitten der Opernkulissen tatsächlich nichts zu sagen, fragte er sich im Gehen, oder wollte »Schreinermeister Eder« ihn das nur glauben machen? Immerhin sympathisierte er ganz offenkundig mit dem Mörder.

18

Als Paul am Nachmittag nach getaner Arbeit heimkam, stolperte er in seinem Flur über einen Wäschekorb. Die Mokkabraune, das lebensgroße Poster eines Aktmodels am Flurende, schien ihm dabei mit gewisser Schadenfreude zuzusehen. Als er sich aufgerappelt hatte und den Inhalt des Korbes inspizierte, fand er ein gutes Dutzend akkurat gebügelter Hemden vor. Obendrauf lag ein Notizzettel, der eine Grußbotschaft in krakeliger Schrift enthielt:

»*Lieber Paul, du warst leider nicht daheim. Ich bringe dir deine Hemden. Habe mir die restlichen Hemden und deine beiden feinen Hosen zusammengesucht und mitgenommen. Sind nächste Woche fertig. Grüße und Küsse, Mutti. P.S.: Vati meint, du sollst endlich heiraten, damit das Bügeln für mich ein Ende hat. Aber ich mache es gern.*«

Paul schob den Korb unausgeräumt in die Besenkammer, als er einen schmalen Metallbügel unter dem obersten Hemd aufblitzen sah. Er bückte sich danach und hielt die Lesebrille seiner Mutter in der Hand. Missmutig betrachtete er das Gestell mit den dicken Gläsern. Hertha war ohne diese Sehhilfe nicht in der Lage, ihre geliebten *Reader's Digest*-Magazine zu lesen. Das bedeutete, dass sie sich zu Hause in Herzogenaurach den Wolf suchen oder aber schon bald wieder hier auftauchen würde. Paul beschloss zähneknirschend, den lieben Sohn zu geben. Er schnappte sich die Schlüssel seines Renaults.

Eine knappe Stunde später ließ er sich in der Hollywoodschaukel seiner Eltern die Sonne dieses schönen Spätnachmittags ins Gesicht scheinen und balancierte auf den Oberschenkeln einen Teller mit dem dritten Stück von Herthas köstlichem Pflaumenkuchen.

Der Ausflug zu seinen Eltern war Paul besser bekommen als erwartet. Er fühlte sich entspannt und wähnte sich hier draußen in Herzogenaurach weit genug entfernt von allen Problemen und Problemchen, die ihn in Nürnberg drückten. Außerdem bot dieser Besuch die perfekte Gelegenheit, seine Eltern in seine Heiratspläne einzuweihen.

Er hörte die Schritte seiner Mutter näherkommen und wollte gerade ein viertes Stück Kuchen dankend ablehnen, als er zögerte: Herthas kleine dunkle Augen, die unter ihrer tiefschwarz gefärbten Dauerwellenpracht beinahe untergingen, sahen ihn ernst an.

»Hermann möchte dich sprechen«, sagte sie, und es klang, als dulde dieser Wunsch keinen Aufschub.

Pauls Vater saß trotz des schönen Wetters im Wohnzimmer, wo der Sportkanal im Dauerbetrieb lief. Sein Gesicht wirkte teilnahmslos, und er machte keine Anstalten, sich seinem Sohn zuzuwenden, als Paul sich neben ihn auf das schwarze Kunstledersofa setzte. »Und, Vati, was gibt's?«, fragte er.

Anstelle seines Vaters ergriff wieder Hertha das Wort: »Ich war beim Metzger in der Hauptstraße. Da stand ich mit der Frau Sachter an, das ist die Mutter von Sarah, mit der du mal gegangen bist. Und sie ist auch eine Bekannte von den Brunners.«

»Ja. Schön«, sagte Paul, der nicht ahnen konnte, worauf seine Mutter hinaus wollte.

Hertha holte Luft und erklärte: »Die Helga Brunner hält sich ja für was Besseres, weil ihr Mann mal ein großes Tier bei Siemens war. Sie kauft ihre Mode grundsätzlich nicht im Ort. Sondern fährt mindestens alle zwei Wochen nach Nürnberg – zum Shoppen.« Das letzte Wort klang aus Herthas Mund äußerst despektierlich.

»Schön«, wiederholte sich Paul. »Soll sie doch.«

»Die Helga Brunner hat in Nürnberg eine alte Freundin getroffen. Und die erzählte ihr etwas, das sie dann brühwarm an Frau Sachter weitergab. Kannst du dir vorstellen, um was es ging?«

Nun erkannte Paul, woher der Wind wehte. Schuldbewusst suchte er nach einer Begründung dafür, dass er seine Eltern nicht früher ins Vertrauen gezogen hatte. Doch er fand keine und ging stattdessen in die Offensive: »Ja, es stimmt!«, sagte er feierlich. »Katinka und ich werden heiraten!«

Hertha sah ihn an, als hätte sie das Gerücht beim Metzger für eine Ente gehalten, und wirkte für den Moment völlig überrascht. Hermann reagierte gar nicht.

»Und? Was sagt ihr dazu?«, fragte Paul strahlend.

Hertha schien die Erkenntnis, dass ihr Sohn tatsächlich ernst machen wollte, schnell zu verarbeiten. Trocken wie üblich sagte sie: »Du solltest dir die Haare färben.«

»Bitte?«, fragte Paul, dessen Lächeln einer betretenen Miene wich.

»Wenn ich die Braut wäre, würde ich mir keinen Bräutigam mit grauen Schläfen wünschen.« Als Paul sie völlig verdattert ansah, meinte sie: »Deine Katinka tönt sich ihre Haare doch auch. Erzähl mir nicht, dass ihr Blond noch echt ist.«

»Aber das ist doch vollkommen gleichgültig!«, begehrte Paul auf.

»Wie sieht es denn mit Enkelkindern aus?«, brummte Hermann, den Blick noch immer fest auf den Fernseher geheftet.

»Wir haben noch nicht darüber entschieden«, antwortete Paul ausweichend. »Wir wollen es langsam angehen lassen.«

»Ist das nicht ein großes Risiko?«, erkundigte sich sein Vater. »Über Spätgebärende hört man ja nicht viel Gutes.«

»Das lass mal unsere Sorge sein, Hermann«, tat Paul den Einwand ab.

»Nein, nein. Vati hat recht«, meinte Hertha. »Nehmt das nicht auf die leichte Schulter. Ein Kind ist eine echte Herausforderung und bleibt es ein Leben lang. Ich weiß, wovon ich spreche.«

»Lasst uns doch bitte erst einmal heiraten«, schlug Paul reichlich genervt vor. »Alles andere ergibt sich.«

Doch er hätte es besser wissen müssen. Denn Hertha gab den Faden nicht so schnell wieder aus der Hand. Das Thema Hochzeit war noch längst nicht ausgereizt, und da waren viele heikle Punkte, über die sie mit ihrem Sohn sprechen musste. Die Gästeliste zum Beispiel: Wer sollte eingeladen werden, welche Familie kam auf eine höhere Kopfzahl? Und wie stand es mit dem Hochzeitskleid und Pauls Anzug? Hatte er sich schon nach dem geeigneten Zwirn erkundigt?

Die schwarze Pudeldame Bella, die es sich unter dem Sofatisch gemütlich gemacht hatte, spürte die gespannte Atmosphäre und trollte sich in den Garten. Paul tat es ihr nach, erhob sich und ging nach draußen auf die Hollywoodschaukel. Hertha folgte ihm plappernd auf dem Fuß.

Während Paul ihr mit halbem Ohr zuhörte, registrierte er das Vibrieren seines Handys. Er nahm es zur Hand und sah, dass er eine SMS bekommen hatte: Jasmin erkundigte sich nach seinem Befinden. Er schaffte es trotz der Dauerbeschallung durch seine Mutter, eine Antwort einzutippen:

»Ging mir schon besser. Bin daheim bei Eltern. Werden immer anstrengender. Und bei dir? Was Neues über die Morde?«

Während Paul fürs Verfassen dieser Antwort fast drei Minuten benötigte, lief es bei Jasmin weitaus flotter: »Komme vom Volleyballtraining. Bin fit und gut drauf«, konnte Paul keine 30 Sekunden später lesen. Kurz darauf folgte eine weitere Nachricht: »Ascherl wurde heute Mittag vernommen, Haas gerade eben. Beide wieder auf freiem Fuß.«

»Weil unschuldig?«, tippte Paul in die kleine Tastatur.

»Kein hinreichender Tatverdacht, keine Fluchtgefahr«, lautete die Antwort.

Plötzlich und völlig unerwartet spürte Paul Herthas warme, feuchte Lippen auf seiner Wange. Sie hatte ihm einen dicken Kuss verpasst!

»Bah!«, stieß Paul aus. »Mutti, was soll das?«
Wonnevoll sah Hertha ihn an. »Ich finde es so süß von dir, dass du meine Vorschläge gleich an deine Katinka weitergibst. Schreib bitte schöne Grüße von mir in dein Telefon!«

Die vierundzwanzig Kilometer lange Autofahrt vom idyllisch gelegenen Holzhaus seiner Eltern am Herzogenauracher Stadtrand bis ins Nürnberger Burgviertel nahm Paul kaum wahr. Er war abgelenkt, voll und ganz beschäftigt mit der Frage, wie es in der Opernhausermittlung weitergehen sollte. Auch wenn die polizeilichen Befragungen von Haas und Ascherl noch zu keinem befriedigenden Ergebnis geführt hatten, wusste die Kripo immerhin, an wen sie sich halten konnte. Jetzt war Hartnäckigkeit gefragt, um einen der beiden Kandidaten doch noch zu überführen.

Als Paul zuhause ankam, ging er geradewegs zum Kühlschrank, um sich ein Bier herauszunehmen. Doch es war keines mehr da. »Auch das noch«, seufzte er griesgrämig. Im Atelier erwartete ihn der blinkende Anrufbeantworter. Zweimal hatte jemand versucht, ihn während seiner Abwesenheit zu erreichen. Paul setzte sich auf sein Sofa, drückte die Wiedergabetaste des Geräts und hörte zu:

Beim ersten Mal schien sich jemand verwählt zu haben. Paul vernahm nur ein leises Husten. Dann wurde aufgelegt, ohne dass eine Nachricht hinterlassen worden wäre. Da die Nummer des Anrufers unterdrückt wurde, hatte Paul keine Möglichkeit, die Quelle des Anrufs herauszufinden. Ganz anders beim zweiten Anruf: Wieder ein Husten und Atmen, diesmal aber viel deutlicher und ausgeprägter. Dann erfüllte Pfarrer Finks prägnantes Sprachorgan den Raum: »Ich muss dich sprechen, Paul. Komm am besten noch heute bei mir im Pfarrhaus vorbei. Wenn es möglich ist, bring Katinka mit.« Aus dem sorgenvollen Ernst seiner Stimme schloss Paul, dass Fink nicht um dieses Treffen bat, um Hochzeitsformalitäten durchzusprechen, sondern aus einem wichtigen anderen Grund. Wie ihm geheißen, wählte er erst Katinkas Nummer und sagte anschließend bei Pfarrer Fink zu.

19

Drei Halbliterkrüge aus gebranntem Ton vor sich, saßen sie in dem mit Bücherregalen und historischen Zeichnungen überladenen Arbeitszimmer des Geistlichen. Die beiden Männer ließen sich ein Landbier aus der Fränkischen Schweiz schmecken, während Katinka auf einer Apfelschorle bestanden hatte.

»Dann wollen wir mal«, eröffnete sie das Gespräch. »Warum sollten wir so kurzfristig zusammenkommen?«

Fink fegte mit einer geübten Bewegung sein schwarzes, zum Pferdeschwanz gebundenes Haar von der Schulter, bevor er zögernd ansetzte: »Ich habe es Paul gegenüber neulich schon angedeutet. Es geht um eine Beichte.«

»Beichte?«, fragte Katinka nicht weniger verwundert, als Paul es tags zuvor getan hatte. »Ich dachte, so etwas hat Martin Luther abgeschafft?«

»So ähnlich habe ich auch reagiert«, meinte Paul amüsiert. »Aber ich musste mich eines Besseren belehren lassen.«

»Vielleicht kommt ihr beide öfter mal zu mir in die Kirche, wenn ihr verheiratet seid«, schlug Fink vor und wurde dann konkret: »Ich habe mich beim Landesbischof rückversichert. So, wie die Dinge stehen, darf und muss ich gewisse Informationen und Einsichten nicht allein mit Gott teilen, sondern auch mit der weltlichen Gerichtsbarkeit.«

»Sie machen mich mehr als neugierig«, sagte Katinka lauernd. »Hat unser Opernmörder Ihnen etwa die Taten gestanden?«

Fink wehrte diese Frage mit befremdetem Ausdruck ab. »Ich habe nicht behauptet, dass ich Ihnen die Arbeit abnehmen kann. Es geht lediglich um einen Hinweis, den ich jedoch für sehr wichtig halte.«

»Dann spannen Sie uns nicht länger auf die Folter«, forderte ihn Katinka auf.

Fink gehorchte. »Eine treue Kirchgängerin vertraute sich mir an. Ich werde ihren Namen nennen, bitte aber darum, diesen für die weiteren Ermittlungen nicht zu verwenden.«

»Das kann ich nicht versprechen«, sagte Katinka offen.

Fink akzeptierte das nach kurzem Überlegen und sprach weiter: »Wie gesagt: Ein Gemeindemitglied, eng mit unserem Glauben verbunden, hatte das Bedürfnis, sich bei mir auszusprechen. Denn es lastete ein schweres Gewicht auf ihren Schultern, hervorgerufen freilich durch eine nicht gerade christliche Tugend: das heimliche Lauschen.«

»Hannes, sag schon, um wen geht es?« Paul wurde ungeduldig.

»Um Paula Dorfner. Ich weiß nicht, ob du sie kennst. Sie ist Maskenbildnerin.«

»Und ob ich sie kenne!«, stieß Paul aus. »Sie trägt dieses riesige Schmuckkreuz auf der Brust, aber ich hätte nicht gedacht, dass sie wirklich so fromm ist. Das Lauschen traue ich ihr ohne Weiteres zu!«

»Paul!«, zischte ihn Katinka an. »Hör bitte erst mal zu, was der Pfarrer zu sagen hat.«

Bevor dieser fortfuhr, trank er sein Bier in einem Zug aus, tauchte zum Atemholen schließlich wieder auf, mit einem sahneweißen Schnurrbart, den er mit dem Ärmel abwischte. »Frau Dorfner vertraute sich mir zunächst nur unter der Bedingung an, dass ich ihr Geheimnis unter allen Umständen bewahre. Doch nach mehreren Gesprächen gelang es mir, sie zu überzeugen, ihr Wissen für die polizeilichen Ermittlungen zur Verfügung zu stellen. Sie konnte also einerseits ihre Schuld bei mir abladen, und ich konnte ihr andererseits eine seelsorgerliche Begleitung anbieten.« Fink sah nicht ganz glücklich aus, als er erläuterte: »Bei einer echten Beichte müsste ich unverbrüchlich schweigen, daher nenne ich es lieber Seelsorge. Mit dieser kleinen Trickserei kann auch mein Dienstvorgesetzter leben.«

»Ihre gewissenhafte Abwägung in Ehren, aber können wir bitte zur Sache kommen?«, drängte Katinka.

Fink nickte. »Paula Dorfner wurde also Zeugin eines Gesprächs. Oder vielmehr eines Streits: Beteiligt waren Jürgen Klinger und – die Sopranistin Irena.« Paul und Katinka sahen einander an und warteten auf weitere Details aus dem Munde des Geistlichen: »Klinger sagte ihr anscheinend in aller Deutlichkeit, dass er sie für eine Alkoholikerin hielt und sich ihre Trunksucht negativ auf ihre künstlerischen Leistungen auswirkte. Irena hielt entschieden dagegen. Erst sachlich, später polemisch. Das Ganze uferte aus und gipfelte in Klingers Androhung, Irena aus dem Ensemble zu feuern. Für eine Frau wie sie – im Abschwung ihrer Karriere – hätte ein solcher Schritt das künstlerische Aus bedeutet.«

»Paula Dorfner hat dir das so erzählt?«, hakte Paul nach, als Fink fertig war. Er dachte an die Sektreserven in der Tasche der Maskenbildnerin und daran, wie die Dorfner Irenas Alkoholismus damit willentlich Vorschub leistete. Falsche Schlange!, durchfuhr es ihn.

»Ja, sie hat das mitgehörte Gespräch sehr detailliert wiedergegeben«, bestätigte Fink. »Entsprechend groß ist ihre Sorge, dass Irena eine Dummheit begangen haben könnte. Erst der Ärger über ihren Lebensgefährten Baumann, dann der Druck durch Klinger – Paula Dorfner fürchtet, dass Irenas Nerven nicht mehr mitspielten und es zu einer Kurzschlusshandlung kam.«

»Mit anderen Worten«, Katinka setzte sich auf ihrem Stuhl gerade auf, »bezichtigt Ihr treues Gemeindemitglied die Sängerin Irena des Mordes?«

Fink neigte den Kopf: »Höre ich da einen leisen Anklang von Zweifel oder sogar Sarkasmus?«

»Nein«, stellte Katinka klar. »Aber Sie müssen wissen, dass es in diesem Ermittlungsverfahren von gegenseitigen Beschuldigungen, Unterstellungen und Falschaussagen nur so wimmelt. Trotzdem werde ich die neuen Angaben selbstverständlich überprüfen.«

Obwohl Paul gern noch auf ein zweites Bier bei Hannes Fink geblieben wäre, verzichtete er Katinka zuliebe darauf und verließ gemeinsam mit ihr das Pfarrhaus. Draußen, auf dem Sebalder Platz, war ein kühles Lüftchen aufgezogen. Allmählich kam der Herbst wohl doch näher. Katinka fröstelte und kuschelte sich an Paul.

»Es ist ziemlich deprimierend«, meinte sie. »Die Polizei hat an den Tatorten diverse Spuren sichergestellt, die aber leider wenig aussagen, denn dort im Theater gehen einfach zu viele Leute aus und ein. Wir haben Faser- und Gewebeproben von praktisch jedermann. Auch die Zeugenaussagen und Verhöre sind unbrauchbar, weil kaum einer der Beteiligten die Wahrheit spricht. Und am Ende müssen wir uns womöglich auf Beichten berufen, die vor Gericht keinen Bestand haben würden.« Sie schüttelte heftig ihren Kopf und brachte ihre langen blonden Haare damit gehörig in Unordnung. »Was uns fehlt, ist eine echte heiße Spur. Jemand, der uns endlich weiterhilft. Jemand, der diese Leute, mit denen wir es zu tun haben, wirklich kennt und nicht nur ihre aufgesetzten Rollen und Maskeraden.«

Dem konnte Paul nur voll und ganz zustimmen. Diesmal war es wahrlich vertrackt. Ohne die Hilfe eines verlässlichen Insiders würden sie womöglich ewig auf der Stelle treten. Aber wem konnte man vertrauen, auf wen konnte man bauen?

Paul, seine Verlobte am Arm, nahm diese Frage mit nach Hause und suchte noch immer nach einer Antwort, als sich Katinka nach einem ausgiebigen Kuss von ihm gelöst hatte und auf seinem Sofa eingedöst war. In Gedanken versunken ließ auch er sich – leicht beschwipst von Finks süffigem Bier – auf das Sofa fallen.

Jemand, dem man vertrauen konnte ... – es ließ ihn nicht los! Er versuchte, sich die wichtigsten Personen des Falls vor Augen zu führen und ihre Rollen zu definieren. Er konzentrierte sich, wollte Bilder in seinem Kopf entstehen lassen, scheiterte aber bald am Gewirr der Beziehungen. Daraufhin beschloss er, zu einem altbewährten Hilfsmittel zu greifen. Er ließ sich vom Sofa gleiten, rutschte auf den Knien über das Parkett zum Bücherregal und zog einen abgenutzten Schuhkarton aus dem untersten Regal. Forsch drehte er den Karton um, woraufhin der Inhalt tosend auf den Boden prasselte: Playmobilfiguren in den unterschiedlichsten Outfits.

Katinka schlummerte unbeirrt friedlich weiter, während Paul das Spielzeug zunächst nach Männlein und Weiblein sortierte und anschließend begann, kleine Gruppen zusammenzustellen. Jede Figur ordnete er einer real existierenden Person zu, die auf die eine oder andere Weise mit den Morden in Verbindung stand. Da waren zunächst die beiden Toten selbst, die er waagerecht auf den Holzboden legte. Dann stellte er die als verdächtig eingestuften Männchen auf die eine Seite: darunter Ricky Haas, den seine offene Feindschaft zu Klinger und sein falsches Alibi belasteten. Dann Eduard Ascherl, dessen Leidenschaft für die Oper dem Vernehmen nach fanatische Züge angenommen hatte, der noch dazu finanziell in der Klemme steckte und zur Tatzeit in der Nähe des Tatorts gesichtet worden war. Und natürlich Irena, die von ihrem Lebensgefährten Baumann betrogen und von Klinger gedemütigt worden war. Schließlich auch Chefbeleuchter Glück, den heimlich Liebenden, der aus Eifersucht seinen Nebenbuhler Baumann und aus noch nicht nachvollziehbaren Gründen auch Klinger getötet haben könnte.

Aus weiteren Playmobilfiguren bildete Paul eine Gruppe der Neutralen, die Berührung mit den Fällen hatten, aber nicht unmittelbar involviert waren: Dort reihte er Maskenbildnerin Paula Dorfner ebenso ein wie Hannahs neue Freundin Britta

Kistner und die Psychologin Evelyn Glossner. Noch mehr Personen, mit denen man sich beschäftigen sollte, kamen ihm auf Anhieb nicht in den Sinn.

Paul rückte ein Stück von seiner Figurensammlung ab und ließ die Anordnung auf sich wirken. Dann überlegte er, ob es ihm gelingen könnte, eine Schnittmenge zu bilden: Figuren zusammenzubringen, die zwar verschiedenen Gruppen angehörten, aber in einer direkten Verbindung zueinander standen. Wegen ihrer beruflichen und emotionalen Bindung an Irena schob er Paula Dorfner in die Nähe der Sängerin. Die Figur, die Britta darstellte, hob er an, stellte sie jedoch an ihren alten Platz in der neutralen Zone zurück. Als er die Figur der Evelyn Glossner verrücken wollte, stellte er fest, dass sie an zentraler Stelle am besten aufgehoben war. Denn sie hatte mehr oder weniger starke Verbindungen zu allen Beteiligten, inklusive der beiden Toten. Außerdem gehörte sie nicht zum Ensemble und stand damit auf gewisse Weise über den Dingen.

Paul besah sich ausgiebig das Ergebnis seines kleinen Rollenspiels und nickte zufrieden. Die Antwort auf die Frage, die ihn so sehr beschäftigt hatte, stand in Form einer knapp zehn Zentimeter großen Plastikfigur mit rotem Kleid und kleinen schwarzen Punktaugen vor ihm: Evelyn Glossner! Die Psychologin hatte ihm schon einmal geholfen und sich dazu hinreißen lassen, aus dem Nähkästchen zu plaudern. Warum sollte sie nicht auch Katinka wertvolle Dienste leisten?

Irena zählte, soweit Paul wusste, zu Evelyn Glossners Patientinnen. Zwar gab es auch in ihrem Beruf die Schweigepflicht. Aber nachdem es bereits geglückt war, Fink die Zunge zu lösen, würden sie es mit etwas Ausdauer und Willenskraft auch bei der Glossner schaffen. Da war Paul ganz zuversichtlich.

Mit neuem Enthusiasmus glitt er auf den Knien zurück zum Sofa und rüttelte Katinka sanft wach. Sie blinzelte verträumt und blieb entspannt liegen, während er auf sie einredete und ihr vorschlug, einen gemeinsamen Termin in der Praxis der Psychologin zu vereinbaren. Katinka signalisierte durchaus wohlwollendes Verständnis, ja sogar Zustimmung. Aber ihre beruflichen Interessen traten in den Hintergrund, als ihre Augen einen ganz besonderen Glanz annahmen.

Der feine Stimmungswechsel entging Paul keineswegs, und wie von selbst legte sich seine Hand flach auf ihren Bauch. Seine Finger suchten sich ihren Weg unter den dünnen Stoff ihrer Bluse und strichen mit kreisenden Bewegungen sanft über ihre zarte Haut. »Wie denkst du über eine kleine Probe für die Hochzeitsnacht?«, fragte er frech.

Katinka konterte schlagfertig: »Nur, wenn du vorher die Playmobilmännchen wegräumst. Ich möchte dabei keine Zuschauer haben.«

20

Als Katinka früh am nächsten Morgen aufbrach, hinterließ sie ein heilloses Durcheinander. Die Sofakissen lagen kreuz und quer im Raum, der kleine Couchtisch mit den Zeitschriften und Zeitungen war umgestoßen worden, die Lektüren über den Fußboden verteilt, und auf der Küchentheke lagen die Reste eines hektischen Stehfrühstücks.

»Na, das sind ja Aussichten auf eine geordnete Ehe«, murmelte Paul ironisch und dachte an seine Eltern, die sich eine perfekte Hausfrau zur Schwiegertochter wünschten – inklusive besonderer Fertigkeit im Hemdenbügeln.

Während sich Paul, noch ganz erfüllt von schönen Empfindungen und Erinnerungen an die Nacht, ans Aufräumen machte, stieß er beim Ordnen des Zeitungsstapels auf einen Bericht über den Mord an Jürgen Klinger. Es handelte sich um eine Ausgabe der *Nürnberger Nachrichten*, und das Foto, das neben dem Bericht abgedruckt war, zeigte den Tatort samt abgedeckter Leiche und den schwarzen, durchnummerierten Markierungstäfelchen des Erkennungsdienstes. Paul tauchte in dieses Bild ein. Seine eigenen Gefühle, der Schrecken und die Ergriffenheit, die ihn am Ort des Geschehens überwältigt hatten, waren sofort wieder präsent. Er sah das Foto an und fühlte sich zurückversetzt in das Szenario jenes Tages. Jedes Detail flackerte wieder auf. Er betrachtete den Toten und seine Umgebung, musterte suchend und forschend jeden Quadratzentimeter des Bildes.

Dann, plötzlich, wusste er, dass etwas nicht stimmte. Paul lehnte sich zurück und rieb sich die Augen. Abermals studierte er ausgiebig das Zeitungsbild. Nun war er sich sicher: Irgendetwas fehlte auf diesem Foto!

Paul hatte trotz seines Berufs beileibe kein fotografisches Gedächtnis. Er war auch nie gut bei Memory-Spielen oder ähnlichen Geistesübungen gewesen. Dennoch wusste er jetzt bestimmt, dass ihm am Ort des Geschehens etwas aufgefallen war, das er nun auf diesem Zeitungsfoto vermisste. Er hatte es eilig, seinen Computer hochzufahren und die Datensätze der letzten Tage aufzurufen. Da waren sie: die Bilder, die er an Klingers Todestag vor Eintreffen der Polizei geschossen hatte. Er suchte die wenigen Aufnahmen in der Totalen. In Bildaufbau und Wirkung waren sie dem Zeitungsfoto sehr ähnlich, auch wenn der Tote zu diesem Zeitpunkt noch nicht mit einer Decke verhüllt gewesen war. Der Hintergrund und die Bestandteile der Kulisse auf den Bildern der Zeitung glichen ebenfalls seinen eigenen aufs Haar. Doch er brauchte nicht lange, um das Detail zu finden, nach dem er mehr oder weniger unbewusst gesucht hatte, ohne es benennen zu können:

Ein Schal, vielleicht auch ein Halstuch, lag ein Stück links vom Kopf des Toten. Auf Pauls Foto war das Tuch deutlich zu erkennen: Schmal geschnitten, dunkel, wahrscheinlich in einem Blauton, wand sich der dünne Stoff wie eine Schlange über den Boden.

Auf dem Zeitungsfoto fehlte das Element. Paul fragte sich, ob die Kripo das Tuch bereits entfernt hatte, als dieses Bild entstanden war, und ob es überhaupt eine Rolle spielte. Auf jeden Fall würde er Katinka später darauf ansprechen.

Fast im selben Moment machte sich sein Handy bemerkbar: eine SMS von Katinka. War das Gedankenübertragung?

»Termin mit E.G. steht. Treffen um 11:30 in Praxis, Fürther Straße.«

Paul traf beinahe zeitgleich mit Katinka vor dem schmucken Gründerzeitgebäude ein, das neben Arztpraxen auch die Büros einiger Rechtsanwälte und das eines Steuerberaters beherbergte. Privatwohnungen gab es in diesem Haus offenbar nicht. Ebenso wenig wie einen Fahrstuhl, bemerkte Paul, als er an Katinkas Seite die bei jedem Schritt ächzenden Holzstufen bis zu Evelyn Glossners Praxis im fünften Stock hinaufstieg.

Der Empfangsbereich zeigte sich hell, freundlich und offen gestaltet, gleichzeitig verhieß die massive und durch eine Sicherheitsschließanlage geschützte Eingangstür, dass die vertraulichen Daten der Patienten hier gut behütet und vor fremdem Zugriff geschützt waren. Paul und Katinka brachten ihr Anliegen vor und wurden von einer sympathischen Assistentin ins Wartezimmer geführt.

Während Katinka sich gleich setzte und gewohnheitsmäßig nach einer Zeitschrift griff, um sich die Wartezeit zu verkürzen, sah sich Paul interessiert um. Auch dieser quadratische Raum war geschmackvoll und ansprechend eingerichtet. Es gab Grünpflanzen sowie eine kleine Spielecke für Kinder, und die Fenster zierten Vorhänge in zarten Pastelltönen. Paul richtete seine Aufmerksamkeit auf die Wände, an denen zahlreiche gerahmte Fotos hingen: durchweg Bühnenfotos von Aufführungen des Nürnberger Opernhauses, klassische Inszenierungen in Schwarzweißaufnahmen ebenso wie Impressionen neuerer Stücke. Paul schmunzelte, denn mit dieser Galerie bewies Evelyn Glossner, dass ihr Wirken bei den Städtischen Bühnen nicht nur rein beruflicher Natur war, sondern wohl auch eine Herzensangelegenheit.

»Frau Blohm, Herr Flemming?«, rief die Assistentin sie wenig später auf. »Frau Glossner kann Sie jetzt empfangen. Bitte folgen Sie mir.«

Beide begleiteten die Sprechstundenhilfe in ein Sprechzimmer, das das genaue Gegenteil von dem war, wie sich Paul die Wirkungsstätte Sigmund Freuds vorstellte. Alles war genauso luftig und leicht eingerichtet wie die ganze Praxis, mit einem zierlichen weißen Schreibtisch und liebenswert altmodischen Stühlen. Immerhin erspähte Paul die obligatorische Liege, auf der sich die Patienten ausstrecken und sich ihren Kummer von der Seele reden konnten.

»Es freut mich, Sie hier begrüßen zu dürfen.« Die mollige Psychologin kam mit sonnigem Lächeln auf sie zu und führte sie zu einer kleinen Sitzecke. Auf einem Tischchen standen Getränke und eine Schale mit Keksen. »Was verschafft mir denn die Ehre?«

»Zunächst einmal möchte ich feststellen: Ich bin nicht in meiner Funktion als Oberstaatsanwältin hier«, klärte Katinka gleich die Fronten.

»Ich habe sie überredet«, ergänzte Paul in schmeichelndem Tonfall. »In fast jedem Kriminalfall gibt es einen Punkt, an dem man mit normaler Polizeiarbeit nicht weiterkommt. Man ist dann auf den guten Willen von Leuten wie Ihnen angewiesen, Frau Glossner. Wir hoffen, dass Sie uns etwas mehr über die besonderen Charaktereigenschaften der beteiligten Personen erzählen können. Vielleicht liefert uns das einen Anhaltspunkt.«

»Aber Herr Flemming.« Auf Evelyn Glossners Stirn bildeten sich zwei strenge, gerade Linien. »Etwas Ähnliches haben Sie mich erst neulich in der Kantine gefragt. Da habe ich Ihnen bereits erklärt, dass ich nichts aus den Krankenblättern meiner Patienten preisgebe. Das gehört zum Berufsethos, und es ist mir auch persönlich wichtig, das Vertrauensverhältnis nicht zu zerstören.«

Paul überließ nun Katinka das Feld, die sehr einfühlsam und dabei sachlich auf die Psychologin einredete, um sie von der Bedeutung ihres Unterfangens zu überzeugen. Sie legte noch einmal die Schwierigkeiten dar, die die Kriminalpolizei bei ihren Ermittlungen in den beiden Mordfällen hatte, sprach den komplexen Umgang mit den unter Verdacht geratenen Personen an. Schließlich wies sie noch darauf hin, dass Gefahr im Verzug sei, wenn der Täter nicht bald gefasst würde. Denn sie könne nicht ausschließen, dass es sonst einen dritten Mord gäbe: »Einiges spricht dafür, dass wir es mit einer Serie zu tun haben.«

Evelyn Glossner hörte aufmerksam zu und wurde dabei auf ihrem Stuhl immer steifer. »Was Sie von mir verlangen, ist überaus heikel. Da steht mehr auf dem Spiel als nur mein guter Ruf.«

Katinka nickte, machte nun aber unmissverständlich klar: »Liebe Frau Glossner, im Prinzip gibt es zwei Möglichkeiten: Entweder wir plaudern hier zwanglos miteinander und Sie beteiligen sich aus freien Stücken an meinen vertraulichen Vorermittlungen. Oder aber wir fahren die offizielle Schiene und ich komme mit einem richterlichen Beschluss zurück.« Milder fuhr sie fort: »Wissen Sie, eigentlich ist es ja gar nicht meine Aufgabe, selbst zu ermitteln, sondern Sache der Polizei. Aber ich möchte dies alles verstehen und interessiere mich für die Hintergründe. Ich halte Sie für eine ganz wichtige Stütze in dieser Angelegenheit!«

Als Katinka schwieg und sie fragend ansah, atmete die Psychologin tief durch und erklärte sichtlich schweren Herzens: »Also gut. Ich werde Ihnen Ihre Fragen beantworten. Aber nur unter der Voraussetzung, dass dies kein offizielles Verhör ist und Sie meine Angaben später nicht vor Gericht verwenden.«

»Einverstanden«, sicherte ihr Katinka zu. »Betrachten wir unsere Unterhaltung als rein konspirativ. Offiziell findet sie nicht statt.« Damit konnte die Fragerunde beginnen. Zunächst erkundigte sich Katinka nach den Charakteren der beiden Opfer, wobei allerdings kaum neue Erkenntnisse zutage traten. Außer Evelyn Glossners Andeutung, dass Norbert Baumann laut Angaben seiner Partnerin Irena wohl nicht nur ein notorischer Fremdgänger gewesen war, sondern auch sadistische Neigungen gezeigt hatte – eine schlimme Eigenschaft, die Irena des Öfteren zu spüren bekam. Klinger, bestätigte die Psychologin, sei ein großspuriger Schwadroneur und rücksichtsloser Karrieremensch gewesen. Ihr eigenes Verhältnis zu ihm beschrieb sie als angespannt: »Meine Aktivitäten an der Oper waren ihm suspekt, oder sollte ich sagen: ein Dorn im Auge? Er hat mehr als nur einmal versucht, mich zu vergraulen. Aber wenn es um das Wohl meiner Patienten geht, kann ich eine richtige Zecke sein.«

Über Chefbeleuchter Hans-Peter Glück wusste sie fast gar nichts Ergänzendes zu sagen: »Er agiert dort oben in seinem hängenden Lampengarten wie ein Affenmensch, der sich jedem Zugriff und jedem Versuch einer Analyse entzieht«, fasste Evelyn Glossner treffend zusammen. Sehr ausgiebig dagegen wusste sie über Ricky Haas zu berichten, der im Grunde genommen ein netter Kerl und ein Vollblutkünstler sei, aber nicht mit dem karrierefixierten Denken und Agieren seines Kontrahenten Klinger zurechtgekommen war. Außerdem habe er das ernsthafte Problem, dass er nie aus der Midlifecrisis herausgekommen sei und seine verlorene Jugend durch Affären mit jungen Damen zu kompensieren versuche.

Dann kam sie auf diejenige zu sprechen, die für Katinkas und Pauls Recherchen momentan die Wichtigste war: Irena. Die Psychologin tat sich schwer, diese sensible und verletzliche Patientin auf eine faire und nicht bewertende Art darzustellen. »Am liebsten würde ich über Irena gar nichts sagen«, begann sie, »denn sie kann einem nur leid tun. Ihr wurde oft unrecht getan, man hat sie zeitlebens ausgenutzt und verletzt.« Dennoch enthielt sie ihren beiden Zuhörern die wesentlichen Informationen nicht vor: »Dass Irena ein Alkoholproblem hat, ist Ihnen sicher nicht entgangen. Aber Sie wissen vielleicht nicht, dass sie auch Tabletten nimmt. Daran bin ich nicht ganz unschuldig. Mir ist zwar bewusst, dass es bei gleichzeitiger Einnahme von Medikamenten und Alkoholika zu ernsthaften, ja sogar gefährlichen Nebenwirkungen kommen kann. Doch ich darf nicht darauf verzichten, ihr diese Medizin zu verschreiben.«

»Sprechen wir über Antidepressiva?«, tippte Katinka.

Evelyn Glossner bestätigte das. »Irena neigt zu depressiven Wahnvorstellungen. Sie hat deswegen schon mehrere Wochen in einer psychiatrischen Klinik verbracht – offiziell haben wir das als Kur getarnt. Wirklich geholfen hat ihr diese Therapie aber leider nicht. Irena bleibt auf ihre Medikamente angewiesen, wenn sie ein einigermaßen normales und angstfreies Leben führen will.«

»Können Sie sich vorstellen, dass die Mischung aus diesen Tabletten und dem Alkohol bei ihr zu extremen Überreaktionen führt?«, fragte Paul.

»Ich ahne, auf was Sie hinauswollen. Aber diese Deutung ist spekulativ und unwissenschaftlich«, sagte die Psychologin ernst. »Irena ist im tiefsten Inneren ein sanftmütiges und harmoniebedürftiges Individuum. Gewalt gegen andere liegt ihr vollkommen fern.«

»Aber bestehen wir denn nicht alle aus einem Wust von Widersprüchen? Steckt nicht in jedem von uns auch die Bestie Mensch, die kaum zu bändigen ist, wenn sie gereizt und losgelassen wird?«, spitzte Katinka zu.

»Das ist eine überaus simple und plakative Vereinfachung von komplizierten Mechanismen«, rügte Evelyn Glossner sie. »Ich verstehe ja Ihr Anliegen, und glauben Sie mir, ich habe vollstes Verständnis für Ihre Aufgabe, aber ich kann Ihnen wohl nichts erzählen, was Ihnen den Fall zu lösen hilft.«

»Können Sie nicht oder wollen Sie nicht?«, fuhr Katinka die harte Tour.

Doch damit biss sie bei der routinierten Therapeutin auf Granit: »Das zu beurteilen überlasse ich Ihnen. Aber unterstellen Sie mir nicht, dass ich Ihre Ermittlungen behindern möchte. Irena und ich arbeiten an einem Trauma, das in höchstem Grad verworren ist und wohl schon in ihrer Kindheit begründet liegt. Diese Dinge stehen in keiner Verbindung mit dem Tod dieser zwei Männer, die nicht im Geringsten mit den Ursachen ihrer seelischen Not zu tun hatten, sondern sie allerhöchstens begünstigten. Die Wurzeln ihrer Ängste und Unsicherheiten liegen woanders, das versichere ich Ihnen.«

»Meinen Sie nicht, Sie sollten solche Beurteilungen besser mir oder den ermittelnden Kripobeamten überlassen?«, fragte Katinka.

Ein sanfter Zug trat in das weiche Gesicht der Psychologin, als sie einen neuen Erklärungsversuch unternahm: »Hören Sie, Frau Blohm, Sie denken vielleicht, dass ich nicht sehr mitteilsam bin. Das ist Ihr gutes Recht. In meinem Beruf wird man in die tiefsten Geheimnisse unterschiedlichster Menschen eingeweiht und gewöhnt sich daran, sie für sich zu behalten. Sie suchen nach Fakten? Ich habe keine. Selbst wenn ich Ihnen all die kleinen Details erzählen würde, die ich während meiner Sitzungen mit Irena erfahren habe, würde Ihnen das nicht weiterhelfen. Ich bewege mich in einer Welt der Schatten, der Träume und Albträume, der Zeichen und Symbole. Die Gefühle meiner Patienten sind die einzige Wahrheit, auf die ich bauen kann und mit der ich zurechtkommen muss. Und ich habe Ihnen bereits ganz ehrlich gesagt, dass ich Irena nicht verdächtige, irgendetwas mit diesen schrecklichen Taten zu tun zu haben. Wenn Sie mehr wissen wollen, versuchen Sie, mit ihr selbst zu sprechen.«

»Doch ganz von der Hand weisen würden Sie es nicht, oder?«, versuchte Paul sie festzunageln.

»Nein«, antwortete Evelyn Glossner nach längerem Zögern. Leise und bekümmert fügte sie hinzu: »Irena ist mit ihren Nerven am Ende und innerlich völlig zerrüttet. Auch ohne die tragischen Ereignisse der letzten Tage stand ich kurz davor, sie zu einem weiteren Klinikaufenthalt zu überreden. Vielleicht habe ich den richtigen Moment dafür bereits verpasst.«

Am Abend saß Paul mit sehr gemischten Gefühlen vor seinem Computer. Zum einen plagte ihn das schlechte Gewissen, weil sie Evelyn Glossner so viel Druck gemacht und sie damit zur Preisgabe vertraulicher Informationen genötigt hatten. Mehr noch bekümmerte ihn aber, wie sich Katinka nach dem

Gespräch mit der Psychologin verhalten hatte. Denn kaum aus der Praxis, war ihre Zusicherung der unbedingten Vertraulichkeit vergessen. Sie wollte schleunigst alle Hebel in Bewegung setzen, damit die Kripo möglichst schnell den Verdacht gegen Irena erhärten konnte. Wahrscheinlich formulierte sie in Gedanken schon die Begründung eines Haftbefehls.

Das ging – trotz der schwerwiegenden Aussagen von Evelyn Glossner – für Pauls Geschmack wieder mal alles zu schnell und schien ihm voreilig. Was war denn mit den anderen Verdächtigen, fragte er sich. Spielten Glück, Haas und auch der feine Herr Ascherl plötzlich gar keine Rolle mehr? Versteifte sich Katinka auf Irena, weil diese das leichteste Opfer darstellte und sie auf einen baldigen Abschluss der Ermittlungen hoffen konnte? Und da hieß es immer, *Paul* sei unbesonnen. Wann würde es seine Zukünftige wohl endlich lernen, als Verfechterin von Recht und Ordnung ihr Temperament ein wenig zu zügeln?

Ablenkung suchend stöberte Paul in seinem PC. Nachdem er seine Mails durchgesehen hatte, rief er abermals die Tatortfotos auf. Schnell fand er das Bild, auf dem man den schmalen Schal sehen konnte. Wie Katinka ihm inzwischen bestätigt hatte, befand sich nichts dergleichen unter den sichergestellten Beweisstücken. Als sie erfahren hatte, dass sich Pauls Nachfrage auf seine unautorisierten Tatortfotos bezog, war ihr Mund schmal geworden und ihre Augen hatten kühl geblitzt. »Wahrscheinlich gehörte der Schal einem der *anderen* Schaulustigen, die da fahrlässig herumspaziert sind und alle brauchbaren Spuren vernichtet haben. Er wird ihn eben wieder aufgehoben haben.« Paul hatte das Thema zunächst nicht weiter verfolgt.

Jetzt aber fragte er sich wieder, ob es sich nicht doch um ein wichtiges Indiz handeln könnte, und machte sich daran, den Bildausschnitt mit dem Schal zu vergrößern. Nachdem er den Detailausschnitt in ein eigenes Bild separiert hatte, benutzte er verschiedene Werkzeuge seines Bildbearbeitungsprogramms. Er erhöhte die Detailschärfe und den Kontrast, besserte Gradation und Belichtung auf und verschob zum Schluss noch die Farbwerte. Das kostete ihn fast eine halbe Stunde Tüftelarbeit.

Doch am Ende stand ein Ergebnis, das sich sehen lassen konnte: Der Bildschirm war von einem lilafarbenen Seidenhalstuch ausgefüllt. Es handelte sich zweifelsfrei um das modische Accessoire einer Dame. Paul ließ das Bild auf sich wirken und versuchte sich eine Frau aus seinem neuen Bekanntenkreis an der Oper vorzustellen, zu der dieses Tuch passte oder an deren Hals er es womöglich schon einmal gesehen hatte. Da kam ihm spontan nur wieder eine in den Sinn: Irena.

»Auch das noch«, murmelte er. Wenn er das Ergebnis seines Fotopuzzles an Katinka weitergäbe, wäre das noch mehr Wasser auf ihre Mühlen.

Trotzdem konnte er sich den Tatsachen nicht verschließen. Es sah ganz so aus, als würden die entscheidenden Spuren bei der Sopranistin zusammenlaufen. Paul fiel es schwer, sich mit diesem Gedanken anzufreunden.

21

Nein! Er *wollte* sich nicht mit diesem Gedanken anfreunden! Als Paul seine morgendlichen Gymnastikübungen absolvierte und sich anschließend mit seinen Hanteln abrackerte, stieg in ihm der Wunsch auf, Irena eine zweite Chance zu geben. Katinka tendierte – das wusste gerade Paul nur allzu gut – in gewissen drängenden Situationen zur Willkür. Er fühlte sich verpflichtet, dieses Manko seiner künftigen Frau auszugleichen. Daher beschloss er, Irena selbst auf den Zahn zu fühlen, anstatt tatenlos zuzusehen, wie sie dem Justizapparat ausgeliefert wurde. Von einem weiteren persönlichen Gespräch mit ihr versprach er sich zwar nicht besonders viel, denn er hatte sie mit seiner unverblümten Fragerei schon einmal verschreckt, aber den Versuch war es wert. Er musste allen Charme und alle Überzeugungskraft zusammennehmen, ihr zuversichtlich gegenüberzutreten und ihr eine weitere Unterredung abverlangen.

Mit diesem Vorsatz ging er duschen und machte sich gleich darauf auf den Weg zur Oper, in der zu dieser frühen Stunde die Reinigungskräfte dominierten und die Anwesenheit von Künstlern die Ausnahme war. Doch Paul hatte mitbekommen, dass Irena diese stillen Stunden für sich entdeckt hatte, um abseits des Trubels und der neugierigen Fragen ihrer Kollegen in den Kulissen zu proben und ihre Rolle einzustudieren.

Tatsächlich lag er richtig mit seiner Annahme: Irena saß auf einem Podest vor Probebühne 2, vertieft in einen Klavierauszug auf ihren Knien. Ihr schmaler Körper wirkte kraftlos, ihr Haar war schlecht gekämmt, das Gesicht ungeschminkt und blass.

Paul hustete in seine Faust, um auf sich aufmerksam zu machen. Prompt blickte Irena auf und sah ihn abweisend an. »Die nächste Fotoprobe ist erst für den Nachmittag angesetzt. Sie haben heute Morgen frei, hat Ihnen das Haas nicht gesagt?«, fragte sie in angriffslustigem Ton.

Paul kam langsam näher und schaute sie gewinnend an. »Doch, doch. Ich weiß Bescheid. Ich bin in meiner Freizeit hier, quasi privat.«

Irenas Augenbrauen zogen sich argwöhnisch zusammen. »Für meine Fans stehe ich nur abends nach der Aufführung zur Verfügung.«

»Ach, Irena.« Paul seufzte. »Machen Sie es mir doch nicht so schwer. Ich möchte nur, dass Sie nicht mehr sauer auf mich sind. Darf ich?«, fragte er und ließ sich neben ihr nieder. Irena gestattete dies mit einem Schulterzucken. Paul deutete auf ihren Klavierauszug und sagte: »Den Alltag einer Sopranistin stelle ich mir schwierig vor. Sie müssen sich dauernd auf andere Rollen einlassen, ständig neue Stücke einstudieren, immer neue Charaktere darstellen. Manchmal sogar mehrere zugleich in einer Spielzeit. Wie schaffen Sie das?«

Irena taxierte ihn ausgiebig und noch immer nicht freundlich. »Erst einmal bin ich Mezzosopran, da muss man schon genau sein und unterscheiden können.«

»Entschuldigung.« Paul ärgerte sich über seinen Lapsus, aber er hatte es nicht besser gewusst.

»Schon gut. Das passiert vielen. Und um auf Ihre eigentliche Frage zu antworten: Ja, sicher ist das schwer. Vor allem, wenn man seine Sache ernst nimmt. Diese unentwegte Verwandlung, schauspielerisch und musikalisch, die ganze Bandbreite zwischen übersprudelnden Koloraturen und Lamento, zwischen Virtuosität und Melancholie verlangt einem viel ab.« Sie ließ ein winziges Lächeln erkennen. »Aber ich liebe es, das gesamte Repertoire zu singen, rauf und runter. Ich bin eine Verwandlungskünstlerin.«

»Wie lange üben Sie denn, bis Sie mit einer Rolle richtig zufrieden sind?«

»Das nimmt kein Ende. Ich bin eine Musiksüchtige. Eigentlich übe ich ständig. Ich mache da keinen Unterschied zwischen Arbeits- und Freizeit.«

»Dann trällern Sie auch in der Badewanne?«, wagte Paul einen Scherz und entlockte Irena ein Schmunzeln.

»Nein, nur unter der Dusche. Ich habe keine Wanne in meinem Appartement.«

»Aber unbestreitbar eine wunderbare Stimme«, schmeichelte ihr Paul. »Empfinden Sie Ihre Stimme als ein Geschenk?«

»Eine nette Frage. Die hat mir noch niemand gestellt.« Sie zögerte kurz, lächelte erneut und sagte dann voller Überzeugung: »Selbstverständlich fühle ich mich beschenkt! Die Stimme ist doch eine mysteriöse Gabe. Man sieht sie nicht, sie ist so flexibel und so intim. Stellen Sie sich einmal diese beiden kleinen, zarten Fäden vor, die man Stimmbänder nennt: was für ein Wunder! Aber es gibt viele Sänger, die über ein wunderbares Material verfügen und dann doch nichts daraus machen. Daher empfinde ich es als das größte Geschenk, dass ich auch die nötige Leidenschaft in mir trage.«

»Eine Leidenschaft, die Ihnen auch den Ruf einer echten Diva beschert hat. Fühlen Sie sich nicht manchmal zerrissen zwischen Ihrer öffentlichen Rolle und Ihrer privaten?«

Ein leiser Anflug neu aufkeimenden Argwohns mischte sich in ihre Antwort: »Alles dreht sich doch darum, die richtige Balance im Leben zu finden. Das ist für jeden schwierig: für einen Anwalt, einen Arzt, einen Fotografen und eben auch für eine Diva, nicht wahr? Ich weiß, dass ich mein privates Leben privat halten muss, um meine Batterien wieder aufzuladen. Das ist der Weg, der für mich bisher recht gut funktioniert hat.«

Bedeutete das auch, die Demütigung des Betrugs durch ihren Lebensgefährten still zu ertragen und bloß nichts der Öffentlichkeit preiszugeben?, fragte sich Paul. Die bewusste

Verleugnung von Baumanns Seitensprüngen? Das konnte er ihr unmöglich unter die Nase reiben und wählte daher einen Umweg: »Die vielen Rollen und die Maskeraden – steckt dahinter nicht auch ein Wunsch nach Selbstschutz? Bieten sie Ihnen die Möglichkeit, sich auszudrücken, ohne sich als Person ganz offenbaren zu müssen?«

»Wenn ich auf der Bühne stehe, bin ich zu 100 Prozent das, was ich dort verkörpere. Es gibt für mich keinen anderen Weg als den, in den Leidenschaften der Musik voll und ganz aufzugehen.«

»So wie auch als Carmen? Die geben Sie doch beim Opernball, nicht wahr?«

»Ja. Um die Carmen zu singen, muss man vor allem Leichtigkeit in der Stimme haben. Natürlich ist die Partie anspruchsvoll. Man muss seine Stimme genau kontrollieren können, um sie gut zu interpretieren. Am Ende stehen ganz einfache Melodien, die einen aber unmittelbar ins Herz treffen.«

Paul konnte nicht anders, als zu fragen: »Ins Herz treffen – das können nicht nur Melodien, oder?«

Irenas Blick verfinsterte sich. »Fangen Sie nun doch wieder damit an? Ich habe es kommen sehen!« Sie rückte ein Stück von ihm ab. »Was wollen Sie eigentlich von mir? Natürlich ist es mir nicht verborgen geblieben, was Norbert hinter meinem Rücken getrieben hat. Aber bin ich etwa die einzige Frau, der so etwas je passiert ist? Und auch wenn er nicht treu war, geht mir sein Tod doch sehr nahe. Ich versuche, meinen Schmerz durch meine Arbeit zu kompensieren. Aber das gelingt mir nur, wenn nicht Menschen wie Sie ihn ständig wieder aufwühlen.«

»Die Musik gibt Ihnen also Kraft und hilft Ihnen, Wunden zu heilen«, stellte Paul mit ruhiger Stimme fest, um die Wogen wieder zu glätten. »Seit wann singen Sie denn schon? Von Kindesbeinen an?«

Irena strich sich eine Träne aus dem Augenwinkel. »Ja, ich glaube, ich habe schon als Baby damit angefangen und meinen Eltern den letzten Nerv geraubt. Schauen Sie, als ich 13 war, wollte mein Vater von mir wissen, was ich einmal werden will. Mit 13! Da will man doch gar nichts. Das war viel zu früh. Ich wusste nur, dass ich in der Musik sein wollte. Sehr zu seinem Leidwesen. Sobald ich es mir leisten konnte, nahm ich Klavierstunden. Später studierte ich so vor mich hin und merkte irgendwann, dass ich als Sängerin talentiert bin. Dann habe ich alles daran gesetzt, meine Leidenschaft zum Beruf zu machen.«

»Was Ihnen mit Bravour gelungen ist! Ihre Eltern müssen stolz auf Sie sein. Besuchen sie oft Ihre Vorstellungen oder wohnen sie zu weit weg?«

Eine plötzliche Traurigkeit ergriff Irena, als sie leise antwortete: »Sie wohnen nicht weit entfernt. Ganz in der Nähe, in Hessdorf, ein Katzensprung. Aber das, was ich mache, ist nichts für sie.«

Paul wollte Irena nicht bedrängen und verzichtete darauf, hier weiter nachzubohren. Das Bild des lila Schals, das er sich ausgedruckt hatte, knisterte in seiner Jackentasche; er ließ es dort. Das Gespräch mit der Mezzosopranistin, Katinkas Verdächtiger Nummer eins, endete für Paul mit dem sicheren Gefühl, dass er dieser Frau glaubte und dass er ihr helfen wollte, soweit es in seiner Macht stand. Ihm fehlte es aber momentan noch an einer Idee, wie er das anstellen sollte.

22

Als er nach Hause ging, um dort die Zeit bis zur nächsten Fotoprobe am Nachmittag totzuschlagen, ließ ihn das Gespräch mit Irena nicht los. Das zerrüttete Verhältnis zwischen ihr und Norbert Baumann, das durch dessen Seitensprünge so schwer belastet worden war, bewegte Paul zutiefst. Erneut stellte er sich die Frage, warum Irena die Demütigungen durch ihren Partner über einen so langen Zeitraum hinweg geduldet und so gleichmütig oder doch zumindest klaglos ertragen hatte. Eine seltsame Beziehung.

Wie froh konnte Paul sein, dass er an Katinkas Seite so viel Glück hatte. Auch in ihrer Partnerschaft herrschte natürlich nicht nur eitel Sonnenschein. Sie mussten sich erst zusammenraufen, sich aneinander herantasten, die Eigenarten des anderen ausloten und lernen, damit zurechtzukommen. Doch nun – nach den ersten fünf Jahren ihrer Liaison – fühlten sich beide sicher und vertrauten einander. Paul war zuversichtlich, mit Katinka eine Ehe einzugehen, die von vornherein von einer gewissen Reife und Stabilität geprägt war und nicht allein auf dem Feuer der Leidenschaft aufbaute.

Bei dem Stichwort »Reife« kamen ihm die Ratschläge seiner Mutter in den Sinn und ihre Bedenken, ob man im Alter von Katinka und Paul noch Kinder in die Welt setzen sollte. Kam Hertha je der Gedanke, dass sie ihren Sohn mit derartigen Äußerungen vor den Kopf stieß? Wohl kaum. Aber sie meinte es gut und stand sich mit ihrer schroffen Unbeholfenheit in Erziehungsfragen nur selbst im Weg – seit über vierzig Jahren. Paul wusste das und nahm ihr diese Art Einmischung in sein Leben deshalb nicht übel. Zumindest nicht oft. Tja, seufzte er, die liebe Familie! Als Einzelkind hat man es nicht leicht.

Der Gedanke an Hertha veranlasste ihn dazu, seine Tagesplanung kurzfristig umzustellen. Statt bis zum Nachmittag zu faulenzen, Büroarbeit zu erledigen oder gar abzuspülen, wollte er die freie Zeit für einen erneuten Abstecher zu seinen Eltern in Herzogenaurach nutzen. Er meinte, nach seinem letzten, ziemlich kurzen Besuch dort etwas gutmachen zu müssen, und bei der Gelegenheit konnte er auch gleich überprüfen, warum der Benzinmäher seines Vaters nicht funktionierte. Hertha hatte ihm dies im Vertrauen erzählt, weil Hermann sich niemals die Blöße gegeben hätte, seinen Sohn um technischen Rat zu bitten.

Aus der alten Dunkelkammer seines Fotolabors, mittlerweile zur Rumpelkammer degradiert, holte er einen Werkzeugkoffer. In dem herrschte zwar ein heilloses Durcheinander, denn Paul war weder ein begabter noch ein passionierter Handwerker. Doch für eine notdürftige Reparatur des Rasenmähers sollte es genügen. Er verstaute den Koffer in seinem Renault und fuhr los.

Er befand sich ungefähr auf halbem Weg, als ihm abermals Irenas vertrackte Situation in den Sinn kam. Das Foto des Halstuchs steckte noch immer in seiner inneren Jackentasche, und er vollzog eine impulsive Planänderung: Statt nach Herzogenaurach fuhr er weiter bis Hessdorf.

Unterwegs ließ er sich von der Telefonauskunft die genaue Adresse von Irenas Eltern geben. Das Navigationsgerät, das er vor einigen Jahren in einem Discountmarkt zum Schnäppchenpreis gekauft hatte, leitete ihn zumindest in die Nähe der gesuchten Straße am südlichen Rand des mittelfränkischen Dorfes. Im Schritttempo steuerte er seinen Renault an mehreren Grundstücken vorbei, um die richtige Hausnummer zu finden. Doch die Bewohner dieser Gegend zeigten sich sparsam im Verteilen von Ziffern. Schließlich blieb Paul nichts anderes übrig, als sich durchzufragen. Er wurde wieder hinaus bis an den Ortsrand geschickt.

Vor einem großen Gehöft hielt er an. Es war ein Bauernhaus mit angeschlossenen Stallungen. Das Ganze sah weder modern noch sonderlich gepflegt aus. Als Paul aus dem Wagen stieg, achtete er darauf, wohin er trat.

Er läutete an der Tür des Haupthauses, wartete geduldig, doch niemand öffnete. Beim Warten versuchte er sich vorzustellen, wie man die divenhafte Irena, deren Welt das glänzende Showbusiness war, mit einem Bauernhof zusammenbringen konnte. Immerhin – hier war sie aufgewachsen. Hier, zwischen Kuhstall und Kartoffelacker, hatte sie ihre Kindertage verbracht.

Paul sah sich auf dem Hof um, entdeckte eine Scheune, deren Tor offen stand, und machte sich auf den Weg dorthin. Noch bevor er ankam, wusste er, dass er hier mehr Glück haben würde: Er hörte das Scheppern von Werkzeug. Als er die Scheune betrat, sah er sich einer bunten Sammlung landwirtschaftlicher Gerätschaften gegenüber, von denen sich die meisten in einem desolaten Zustand befanden. Im Zentrum stand ein Traktor mit karminroter Lackierung, die reichlich ausgeblichen war. Der Traktor, offensichtlich von älterer Bauart, zeichnete sich dadurch aus, dass die Frontscheibe der überdachten Führerkabine schräg nach vorn gekippt war, anstatt nach hinten ausgerichtet zu sein.

»Da staunen Sie, was?« Ein weißhaariger Mann, kompakt und kräftig, kroch unter dem basaltgrauen Motorblock des Traktors hervor, zog sich den rechten Arbeitshandschuh aus und ging auf Paul zu. »Das ist der Schlüter Super 1250 VL. Auch nach über 20 Jahren noch gut in Schuss!« Er musterte Paul erwartungsfroh. »Sie sind wegen der Anzeige hier?« Da Paul nicht gleich reagierte, redete der Mann weiter: »125 PS-Sechszylindermotor, Allrad. Es ist die verlängerte L-Version, das erkennen Sie am Lüftungsschlitz in der Haube. Wenn Sie ihn kaufen, können Sie nichts verkehrt machen. Ein echtes Liebhaberstück! Ich trenne mich gar nicht gern von dem

Schlüter. Aber wir haben in der Genossenschaft den neuen Deutz-Fahr Agroton angeschafft. Das ist ein starker Schlepper! Genauso gut wie ein Fendt. Nur eben mit noch mehr PS unter der Haube. Da muss jeder von uns seinen Obolus leisten. Ich kann den Schlüter nicht mehr halten. Wollen Sie eine Runde auf dem Acker drehen?«

»Nein, äh, danke«, sagte Paul etwas verlegen. Traktoren gehörten nicht gerade zu seinen Spezialgebieten, sodass er sich schwerlich auf ein Fachgespräch einlassen konnte. »Ich bin wegen Irena hier. Sind Sie ihr Vater?«

Der alte, kernige Bauer sah ihn mit halb offenem Mund an. Er hatte sichtlich Mühe, die ihm gestellte Frage zu verarbeiten. »Sie sind gar nicht wegen dem Schlüter gekommen?«, fragte er mit kaum verborgener Enttäuschung.

Paul würdigte den roten Schlepper mit anerkennenden Blicken. »Wirklich ein prächtiges Stück. Aber, nein, ich bin aus anderen Gründen hier. Können wir uns für einen Moment ungestört unterhalten?«

Der Landwirt deutete mit ungelenker Geste auf einen Strohballen an der Scheunenwand. »Bitte. Da drüben.«

Paul folgte ihm und setzte sich neben den Bauern. Aus der Nähe sah der Mann weitaus älter aus, als Paul zunächst vermutet hatte. Auch wirkte er jetzt nicht mehr dynamisch und offensiv, sondern in sich gekehrt und verschlossen. »Was wollen Sie wissen über *Irene*?« So wie er den Namen seiner Tochter aussprach, klang es wie ein Vorwurf.

»Ich fürchte, Ihre Tochter steckt in Schwierigkeiten«, setzte Paul an.

»In Schwierigkeiten? Seit ihrer Geburt!«, knurrte der Bauer.

»Es sind wirklich sehr ernste Probleme, die auf Irena zukommen«, präzisierte Paul.

»Sie heißt nicht Irena, sondern Irene. Aber der Name hat ihr nicht gepasst, so wie ihr nichts gepasst hat, was wir ihr gegeben haben.« Der Bauer schnäuzte sich laut. »Geht es wieder um den Alkohol?«, fragte er und klang gereizt. »Es ist immer das gleiche Lied. Als junges Mädel hatte sie schon diese Flausen im Kopf. Verkleidete sich als Prinzessin, tanzte auf der Wiese und trat den Kühen das Gras platt. Nie hat sie mit angepackt im Haus und auf dem Acker. War halt was Besseres. Ich habe ihr gesagt: Sei nicht dumm, Kind! Bleib bei uns auf dem Hof! Lern einen Burschen kennen, der auch mal zupacken kann! – Wir selbst hatten ja leider keinen Buben. Nur die Irene.«

»Wenn Sie mich erklären lassen ...«, versuchte Paul dazwischen zu kommen.

Doch der Bauer machte sich Luft: »Und was tut das dumme Ding? Lässt uns im Stich! Geht raus, in die Stadt! Und ich meine nicht Herzogenaurach oder Höchstadt. Nein, die große weite Welt musste es sein! Berlin, Hamburg, Italien, ja, und jetzt Nürnberg. Verdient dort als Sängerin und Tanzmariechen ihr Geld. So was Unsolides! Es ist doch kein Wunder, dass sie an der Flasche hängt. Die großen Städte haben sie verdorben.«

Paul sah ein, dass er mit Worten allein nicht weiterkam. Er fischte den Farbausdruck des Halstuchfotos aus seiner Jackentasche und zeigte es dem Landwirt. »Können Sie mir sagen, ob dieses Tuch Ihrer Tochter gehört?«

Der Mann sah das Bild kurz an, schüttelte den Kopf und erkundigte sich mit aufkeimendem Misstrauen: »Warum wollen Sie das denn wissen? Sind Sie etwa von der Polizei? Hat Irene etwas ausgefressen?«

Er spricht, als ob sie immer noch ein Teenager wäre, dachte sich Paul. »Nein, keine Sorge. Ich bin nur ein Bekannter Ihrer Tochter und will ihr helfen. Sie ist in Nürnberg in eine unschöne Sache verwickelt, und dieses Tuch spielt in diesem Zusammenhang eventuell eine Rolle.«

»Geben Sie noch mal her«, sagte der Mann und betrachtete das Bild nun mit größerer Sorgfalt. Doch dann schüttelte er den Kopf. »Ich kann das nicht sagen. Habe mich nie dafür interessiert, für welche Klamotten Irene ihr Geld verpulvert. Vielleicht weiß es die Frau.« Er erhob sich und winkte Paul hinter sich her.

Sie gingen auf das Bauernhaus zu, das genau wie der Traktor schon bessere Zeiten hinter sich hatte. Etliche, eigentlich notwendige Reparaturen musste sich der Bauer gespart haben. Der ehemals kalkweiße Anstrich war seit mindestens 20 Jahren nicht erneuert worden. Sie betraten eine geräumige Diele, in der es kalt, feucht und dunkel war.

»Sie müssen der Frau das Bild ganz dicht vor die Nase halten. Sie kann es nicht selbst nehmen. Leidet unter dieser Krankheit, Parkinson.« Der Bauer teilte Paul dies im selben Tonfall mit, in dem er kurz zuvor die technischen Daten seines Schlüters aufgeführt hatte.

In einer großen und kaum weniger klammen Küche saß eine ältliche Frau in einer rotweiß karierten Schürze an einem Tisch. Ihr Körper wirkte gekrümmt, die Arme lagen angewinkelt auf der Tischplatte. Ihr Gesicht war von einer seltsamen Starre geprägt: Sie sah zu Paul auf, zeigte jedoch sonst keine Regung.

Paul begegnete der beklemmenden Atmosphäre mit einem offenen Lächeln. Er zog sich einen Stuhl heran, setzte sich der Frau gegenüber und stellte sich höflich vor. Da Irenas Mutter nicht antwortete, fuhr Paul fort, umriss grob die momentane Lage ihrer Tochter und hielt ihr das Bild des Halstuchs hin. Die Bäuerin sah es sich lange an. Paul wurde schon unruhig, weil keinerlei Reaktion zu erkennen war. Doch schließlich hob die Frau mühsam ihren rechten Arm an. Er zitterte stark, dennoch gelang es ihr, Paul das Bild abzunehmen.

»Nun?«, fragte Paul mit einfühlsamer Ruhe. »Erkennen Sie dieses Halstuch wieder? Gehört es Ihrer Tochter?«

Ein winziges Lächeln zeigte sich auf dem versteinerten Gesicht der Frau. »Ja«, sagte sie mit brüchiger Stimme. »Es gehört Irene. Es ist eines ihrer Lieblingstücher. Das hat sie schon sehr lange.« Sie sah hoffnungsvoll zu Paul auf. »Hilft Ihnen das? Hilft es Irene?«

Paul entglitten die Gesichtszüge. »Verd...« Er konnte sich gerade noch bremsen und verschluckte seinen Fluch. Mit aufgesetzter Zuversicht erklärte er: »Ja, es hilft mir. Und ich werde dafür sorgen, dass man fair und gerecht mit Ihrer Tochter umgeht.«

Paul beeilte sich mit der Verabschiedung. Der Bauer brachte ihn auf den Hof hinaus. Während sie sich die Hände gaben, sagte er: »Ich wusste schon immer, dass es mit Irene mal so weit kommen würde. Es war nie was Rechtes mit ihr. Einen Sohn hätte man haben müssen. Sie ist nichts wert.«

Paul sah ihn böse an.

23

Finstere Gedanken begleiteten Paul auf seiner Fahrt zurück nach Nürnberg. Keine Minute länger hätte er es in diesem bedrückenden Haus mit seinen kalten und heruntergekommenen Räumen ausgehalten. Er war noch ganz benommen von der Lieblosigkeit und der vorwurfsvollen Art, mit der der alte Bauer über seine Tochter gesprochen hatte. Er konnte sich ausmalen, wie trostlos Irenas Kindheit und Jugend verlaufen sein musste, bis sie es fertigbrachte, sich vom Elternhaus loszureißen und ihren eigenen Weg zu gehen. Dabei mochte die Änderung ihres Namens eine wichtige Rolle gespielt haben: der Austausch eines winzigen Buchstabens als Zeichen der Abgrenzung und Eigenständigkeit.

Paul atmete tief ein und hatte dennoch das Gefühl, nicht genug Luft zu bekommen. Denn das Ergebnis seines Ausflugs aufs Land erschien ihm rundum niederschmetternd: Nicht nur wegen der beklemmenden Familiensituation, aus der Irena hervorgegangen war. Sondern vor allem wegen der Bestätigung ihrer Mutter, dass das vom Tatort entfernte Tuch tatsächlich Irena gehörte. Die Schlinge um ihren Hals zog sich damit enger und enger zusammen. Paul hatte echte Skrupel, seine neue Erkenntnis an Katinka weiterzugeben, denn er sah Irena in einer Zwangssituation, und sie tat ihm leid. Aber spätestens heute Nachmittag, nach Feierabend, würde er es tun müssen.

Er staunte über sich selbst, dass er es nach seiner Tour aufs Land noch pünktlich zum Beginn der Proben ins Opernhaus schaffte. Wie üblich quittierten die bereits anwesenden Akteure sein Erscheinen mit desinteressierten bis genervten Blicken. Inzwischen machte sich Paul nichts mehr daraus, sondern suchte sich ein freies Plätzchen am Rand der Bühne. Er setzte sich neben einen stark gepuderten jungen Mann, der ein Notenheft auf dem Schoß hielt. Im Hintergrund sangen sich zwei Frauen ein, während eine einsame Ballerina Stretchingübungen vollzog.

Paul fühlte sich mittlerweile schon beinahe zu Hause im Kreise der Mimen und Musiker, trotz ihrer Spinnereien und Spleens. Das Naturell des Künstlers lag schließlich auch ihm im Blut, und hier konnte er es einmal richtig ausleben. Das Fotografieren auf der Bühne bedeutete mehr als bloß eine neue Herausforderung – es machte ihm Spaß! Vielleicht fand er hier endlich seine wahre Bestimmung ...

In seinen eigenen Gedanken schwelgend, bemerkte er zunächst gar nicht, wie die Zeit verstrich und wie sich allmählich Unruhe unter den Wartenden breit machte. Denn inzwischen waren längst alle anwesend – alle außer einem: Der Regisseur fehlte.

Paul zerbrach sich darüber nicht den Kopf, doch als aus der akademischen Viertelstunde 45 Minuten geworden waren und die ersten Anstalten machten, unverrichteter Dinge wieder zu gehen, wurde auch Paul unruhig.

Er wartete ab, bis genau eine Stunde um war. Dann machte er sich auf die Suche nach Ricky Haas. Im Sekretariat wusste niemand etwas über den Verbleib des Regisseurs. Weder hatte er sich abgemeldet noch eine Nachricht hinterlassen. Fehlanzeige auch in der Kantine, wo man ja eigentlich immer jemanden traf, der einem weiterhelfen konnte. Haas war doch nicht etwa auch ...?

Als Paul sicher war, dass sich Haas nicht im Opernhaus aufhielt, entschloss er sich aus einem Bauchgefühl heraus, ihn zu Hause aufzusuchen. Paul wusste ja bereits, dass er in der Nähe wohnte.

Das Mehrfamilienhaus in der Karl-Bröger-Straße machte einen freundlichen, einladenden Eindruck. Hellblau verputzte Front, hohe Fenster, viel Grün auf den Balkonen und in den

Blumenkästen. Paul suchte den Namen Haas auf dem Klingelschild. Da die Haustür jedoch offen stand, stieg er ohne zu läuten bis in den dritten Stock.

Er drückte den Klingelknopf neben der Wohnungstür, doch niemand öffnete. Dass jemand zu Hause war, hörte Paul aber daran, dass es innen laut schepperte. Er klingelte erneut, wieder ohne Resultat. Er drückte an der Tür – und sie gab überraschenderweise nach. Wahrscheinlich war das Schloss nicht richtig eingerastet, reimte sich Paul zusammen und trat ein.

Er ging durch einen geschmackvoll gestalteten Flur und wollte sich gerade bemerkbar machen, als er sich unvermittelt ducken musste: Ein Gegenstand flog um Haaresbreite an seinem Kopf vorbei, knallte gegen die Wand und zerbarst in Scherben. Es war nicht die erste Tasse, Schüssel oder Kanne: Aus den vielen Porzellansplittern am Boden schloss Paul, dass im Verlauf eines heftigen Streits schon andere Teile der Küchenausstattung in Wurfgeschosse umfunktioniert worden waren. Schutzsuchend ging Paul in Deckung und drückte sich eng hinter einen Heizkörper.

Aus dieser Position konnte er einen Garderobenspiegel sehen, der in einer Nische rechtwinklig zum Flur hing. Er gewährte ihm freie Sicht in die Küche: Ricky Haas war nur von hinten zu sehen, doch Paul erkannte ihn zweifelsfrei an seinen auftoupierten Haaren. Die Frau, mit der er stritt, war ungefähr im gleichen Alter, eine hochgewachsene, grazile Erscheinung mit einem schmalen Gesicht und ebenso intelligenten wie angriffslustigen Augen. In ihrer Rechten hielt sie einen wurfbereiten Suppenteller.

»Noch eine weitere Lüge aus deinem Mund, und ich ziele nicht mehr daneben!«, drohte sie.

Haas hob die Arme, als wollte er sich ergeben. »Lisbeth, sei nicht albern. Das Ganze haben wir doch schon hundert Mal diskutiert.«

»Dann diskutieren wir es heute das hunderterste Mal!«

»Das bringt doch nichts. Was bezweckst du bloß damit? Was willst du denn von mir hören?«

»Zum Beispiel, dass es dir leid tut!«

»Ja, es tut mir leid.« Haas ließ langsam seine Hände sinken. »Bist du jetzt zufrieden? Dann kann ich ja endlich gehen. Auf mich wartet ein Haufen Leute.«

Haas hatte nicht ausgesprochen, als der Teller flog, ihn am Arm traf und abprallte, bevor er sich auf den Fliesen in kleinste Teilchen auflöste. »Bist du jetzt völlig durchgedreht?«, herrschte Haas seine Frau an. Er rieb sich den Arm. »Überspann den Bogen nicht! Deine Eifersuchtsszenen sind etwas für die Bühne, aber nicht für unsere Küche!«

»Pah!« Frau Haas suchte sich unverzüglich das nächste Teil aus dem Service: diesmal eine Kaffeetasse. »Auf der Bühne wolltest du mich ja nicht mehr haben. Für mich hast du Heim und Herd vorgesehen. Damit ich dir nicht im Wege bin, wenn du wieder ein frisches Flittchen aufgabelst.«

»Lisbeth, es reicht! Das ist absolut lächerlich!« Ruhiger fügte er hinzu: »Ich habe dir versprochen, dass es damit vorbei ist. Ich halte mein Wort.«

Die Tasse flog und verfehlte ihr Ziel knapp. »Lügen! Nichts als Lügen!«, schrie seine Frau. »Das Vertrauen kannst du nie im Leben wieder herstellen! Das ist kaputt, zerstört, irreparabel! Ich glaube dir gar nichts mehr! Nie wieder!«

Haas ging vorsichtig auf seine Frau zu. Leise, aber mit entschiedener Schärfe sagte er: »Wenn das so ist, frage ich mich, warum du noch hier bist. Warum du nicht die Scheidung einreichst, so wie du es mir seit Jahren androhst. Und – warum du bei der Polizei für mich ausgesagt hast.«

Die Augen von Frau Haas wurden glasig. »Weil ... – weil ich nicht loskomme von dir. Ich habe es versucht, und irgendwann werde ich es schaffen. Aber noch ... Außerdem, die Kinder ...«

»Die Kinder sind groß. Denen wären geschiedene Eltern wahrscheinlich lieber als welche, die sich ständig streiten«, meinte Haas lapidar. Dann sagte er so leise, dass Paul ihn kaum verstehen konnte: »Ist es nicht eher so, dass du einen sehr triftigen Grund dafür gehabt hast, eine Falschaussage zu meinen Gunsten zu machen?«

Lisbeth Haas, die bereits eine weitere Tasse angehoben hatte, stellte sie wieder ab. »Was meinst du?«, fragte sie misstrauisch.

»Ich meine, dass dich nicht die geringsten Skrupel plagen würden, die Familie im Stich zu lassen. Und ich meine, dass du deine Aussage in Wahrheit nicht abgegeben hast, um mir zu helfen – sondern um dich selbst zu schützen.«

Paul wurde in seinem Versteck unruhig. Er wunderte sich, welch seltsame Wendung der Eifersuchtsstreit nahm. Aufmerksam verfolgte er das weitere Gespräch:

»Wovor sollte ich mich schützen?«, fragte Frau Haas und klang verunsichert.

»Es ist ganz einfach«, triumphierte ihr Mann. »Indem du mir ein Alibi gabst, hast du dir selbst indirekt auch eines verschafft.«

»Was meinst du?«

»Tu nicht so begriffsstutzig! Deiner Aussage nach bin ich zur fraglichen Stunde daheim beim Essen gewesen. Gemeinsam mit dir. Also ist die Polizei selbstredend davon ausgegangen, dass du dich zur Tatzeit ebenfalls hier im Haus aufgehalten hast.«

»Ja, natürlich. Das habe ich auch!«

»Bist du dir da sicher?«

Frau Haas stemmte ihre Arme in die Hüften. »Ja, und das weißt du genau!«

Ihr Mann schüttelte langsam den Kopf. »Nein, das weiß ich eben nicht genau. Womöglich warst du ja gar nicht hier, sondern bei deinem Liebhaber.«

»Stell nicht alles auf den Kopf! Du bist es, der ständig fremdgeht. Nicht ich!«, kreischte sie.

Haas blieb gelassen. »Komm dir ja nicht zu schlau vor, das bist du nämlich nicht. Denkst du, dass ich nichts mitbekommen habe von deinen heimlichen kleinen Treffen mit Klinger? Glaubst du das wirklich, du dumme Gans?«

Paul glaubte nicht richtig gehört zu haben: Frau Haas und Klinger? Was hatte das nun wieder zu bedeuten? Die Auseinandersetzung in der Küche spitzte sich derweil weiter zu:

»Du bist ein elender ...« Lisbeth Haas schäumte vor Wut.

»Nur raus damit! Was bin ich?«

»Du bist ein Schuft! Ein Schwein!«

»Du bist keinen Deut besser als ich! Gibst die heilige Hure, ja? Gefällt dir die Rolle?«

Seine Frau begann zu schluchzen. »Es war überhaupt nichts mit Klinger. Der war doch gar nicht mein Typ! Wir haben uns ab und zu getroffen, ja, das stimmt. Er war charmant.«

»Na also! Da haben wir's!«

»Nein, das ist nicht wahr! Die Sache ist rein platonisch gewesen. Nie im Leben wäre ich auf die Idee gekommen, etwas mit dem Dickwanst anzufangen.«

»Ach nein?«, fragte Haas gereizt. »Auch nicht, um mir eins auszuwischen? Immerhin hast du ja genau gewusst, dass er mein Intimfeind war.«

»Deswegen habe ich dir nichts über unsere Treffen erzählt. Ich wollte dich nicht verletzen.«

»Hast du aber!« Blitzschnell sprang Haas vor und bekam seine Frau an den Haaren zu fassen. Mit einem heftigen Ruck zog er ihren Kopf nach unten, sodass sie mit der Stirn auf die Tischkante schlug.

Paul war auf seinem Beobachtungsposten wie erstarrt. Was, um Himmels willen, lief da ab?

Lisbeth Haas schrie auf. Doch ihr Mann kannte keine Gnade. Seine Hand noch immer in ihren Haaren versenkt, riss er ihren Oberkörper wieder nach oben. Dann drückte er die schmale Frau an die Kühlschrankfront. »Hör mir genau zu!«, schärfte er ihr ein. »Ich will, dass du auch meine Sicht der Dinge kennst: Ich bin davon überzeugt, dass du dich mit Klinger eingelassen hast, um es mir heimzuzahlen.«

»Nein, nein!«, wimmerte Frau Haas.

Ihr Mann ließ nicht locker. »Ich denke, dass Klinger gern auf deine Avancen eingegangen ist. Aber nicht, weil er dich so anziehend fand. Sondern weil er dich und damit mich unter Druck setzen wollte.«

»Das ist blanker Unsinn! Lass mich los!« Frau Haas versuchte, sich aus dem Griff ihres Mannes zu befreien. Vergeblich.

Paul überlegte hin und her, ob er eingreifen und die Frau aus ihrer Zwangslage erlösen sollte. Doch jetzt musste er auch den Rest hören. Er musste!

»Es ist durchaus kein Unsinn!«, stellte Haas klar. »Klinger hat versucht, dich zu erpressen. Das traue ich ihm ohne Weiteres zu. Du aber warst auf seine Gewissenlosigkeit nicht gefasst. Erst hast du es mit der Angst zu tun bekommen. Hast befürchtet, dass alles auffliegt, ich dich verlasse und du am Ende leer ausgehst. Dass du alles verlierst: den Ehemann, das Haus, die Kinder ...«

»Hör auf damit!«, flehte Frau Haas.

»Aber dann hast du zu deiner eigentlichen Stärke zurückgefunden.« Haas lachte zynisch. »Wer Teller werfen kann, kann auch schwerere Dinge bewegen. Du hast ihn erschlagen. Hast ihn in einen Hinterhalt gelockt und ihm eins über den Schädel gezogen. War es so?« Er zog noch heftiger an ihrem Haar. »War es so? Antworte!«

Paul konnte es nicht länger ertragen. Er gab seinen sicheren Lauschposten auf und stürmte in die Küche. Augenblicklich ließ Haas von seiner Frau ab. Beide sahen Paul mit einer Mischung aus Überraschung und Feindseligkeit an.

»Wer sind Sie?« Frau Haas hatte sich aufgerichtet und fand nach Pauls plötzlichem Auftauchen als Erste die Sprache wieder. Sie strich sich über eine rote Stelle an der Stirn, die offensichtlich von der Attacke ihres Mannes herrührte, und behielt die Hand am Kopf, als wolle sie die Blessur vor Paul verbergen. »Wie sind Sie hier hereingekommen?«

»Die Tür war nur angelehnt ...«, begann Paul zu erklären und wunderte sich über die abweisende Haltung der Frau. Immerhin hatte er durch sein Auftreten vielleicht Schlimmeres verhindert.

»Machen Sie, dass Sie rauskommen!«, blaffte sie ihn an.

Ricky Haas berührte sie sanft am Arm. »Kein Grund zur Aufregung«, sagte er. »Das ist ein Kollege. Unser neuer Bühnenfotograf. Wollte sicher nur schauen, wo ich bleibe.« Er lächelte Paul zu. »Habe ich recht?«

Paul sah Frau Haas erwartungsvoll an. Doch es war offensichtlich, dass sie ihn nicht als ihren Retter sah. Mit trotziger Miene schüttelte sie jetzt ihr Haar aus. »Ja«, sagte er widerwillig. »So war es.«

»Also, dann.« Haas fasste ihn freundschaftlich am Ellenbogen und bugsierte ihn aus der Küche. Lisbeth Haas schaute Paul böse hinterher. Als Haas sich im Flur seinen Trenchcoat anzog, raunte er verschwörerisch: »Nehmen Sie ihr die schlechte Laune nicht krumm. Sie ist halt eine Frau – Sie wissen schon ...«

24

Es war ein ungewohntes Bild, das Paul anrührte, gleichzeitig aber auch ein wenig ängstlich machte. Blickte er da gerade in seine eigene nahe Zukunft?

Katinka saß in der gemütlichen Erkernische des *Goldenen Ritters*, dem bevorzugten Stammplatz des Paares. Sie wirkte zufrieden und ausgeglichen, und mit sanftem Schaukeln entlockte sie dem winzigen Paket in ihren Armen glucksende Töne des Glücks.

»Willst du sie auch mal nehmen?«, fragte sie, als Paul sich zu ihr setzte. »Ist sie Jan-Patrick nicht wie aus dem Gesicht geschnitten?«

Paul betrachtete den süßen Nachwuchs des Küchenmeisters und strich ihm behutsam über die weichen Pausbäckchen. »Die Augen hat sie aber von Marlen. Und – Gott sei Dank! – auch das kleine Stupsnäschen.«

»Das kann sich später noch auswachsen«, bemerkte Katinka nüchtern. Dann lachte sie leise: »Scherz beiseite. Die Kleine wird ganz sicher mal eine richtige Schönheit. Eine Prinzessin! Schon ihr Name klingt doch wie eine Melodie: Lena-Michelle …«

»Da haben sich die Eltern etwas Nettes einfallen lassen«, stimmte Paul zu. »Eine länderübergreifende Wahl, die altfränkische Lena kombiniert mit der französischen Michelle.«

Als die stolze Mama ihnen das Baby wenig später abnahm, war Jan-Patrick bereits mit dem Notizblock zur Stelle, um ihre Bestellung aufzunehmen.

»Für mich nur ein Süppchen, bitte«, schränkte Katinka ihre Ansprüche von vornherein ein. »Ist so etwas in deiner aktuellen Wald- und Wiesenküche vorgesehen?«

»Selbstverständlich«, sagte der Wirt und verkündete mit geschwellter Brust: »Meine Kartoffelsuppe ist genau das Richtige für den kleinen Hunger. Ich würze sie mit jungen Blättern und Wurzeln der Glockenblume, Waldpilzen in hauchdünnen Scheiben und wildem Quendel.«

»Wildem was?«, fragte Katinka.

»Quendel. Ein wilder Verwandter des Thymians und bedauerlicherweise aus der Mode gekommen. Ihr wisst doch: Ich liebe Gerichte mit viel Aroma. Mit Säure, Süße, Schärfe ...«

»Klingt lecker«, meinte Paul, doch sein leerer Magen verlangte nach mehr. Nach einem Blick in die Tageskarte bestellte er das Hasenragout mit fränkischer Paprika unter Kräuterteigblättern.

Paul und Katinka scherzten, lachten, schmusten und genossen das vorzügliche Mahl. Sie sprachen über ihre Heiratspläne, zogen mögliche Hochzeitstermine in Erwägung und begannen damit, eine erste grobe Gästeliste zu erstellen, wobei sie Herthas Mahnung zur Gleichbehandlung der Familien zu berücksichtigen versuchten. Auch über das Ziel einer Hochzeitsreise diskutierten sie, waren sich in ihrem Wunsch nach einer Kreuzfahrt schnell einig und gingen die meistversprechenden Zielhäfen durch. Nur eines taten sie nicht – über die Morde im Opernhaus sprechen.

Beide verdrängten das unangenehme Thema so lange wie möglich, und doch schwebte die dunkle Bedrohung durch mögliche weitere Gewalttaten über ihnen und drückte allmählich auf die unbeschwerte Atmosphäre.

Schließlich brach Paul das Tabu und legte den Fotoausdruck mit dem Halstuch zwischen die Teller und Gläser. »Ich war bei Irenas Eltern«, offenbarte er wieder einmal sein eigenmächtiges Handeln.

Statt ihn zu rügen, hörte Katinka aufmerksam zu, was Paul ihr zu sagen hatte. Augenblicklich legte sich wieder der feine Schleier über ihre Augen und verhüllte, was nun in ihrem Kopf vor sich ging. Sie tat sich nicht leicht damit, Paul über die nächsten von ihr geplanten Schritte zu unterrichten: »Dein

Foto und die Aussage der Mutter sind wichtige neue Indizien«, sagte sie und klang gequält. »Aber mit Indizien allein komme ich nicht weiter. Ich habe nichts Konkretes, nichts Greifbares in der Hand gegen Irena – genauso wenig wie gegen einen der anderen, die unter Verdacht stehen.«

Paul nahm das mit gewisser Erleichterung zur Kenntnis. Noch hatte Irena also eine Chance, sich reinzuwaschen und ihr verkorkstes Leben in den Griff zu bekommen. Er erkundigte sich: »Mit den anderen Verdächtigen meinst du nach wie vor Haas und Ascherl ...«

Katinka fuhr plötzlich auf. »Sprich diesen Namen bloß nicht mehr laut in der Öffentlichkeit aus! Ich stehe unter enormem Druck wegen dieses Kerls. Nachdem er zum Verhör bei der Kripo einbestellt worden war, ließ er all seine Beziehungen spielen. Der Generalstaatsanwalt hat mich gefragt, was das denn solle: So kurz vor dem Opernball ausgerechnet auf den Hauptsponsor, den honorigen Ehrenbürger Eduard Ascherl loszugehen und gegen ihn zu ermitteln. Du musst wissen: Mein Chef und seine Frau haben von Ascherl einen Logenplatz für den Ball bekommen ...«

»Aber das ist Bestechung und, und ...« Paul suchte nach dem geeigneten Wort. »... und Rechtsbeugung!«, ereiferte er sich.

»Es kommt darauf an, auf wessen Seite das Recht steht«, entgegnete Katinka. »Inzwischen haben wir nämlich herausbekommen, dass sich Ascherl nicht nur zum Zeitpunkt der beiden Mordfälle in Opernhausnähe aufgehalten hat, sondern auch an allen anderen Tagen zu dieser Zeit. Ascherl ist nun mal leidenschaftlicher Opernfan. Er stattet seinem persönlichen Musentempel wirklich bei jeder sich bietenden Gelegenheit einen Besuch ab oder streift um das Gebäude. Es kann also reiner Zufall sein, dass er auch zur Zeit der Morde in der Nähe zu sehen war.«

»Oh ...«, sagte Paul und war ziemlich ratlos. »Dann bleibt neben Irena – und vielleicht noch meinem speziellen Freund

Glück – derzeit eigentlich nur Ricky Haas als möglicher Täter übrig«, dachte er laut und erinnerte sich mit Unbehagen an das belauschte Streitgespräch des Paares.

»Ich darf mich in meinen Ermittlungen nicht zu früh auf eine bestimmte Person konzentrieren«, erklärte Katinka und kritisierte damit selbst ihr zwischendurch doch sehr forsches Vorgehen gegen Irena. »Die Kripo ist immer noch dran, die Tatortspuren zu analysieren. Die Kollegen hoffen nach wie vor auf aussagekräftige Faserreste, die nicht verunreinigt sind.« Sie neigte den Kopf: »Das Halstuch ist in dieser Hinsicht zwar wichtig – es könnte aber auch von jemandem zur bewussten Irreführung neben dem Toten drapiert worden sein.«

Paul sah sie überrascht an: »Drapiert sagst du? Aber warum hat dieser Jemand es dann später wieder weggenommen? Das ergibt doch keinerlei Sinn!«

»Vieles ergibt in diesen Fällen keinen Sinn. Zumindest ist es zu früh für uns, um einen Sinn zu erkennen.«

»Wie willst du, beziehungsweise wie will die Kripo weiter vorgehen?«

Katinka nagte an ihrer Unterlippe, bevor sie antwortete: »Wir versuchen, bestehende Verdachtsmomente zu erhärten und ermitteln gleichzeitig weiter in alle Richtungen. Auch und gerade, was die Symbolik der Tatorte inmitten der Opernkulissen anbelangt.«

»Das klingt nicht nach einem schnellen Abschluss des Falls.«

»Nein, ganz sicher nicht. Erschwerend kommt hinzu, dass sich die Verdächtige Nummer eins auf ihre Hauptrolle beim Opernball vorbereiten muss und ich sie dabei möglichst wenig behelligen soll.«

Paul war über diese Schonfrist für Irena zwar einerseits erleichtert, andererseits plagten ihn große Bedenken, denn vielleicht täuschte er sich ja in ihr. »Könnt ihr es denn verantworten, eine potenzielle Straftäterin frei herumlaufen zu lassen?«, spitzte er zu.

Katinka lächelte jovial: »Das allein, mein lieber Paul, wäre weder abwegig noch unüblich. Denk an die Sängerin von den No Angels, die sie nach ihrem Konzert quasi von der Bühne weg verhaftet haben. Oder an den Wettermann, der erst noch die Vorhersagen für die Olympischen Winterspiele zu Ende moderieren durfte, bevor die Handschellen zuschnappten. Die Staatsgewalt kann durchaus rücksichtsvoll und flexibel vorgehen, wenn es die Umstände erfordern.«

»Und der Opernball ist ein solcher Umstand?«, hakte Paul nach.

»Genau. Wir dürfen uns keinen Gesichtsverlust durch vorschnelles Handeln erlauben. Mit Irena würde das Zugpferd des Abends fehlen.«

»Ja«, sagte Paul nachdenklich. »Irena soll in der Rolle der Carmen brillieren. Das fällt ihr sicher nicht leicht in ihrer momentanen Verfassung.«

»Sie wird in diesem Part den Operntod sterben – drück ihr die Daumen, dass dies nicht gleichzeitig das Ende ihres Lebens in Freiheit bedeutet.«

25

Es waren nur noch zwei Tage bis zum Opernball, und Paul wusste, dass die Polizei alle Beteiligten mit Argusaugen beobachten würde, auch wenn sie mangels Beweisen noch nicht zuschlagen konnte oder durfte.

Heute stand für ihn eine isolierte Szene aus *Carmen* auf dem Programm: Auf dem Marktplatz von Sevilla bahnt sich ein junges Mädchen einen Weg durch die Volksmenge. Es ist Micaela, die Verlobte von Don José. Sie nähert sich den Wachposten, um mit ihrem Geliebten zu sprechen. Unteroffizier Morales lädt sie ein zu warten, doch sie lehnt dankend ab: Sie möchte zur Wachablösung wiederkehren, die sich bereits ankündigt. Mit der neuen Kompanie erscheint Don José, der seinem Hauptmann Zuniga erklärt, kein Interesse an den heiteren Arbeiterinnen zu haben, die die jungen Männer umwerben. Unter ihnen ist die schöne Zigeunerin Carmen, die sich verführerisch Don José nähert. Von der Gleichgültigkeit des Dragoners angestachelt, umtanzt sie ihn und wirft ihm eine rote Blume zu.

Ricky Haas studierte den letzten Teil dieser Passage mit Irena ein. Doch die Sopranistin kam Paul hoch nervös vor; Paula Dorfner hatte ihr anscheinend ihre Ration Sekt vorenthalten. Auch Haas wirkte auf Paul angespannt und aggressiv. Paul musste sich gedulden, bis die Szene so weit vorbereitet war, dass er fotografieren konnte.

Während er wartete, rief er sich die lässige Kurzfassung der Oper in Erinnerung, wie sie Hannah formuliert hatte: »Leidenschaft und Eifersucht, unterlegt mit einem unverwechselbaren Rhythmus. Das Highlight, die Habanera, ist eine Jubelarie fürs Publikum. Bei der Uraufführung 1874 fand man *Carmen* zu versaut.«

»Reiß dich endlich zusammen!« Haas' Brüllen holte Paul abrupt aus seinen Gedanken. Der Regisseur tobte: »Ich kann so nicht arbeiten! Ich brauche deine volle Konzentration! Deine ganze Hingabe an diese Rolle!« Irena wurde bereits von einem Heulkrampf geschüttelt. Das machte Haas nur noch wütender. »Du nimmst die Titelrolle wie eine drittklassige Primadonna! Was dir fehlt, ist das Feuer! Mit Mezzavoce kannst du über dein gaumiges Vibrato nicht hinwegtäuschen.« Diese herbe Kritik brachte Irena nur noch mehr zum Weinen. Haas scheuchte die anderen Darsteller daraufhin kurzerhand von der Bühne: »Alle raus! Haut ab! Macht Pause! Ich muss mit Irena allein arbeiten! Die Diva verpatzt uns sonst den Ball.«

Als Paul keine Anstalten machte, sich dem maulend abziehenden Ensemble anzuschließen, erhielt er von Haas eine deftige Extraeinladung: »Schwingen Sie Ihren Hintern hier raus! Aber plötzlich! Oder denken Sie, Sie wären etwas Besseres?«

Paul tat wie ihm geheißen. Er folgte dem mehr oder weniger klaglos abziehenden Stab und sprach einen jungen Mann, den er als völlig unterdrückten Regieassistenten ausgemacht hatte, auf Haas' seltsames Verhalten an: »Platzt dem eigentlich öfter so die Hutschnur?«

»Das kann man wohl sagen«, sagte der blasse junge Mann im leidenden Tonfall eines Geknechteten.

»Und das lassen sich alle gefallen?«

»Man gewöhnt sich daran. Haas ist halt ein Exzentriker.« Er sagte das, als wäre dieser Charakterzug das natürliche Merkmal eines jeden guten Regisseurs.

»Das mag ja sein, aber hat er als Regisseur denn das Recht, Irenas Gesangsstil zu kritisieren? Das ist doch Sache des Dirigenten, oder?«

Der blasse Regieassistent sah Paul einen Moment lang an, als sei er der Mann vom Mond. Dann besann er sich wohl darauf, dass Paul ein Neuling im Gewerbe war, atmete tief durch und erklärte: »Das läuft so: Die Regie des Schauspiels auf der Bühne und die musikalische Interpretation sind üblicherweise vollkommen getrennt. Die Sänger haben zum einen

Klavierproben mit dem Dirigenten – wenn der sich die Zeit dafür nimmt – und zum anderen reine Schauspielproben auf der Bühne, wie heute. Dabei wird dann auch oft ein Korrepetitor eingesetzt, der den Orchesterpart mit dem Klavier spielt, aber hier kommt es eigentlich nicht auf die Musik an, sondern auf das Schauspiel. Die Sänger markieren dabei auch oft nur, das heißt, sie säuseln nur vor sich hin, anstatt richtig zu singen, weil sie ja häufig am Vormittag Proben für Oper B haben und am Abend Oper A singen müssen. Sie schonen ihre Stimme, statt sich beim Üben zu verausgaben. Erst zum Schluss, also bei der Hauptprobe, wird alles zusammengesetzt.«

»Es ist also völlig normal, wenn Irena gesanglich noch nicht ihr Bestes gibt?«, fragte Paul.

Sein Gesprächspartner nickte. »Aber Haas verlangt entgegen den Gepflogenheiten das volle Programm. Er weiß, dass er spätestens nach der Hauptprobe aus dem Rennen ist. Zu diesem Zeitpunkt bringt normalerweise nur noch der Dirigent Änderungen ein. Da ist es schon viel zu spät für Regieanweisungen.«

»Mit anderen Worten: Haas will sich von niemandem, auch nicht vom Dirigenten, das Zepter aus der Hand nehmen lassen«, folgerte Paul.

»Tja, wie soll ich sagen? Zwischen Schauspiel und Musik kann es durchaus zum Konflikt kommen, wenn zum Beispiel der Regisseur will, dass die Sänger während einer Arie schnell hin- und herlaufen. Dann wird der Ton instabil, der Atem kürzer und der künstlerische Ausdruck leidet. Allerdings ist das heute fast der Standard. Die alte Methode – der Sänger stellt sich hin und singt seine Arie – ist als Rampensingen verpönt. Haas' Ansprüche haben also ihre Berechtigung.«

»Aber er könnte sich mit dem Dirigenten doch ganz einfach absprechen. Oder?«

»Wenn man einen namhaften Dirigenten hat, dann wird der sich vorher mit dem Regisseur zusammensetzen und das

Dirigat eventuell ablehnen, wenn ihm das Regiekonzept nicht passt. Ein solches Risiko würde Haas niemals eingehen. Deshalb reduziert er die Überschneidungen mit dem Dirigenten auf ein Minimum und zieht sein eigenes Ding durch.«

»Und die arme Irena muss unter dem Kompetenzgerangel leiden«, meinte Paul.

Den Regieassistenten ließ dieser Gedanke kalt. »Ein Profi muss so etwas wegstecken können. So läuft es nun einmal«, sagte er und wandte sich ab.

Paul sah ihm nach und fragte sich, ob es wirklich richtig war, Haas so viel durchgehen zu lassen. Auf die Dauer würde Paul jedenfalls nicht bei jedem Wutausbruch des Regisseurs den Kopf einziehen und ihn gewähren lassen. Wenn er seinen Job als Opernfotograf längerfristig ausübte, würde es sicher eines nicht allzu fernen Tages zur Konfrontation kommen. Aber noch war dieser Moment nicht da. Noch füllte Paul die Rolle des Beobachters aus, der sich nicht durch vorschnelles Handeln selbst ins Abseits manövrieren wollte.

Während die anderen Verbannten nach und nach den Weg ins Freie suchten, um zu rauchen, nutzte Paul die Zwangspause zum Telefonieren.

»Hallo, Jasmin? Störe ich?«

»Paul?« Die Kommissarin klang freudig überrascht. »Was gibt's denn? Willst du dich mal wieder mit mir in der Sauna verabreden?«

»Lieber nicht. Ich wollte eigentlich nur fragen, ob du was Neues für mich hast. Deine SMS von neulich waren wenig aussagekräftig.«

»Aber Paul, du weißt doch: Selbst wenn ich wollte, dürfte ich dir nichts Näheres darüber sagen. Polizeiarbeit funktioniert deshalb so gut, weil wir uns nicht von jedem x-Beliebigen in die Karten schauen lassen.«

»Ich bin kein x-Beliebiger. Außerdem: Du weißt, dass du mir vertrauen kannst.« Automatisch setzte er bei diesem Satz den Dackelblick auf, den er sich von George Clooney abgeschaut hatte, was übers Telefon jedoch ohne Wirkung blieb.

»Na ja, Paul, da habe ich bereits andere Erfahrungen gemacht.«

»Ich verspreche es dir!«, versicherte er.

»Also schön. Aber ich komme in Teufels Küche, wenn du dich gegenüber deinem Freund Blohfeld verplapperst. Wehe dir, wenn ich meine Interna in seinem Schmierenblatt lese!«

»Er ist nicht mein Freund«, stellte Paul klar. »Und meine Lippen sind versiegelt. Nun? Wie sieht es aus? Eure Spurensicherung hat ja wohl leider nichts Brauchbares gefunden. Außer Spesen nichts gewesen, was?«

»Das ist nicht ganz richtig«, widersprach Jasmin. »Man muss nur Geduld haben und lange genug suchen. Denn es gibt niemals einen sauberen Kontakt zwischen zwei Objekten. Wenn sich zwei Körper oder Gegenstände berühren, dann kontaminieren sie sich gegenseitig mit winzigen Substanzfragmenten. Wer auch immer der Täter ist, er hat Spuren hinterlassen. Wir müssen sie nur erkennen, von den übrigen Stoffen isolieren und einer bestimmten Person zuordnen.«

Paul dachte sofort wieder an Irenas Halstuch und daran, dass einzelne Fasern des Tuches bestimmt unter den sichergestellten Spuren waren. Doch Jasmin hatte etwas anderes im Sinn: »Textilfasern helfen uns nur bedingt weiter, da sich zu viele Neugierige an den Tatorten herumgetrieben und das Umfeld regelrecht verseucht haben. Wir konzentrieren uns augenblicklich auf eine Spur, die wir unmittelbar am Körper des zweiten Toten sicherstellen konnten. Es sind pigmentierte und lichtbrechende Bruchstücke.«

»Kannst du das auch auf Deutsch sagen, damit es der Laie versteht?«

»Wir haben Splitter von Fingernägeln gefunden sowie eine kleine Menge an Farbpartikeln. Eine erste DNA-Analyse der Nagelsplitter ergab zwar keine Übereinstimmung mit einem

Kandidaten aus unserer Täterdatei. Aber aus der Farbe lassen sich womöglich Rückschlüsse ziehen. Weißt du, Farbe ist ein Kompositmaterial: Ein organisches Bindemittel hält eine Mischung aus Pigmenten und Pulvern zusammen. Im Querschnitt durch die Farbschicht – da genügt ein relativ einfaches elektronenmikroskopisches Bild – kann man zwischen dunklen Kreisen, den Farbpigmenten, und kleineren Partikeln unterscheiden. Diese kleineren Partikel brechen das Licht, um die Farbe lichtundurchlässig zu machen.«

»Das klingt ja alles ganz toll – aber worauf willst du hinaus?«

»Lass mich das kurz zu Ende führen: Um ganz sicher zu gehen, geben wir die Farbsplitter ans LKA zur Untersuchung der energiedispersiven Röntgenfluoreszenz. Die Kollegen dort erzeugen elektromagnetische Wellen mit wesentlich kürzerer Wellenlänge als die des ultravioletten Lichts.«

»Jasmin! Lass dein Ingenieurstudium stecken und sag mir einfach, worum es geht!«

»Na, gut: Es geht darum, die Marke eines ganz bestimmten Fingernagellacks zu identifizieren.«

Der Satz traf Paul wie ein Schlag in die Magengrube. Nagellack! Wieder eine Spur, die auf eine Frau hindeutete – also doch Irena! Auch Haas war damit von der Liste der Verdächtigen zu streichen. Zumindest *Herr* Haas ... – Plötzlich erwachte in Paul ein anfangs unbeachteter Verdacht neu: Hatte der Regisseur nicht seiner Frau vorgehalten, sie besitze selbst kein Alibi? Sollte es Lisbeth Haas sein, die hinter allem steckte?

Die notwendigen Ortskenntnisse dürfte sie durch den Beruf ihres Mannes besitzen. Aber konnte sie ein Motiv haben, Baumann und Klinger umzubringen? Klinger vielleicht, wenn an den Anschuldigungen ihres Mannes etwas dran war, aber Baumann – wohl kaum.

»Paul? Bist du noch am Apparat? Oder habe ich dich mit meinem Fachchinesisch vergrault?«

»Bin noch dran.« Nun wollte er es wissen: »Was macht ihr, wenn ihr den Nagellack eurer Hauptverdächtigen zuordnen könnt? Wartet ihr trotzdem den Opernball ab, bevor ihr zuschlagt?«

»Das kannst du vergessen«, sagte Jasmin hart. »Eine solche Spur, die ja unmittelbar vom Leichnam stammt, wäre ausreichend für einen Haftbefehl. Ich kann mir nicht vorstellen, dass deine Freundin Katinka es dann länger hinauszögern könnte – selbst wenn ihr Chef ein noch so großer Klassikfan ist.«

Als Jasmin aufgelegt hatte, blieb ein grüblerischer Paul Flemming zurück, der noch eine ganze Weile auf das Handy in seiner Hand starrte und sich in diversen Schlüssen aus dem gerade Gehörten versuchte. Erst als er aus den Augenwinkeln eine Bewegung wahrnahm, hob er den Blick: Am Ende des Flurs stand Hans. Der Beleuchter sah zu ihm herüber, machte aber keine Anstalten, näherzukommen. Paul lächelte ihm zu und wollte ihm entgegengehen, als Hans abrupt kehrt machte und hinter der nächsten Biegung verschwand.

Paul blieb einen Moment lang konsterniert stehen, dann aber rief er Hans laut beim Namen und eilte ihm nach. Als er um die Ecke bog, sah er den Beleuchter wieder vor sich. In etwa zehn Metern Entfernung wandte sich Hans nach Paul um, um sein Tempo gleich darauf erneut zu erhöhen. Paul fand dieses Verhalten mehr als seltsam und beschleunigte ebenfalls. Bald war der Eingang zur Hauptbühne des Opernhauses erreicht. Hans riss die stählerne Feuerschutztür auf und verschwand im dunklen Schlund des unbeleuchteten Bühnenhauses.

Paul wusste: Wenn er Hans jetzt aus den Augen verlor, hatte er keine Chance, den Beleuchter im unübersichtlichen Bühnenhimmel wiederzufinden und ihn auf sein absonderliches Verhalten anzusprechen. Er setzte alles daran, Hans einzuholen, bevor dieser den Schnürboden erreichte, und sprintete los. Beinahe stolperte er im Halbdunkel über ein Scheinwerferkabel, fand aber das Gleichgewicht wieder und setzte Hans nach. Als dieser die Leiter zur Arbeitsgalerie hochkletterte, erwischte Paul ihn am Hosenbein: »Nicht so flink, Kollege! Du könntest dir sonst etwas brechen.«

Hans drehte sich um und sah Paul angriffslustig an: »Lass los oder ich verpasse dir eine! Meine Schuhe haben Stahlkappen.«

»Warum denn so feindselig?« Paul ließ von dem Beleuchter ab, blieb aber auf der Hut, um ihn sich wieder schnappen zu können, falls er entwischen wollte.

»Da fragst du noch?« Hans klang bitter enttäuscht. »Hätte ich gewusst, dass du ein Bulle bist, hätte ich dir nie im Leben so viel von mir und den anderen erzählt.«

»Ich, ein Bulle?« Paul lachte auf. »Woher hast du denn diesen Unsinn?«

»Von dir selbst!«, fuhr Hans ihn an. »Ich konnte sehen, wie du mit dieser Frau von der Staatsanwaltschaft geredet hast. Und du hast ihr alles haarklein gepetzt, was ich dir verraten habe, stimmt's nicht?«

Paul kniff die Augen zusammen: »Du hast uns heimlich beobachtet?« Er deutete nach oben. »Von dort, aus deinem Adlerhorst? Oder war es auf der Probebühne?«

»Das spielt keine Rolle. Ich kenne überall im Haus Wege, die niemand anders geht. Vor mir kannst du nichts verbergen.«

»Offenbar doch.« Paul klopfte Hans auf den Schenkel und gab ihm damit zu verstehen, er möge endlich von der Leiter steigen. »Zufällig ist diese Staatsanwältin, mit der du mich gesehen hast, meine Verlobte. Natürlich habe ich ihr das eine oder andere gesagt. Alles, was vielleicht wichtig für die Aufklärung der Verbrechen ist. Deshalb bin ich noch lange kein Bulle. Ich bin ein ganz normaler Fotograf – und halte meine Augen ebenso offen wie du!«

Das schien Hans zu besänftigen. Er löste seine Hände von den Leitersprossen und wandte sich Paul zu. »Dann bist du gar kein Kripomann, der eingeschleust wurde, um uns zu bespitzeln?«

»So was gibt's doch bloß im Fernsehen«, wehrte Paul den Verdacht ab. »Ein für allemal: Ich habe mit der Polizei nichts am Hut. Das heißt aber nicht, dass mich die Morde kalt lassen.«

Hans knirschte mit den Zähnen. »Mich auch nicht. Und ich finde es so hundsgemein, dass es alle nur auf Irena abgesehen haben und ihr den ganzen Mist in die Schuhe schieben wollen. Als ob dieses zarte Persönchen in der Lage wäre, zwei gestandene Mannsbilder um die Ecke zu bringen.«

»Nun ja, mit purer Muskelkraft wurden die Morde nicht begangen«, gab Paul zu bedenken. »Zumindest der erste nicht.«

»Trotzdem! Die Polizei liegt völlig falsch!« Hans hieb mit der Faust gegen die Leiter. »Die wahre Mörderin lacht sich ins Fäustchen!«

Paul machte große Augen. »Was sagst du da? Wahre Mörderin? Von wem sprichst du?«

Hans, erschrocken über die eigenen unbedachten Worte, hielt sich die Hand vor den Mund. »Von niemandem, nichts ...«, stotterte er.

»Sag schon!« Paul sah ihn eindringlich an. »Wenn du explizit von einer Mörderin sprichst, musst du jemanden Bestimmtes im Auge haben.«

Hans wich Pauls Blick aus, als er zögernd hervorbrachte: »Ich war im Kulissenlager, als sie Klinger entdeckten. Ich habe dir über die Schulter gesehen, als du deine Fotos geschossen hast, noch vor Eintreffen der Polizei.«

»Was?« Paul war überrumpelt. »Ich habe dich nicht gesehen. Wo hast du gesteckt?«

»Auf dem schwenkbaren Arm des Lastenkrans. Er steht gleich neben dem Bühnenbild. Ich war die ganze Zeit dabei.«

Paul gefror das Blut in den Adern. »Dann ...« Er schluckte. »... dann konntest du den Mord beobachten? Du hast gesehen, wer es getan hat?«

Hans blinzelte und rieb sich die Augen. »Nein. Ich kam ungefähr zur selben Zeit dazu, als du und die anderen aufkreuzten.«

»Ja, aber wenn das so ist ...« Pauls bange Erwartung verpuffte.

Doch dann offenbarte Hans seinen Wissensvorsprung: »Ich war nicht früher dort als ihr, aber ich bin länger geblieben.«

»Ach ... – du meinst, dass die Mörderin noch einmal zurückgekommen ist? Und bei dieser Gelegenheit hast du sie erkannt?«

Hans nickte mit bedeutungsschwerem Ausdruck. »Ja. Sie ist zurückgekommen. Als die Polizei eintraf und die Menge um den Toten auseinander trieb, nutzte sie den allgemeinen Trubel aus.«

»Um was zu tun?«

»Um die Spur zu verwischen, die sie hinterlassen hatte«, sagte Hans, als wäre Paul schwer von Begriff. »Sie hatte während der Tat etwas verloren und musste es sich zurückholen.«

»Was denn?« Paul hielt den Atem an.

»Ihr Halstuch«, ließ Hans die Bombe platzen. »Paula hatte dabei ihr Halstuch verloren.«

Paul sah Hans entsetzt an: »Was? Paula Dorfner hat das Halstuch an sich genommen? Bist du sicher?«

»Natürlich bin ich sicher! Ich habe es genau gesehen!« Hans klang eine Spur beleidigt über Pauls Zweifel.

»Aber das Halstuch ...« Paul wusste nicht, wie er Hans – dem glühenden Bewunderer Irenas – die traurige Wahrheit beibringen sollte. Dass das Halstuch in Wahrheit niemand anderem als seinem Schwarm gehörte. Und dass die Maskenbildnerin es wahrscheinlich nur deshalb aufgehoben und eingesteckt hatte, um Irena zu schützen.

»Was ist mit Paulas Halstuch?«, wollte Hans wissen.

»Ach, nichts«, sagte Paul leise.

Missgestimmt bummelte er zurück in den Proberaum. Haas begann gerade damit, die anderen Akteure einzuweisen, während Irena verloren am Bühnenrand saß. Sie war in sich versunken und schien das Geschehen um sich herum nicht wahrzunehmen. Pauls Blicke wanderten zu ihren Händen, und verstohlen betrachtete er ihre dezent lackierten Nägel.

Als Paul am frühen Abend nach Hause kam, fühlte er sich abgekämpft. Er sehnte den Abschluss des Falls herbei, denn er fühlte sich als Ermittler wider Willen zunehmend unwohl. Er durfte die Augen nicht vor der Realität verschließen und wusste, dass nur noch ein Wunder Irena aus der Rolle des Todesengels befreien konnte. Selten war es ihm so schwer gefallen, einen Täter seiner gerechten Strafe entgegengehen zu sehen.

Sein Anrufbeantworter blinkte, Paul drückte die Wiedergabetaste. Hannahs Stimme klang genervt: »Hey, Mann! Warum gehst du denn nicht ans Handy? Darfst du das bei den Proben etwa nicht benutzen?« Da lag sie richtig, dachte Paul und hörte weiter zu. »Egal, ich muss dich jedenfalls sprechen. Ich glaube, es ist dringend.«

Etwas ratlos stand Paul vor dem Anrufbeantworter. Hannah wollte ihn sprechen und *glaubte*, es sei dringend? Was war denn das für eine seltsame Ausdrucksweise? Entweder etwas war dringend, oder es war eben nicht dringend! Neugierig geworden, nahm Paul sein Telefon aus der Ladestation und wählte Hannahs Nummer. Sie nahm nicht ab. Wahrscheinlich joggte sie oder saß im Kino.

Dann war es wohl doch nicht so wichtig, meinte Paul und stellte sich auf einen geruhsamen Abend vorm Fernseher ein. Beim Zappen erwischte er irgendwo eine Folge von *Kojak*. Die erinnerte ihn an sehr alte Zeiten und führte ihn gedanklich weit weg von der bedrückenden Gegenwart.

26

Der Morgen des großen Tages begann mit einer Flucht. Paul wollte die verbleibenden Stunden vor dem Opernball nutzen, um sich zu entspannen und sich nicht von der allgemeinen Hektik anstecken zu lassen, die dem Ereignis vorausging. Sein Part als Bühnenfotograf würde heute ohnehin erst in den Abendstunden beginnen.

Zunächst wollte er in aller Ruhe frühstücken, Zeitung lesen und seinen Gedanken freien Lauf lassen. Da er zu Hause Störungen durch ungebetene Besuche oder Anrufe befürchtete, zog es ihn in den Stadtteil St. Johannis, wo er sich im *Café Fatal* für ein amerikanisches Frühstück mit Spiegelei und Speck entschied. Beim *Fatal* handelte es sich – was der Name nicht vermuten ließ – um ein freundlich eingerichtetes, kleines Lokal. Es lag etwas abseits und versteckt inmitten von hübschen alten Wohnhäusern. Ein Zufluchtsort, an dem man normalerweise nicht gestört wurde. Normalerweise ...

Er stach die Zinken seiner Gabel gerade ins Eigelb, als ihm jemand mit Wucht auf die Schulter klopfte. Das Ei spritzte ihm aufs Hemd, und er sah sich grimmig nach dem Verursacher des Malheurs um.

»Blohfeld?«, stieß er beinahe entsetzt aus. »Was zur Hölle suchen Sie hier?« Er vermied tunlichst die Frage: Wie haben Sie mich gefunden?

Der schmächtige Reporter mit der fahlen Gesichtsfarbe setzte sich zu ihm. »Ich habe Sie daheim nicht angetroffen, ebenso wenig im *Goldenen Ritter*. Da Sie aber ein Gewohnheitstier sind, musste ich nur Ihre wenigen verbleibenden Alternativadressen absuchen, um Sie aufzuspüren.«

Die Entscheidung für das *Fatal* erwies sich also als fataler Fehler, dachte Paul grimmig. »Sie hätten mich auch einfach auf dem Handy anrufen können«, gab er gereizt von sich.

»Hätte ich.« Blohfeld grinste feist. »Aber um Ihnen einen so heiklen Auftrag zu geben, musste ich Sie persönlich treffen.«

»Auftrag?« Paul mimte den Überheblichen. »Habe ich nicht mehr nötig. Ich bin beim Theater gut beschäftigt.«

»Ach ja? Das Honorar, das ich Ihnen biete, werden Sie in einem staatlichen Betrieb niemals bekommen! Wenn Sie den Job gut machen und wir die Bilder bundesweit verkaufen, reicht das sogar für die Finanzierung Ihrer Hochzeitsreise.«

Paul konnte nicht anders, als die Ohren zu spitzen. »Worum geht's denn?«, fragte er mit gespieltem Desinteresse.

»Darum, dass Sie das große Finale für mich ablichten! Machen Sie Bilder davon, was passiert, wenn der Vorhang gefallen ist! Ich will die Verhaftung von Irena! Und zwar live und in Farbe!«

Paul fühlte sich brüskiert. »Was? Sind Sie von allen guten Geistern verlassen?« Er musterte den Reporter voller Argwohn. »Ich soll die Verhaftung einer Kollegin für Sie fotografieren? Den Augenblick ihrer größten Erniedrigung?« In Paul kochte die Wut hoch. »Sie sind wirklich ein eiskalter Hund, Blohfeld! Woher wissen Sie überhaupt, dass Irena heute Abend nach ihrem Auftritt ...« Paul biss sich auf die Lippen.

»Bis eben wusste ich es nicht definitiv«, gab der Reporter unumwunden zu. »Nun aber, da Sie mir letzte Gewissheit verschafft haben, können Sie den Auftrag auch annehmen. Legen Sie endlich Ihre Skrupel ab, Flemming! Zu viel Gefühlsduselei verursacht nur Magenbeschwerden.«

»Danke für Ihre Ratschläge, aber ich kann darauf verzichten«, gab Paul verbittert von sich.

Blohfeld packte ihn unvermittelt an den Armen und sah ihm fest in die Augen: »Hören Sie auf mich, Flemming! Erledigen Sie diesen Job, denn niemand anderes wird so dicht an das Geschehen rankommen wie Sie! Das wird die Story des Jahres! Eine Verhaftung auf offener Bühne – ein wahres Schlachtfest für die Presse!«

Paul entzog sich Blohfelds Griff und schob den mit Eigelb gesprenkelten Speck an den Tellerrand. »Auf so ein Schlachtfest kann ich verzichten. Mir ist der Appetit vergangen.«

Paul trennte sich von dem Reporter, ohne dass sie übereingekommen wären. Da halfen weder Blohfelds Schmeicheleien noch die Drohung, Paul künftig nicht mehr mit Zeitungsjobs zu versorgen – Paul ließ sich diesmal nicht erweichen. Er wollte nicht vom Unglück eines anderen Menschen profitieren. Und natürlich spielte in seinen Überlegungen auch eine Rolle, was Katinka dazu sagen würde, wenn er sein Insiderwissen und seine momentane Position an der Oper für Blohfelds Zwecke missbrauchte. Das wäre gar kein guter Start in die Ehe!

Um Dampf abzulassen und seinen aufgestauten Groll gegen Blohfeld loszuwerden, entschied er sich für einen strammen Fußmarsch zum Opernhaus. Bei der Gelegenheit wollte er nachschauen, wie es um die Vorbereitungen für den Abend stand, und sicherstellen, dass die Akkus seiner Kameraausrüstung geladen waren.

Er hatte sein Ziel schon vor Augen, als er in Höhe des Kartäusertors angesprochen wurde. Paul sah zur Seite und erkannte in dem kleinen, drahtigen Herrn im Trenchcoat niemand Geringeren als Eduard Ascherl. Der Weißhaarige neigte höflich den Kopf und stellte sich in aller Form vor. Dann sagte er: »Wenn ich nicht irre, sind Sie unser neuer Fotograf.«

»Der neue Bühnenfotograf, ja, das ist richtig«, antwortete Paul und fragte sich, was Ascherl wohl von ihm wollte.

Der durch und durch seriös wirkende Herr trat näher an Paul heran: »Man munkelt, dass Sie einen guten Draht zur Staatsanwaltschaft haben.«

»In gewisser Weise könnte man das sagen«, bestätigte Paul mit wachsamer Zurückhaltung.

»Wie wäre es, wenn Sie diesen guten Draht für uns zum Glühen bringen?«

»Für uns?« Paul zog die Brauen zusammen.

»Für unsere Oper«, präzisierte Ascherl. »Es kann nicht angehen, dass angesehene Mitglieder des Ensembles verdächtigt und eines Verbrechens bezichtigt werden ohne jedweden stichhaltigen Beweis.«

Paul sah sein Gegenüber verblüfft an. Ahnte oder wusste Ascherl, dass Irenas Freiheit am seidenen Faden hing? Woher? Wer hatte da geplaudert? Doch noch während Paul den honorigen Herrn in seinem feinen Zwirn betrachtete und den überlegenen Gesichtsausdruck des einflussreichen Machtmenschen auf sich wirken ließ, dämmerte ihm, dass Männer von Ascherls gesellschaftlicher Stellung die nötigen Verbindungen besaßen, um über die wesentlichen Dinge stets im Bilde zu sein. Ausweichend sagte Paul: »Ich habe keinen Einfluss auf die Ermittlungen der Polizei.«

Ascherl hob seine rechte Hand und legte sie sachte auf Pauls Ärmel. »Sie sehen doch selbst, dass die Ermittler im Nebel stochern. Sie suchen händeringend nach einem Bauernopfer, das sie als Täter ins Blitzlichtgewitter der Presse zerren können.« Er schmunzelte. »Eine Weile stand sogar ich auf ihrer Liste.«

Paul fühlte sich in die Ecke gedrängt. »Wie gesagt: Ich habe keinerlei Einfluss auf das Vorgehen der Polizei und auch nicht auf das der Staatsanwaltschaft.«

Ascherl deutete auf die Ampel: Sie zeigte grün für Fußgänger. »Kommen Sie«, sagte er aufmunternd. »Begleiten Sie mich ein Stück. Nehmen Sie sich kurz die Zeit und hören sich meine Sicht der Dinge an.«

Paul folgte Ascherls Einladung mit zwiespältigen Gefühlen. Sicher war es interessant, und viele hätten es wohl auch als eine Ehre empfunden, ein Gespräch mit dem großen Mäzen zu führen. Aber wollte Paul das wirklich? Egal, denn Ascherl machte nicht den Eindruck, als wollte er ihn so bald wieder entlassen.

Sie standen auf dem Vorplatz vor dem Haupteingang des stolzen Gebäudes, als Ascherl zu dozieren begann.

Wie Paul bereits bekannt war, sollte die Oper ursprünglich im Neu-Nürnberger Stil errichtet werden, aber damit zeigten sich viele Stadträte nicht einverstanden. Deshalb wurde der Berliner Baumeister Seeling, seinerzeit einer der gefragtesten Theaterarchitekten überhaupt, mit der Bürde belegt, im etwas protzigen barockisierenden Jugendstil zu bauen: Türmchen, Rundbogenfenster, Pfeiler und reichlich Zierrat. »Wir mögen heute darüber lächeln, aber in einer Zeit, in der selbst Bahnhöfe zu Prunkmonumenten wurden, musste Thalias Trutzburg den Bürgerstolz repräsentieren«, erklärte Ascherl. »Eine bourgeoise Stätte der Zuflucht aus dem grauen Industrie- und Büroalltag in den gesellschaftlichen Glanz der prachtvollen Foyers. Und wahrscheinlich wollte man damit auch den Münchnern mit ihren vielen Protzbauten imponieren.«

Sie gingen langsam über den Vorplatz, während sich Paul weitere intime Details der Operngeschichte anhörte: »Die Einweihung im Geburtsjahr der *Salome* und der *Lustigen Witwe* musste eine stolze Fete gewesen sein. Die Festwiesenszene aus dem dritten Akt von Richard Wagners *Die Meistersinger von Nürnberg* verlieh dem Fest die höheren musikdramatischen Weihen«, verkündete Ascherl. Allerdings besaß die Oper anfangs nicht das alleinige Hausrecht in dem üppig dekorierten Musentempel, der damals auch noch gar nicht Opernhaus hieß, sondern Neues Theater am Ring. Trotzdem hatten die Aufführungen der Oper Vorrang, denn für die Schöpfungen der Spätromantik, besonders die gigantisch dimensionierten Wagner-Dramen, war das alte Stadttheater am Lorenzer Platz zu klein geworden.

Die Nazis und der Krieg hatten der Oper schwer zugesetzt; es war eine große Leistung, dass sie seit den 1990er-Jahren fast wieder aussah wie früher. Ascherl machte eine weit ausholende Geste: »Das alles ist nur möglich geworden durch

Spendengelder von Privatpersonen. Die Stadt allein hätte niemals die nötigen Finanzmittel aufgebracht.«

»Und einen großen Teil dieser Gelder haben Sie beigesteuert«, sprach Paul aus, was Ascherl mit seinem letzten Satz angedeutet hatte.

Dieser nickte. Mit einem tiefen, zufriedenen Seufzer sagte er: »Ja! Mein Herz schlägt für unser Opernhaus! Aber für mich ist es nicht damit getan, seine schöne Hülle vor dem Verfall zu bewahren. Der Inhalt ist entscheidend: Denn äußere Schönheitsoperationen allein können auf die Dauer nichts vertuschen.«

Paul war gespannt, auf wen oder was Ascherl damit anspielte. »Sind Sie denn mit der aktuellen Programmgestaltung nicht zufrieden?«, fragte er etwas unbedarft.

Ascherl schnaufte abfällig. »Unsere Annalen verzeichnen berühmte Namen von Anfang an«, eröffnete er einen weiteren Exkurs in die Historie – und Paul lauschte mit Respekt vor Ascherls Wissensfundus: Stargäste von Enrico Caruso bis Heinrich Schlusnus ergänzten einst das Ensemble. Der Spielplan wies zeitweise bis zu 20 Repertoire-Opern und klassische Operetten auf, dazu jeweils einige wichtige Novitäten. Es folgten ruhmreiche Jahre zwischen 1922 und 1938 unter Dr. Johannes Maurach, von denen die Nürnberger noch lange zehrten. Die Erstaufführungen von Pfitzners *Palestrina* und der *Frau ohne Schatten* fielen in diese Zeit.

»Das waren Meilensteine zum ganz großen Opernruhm!«, schwärmte Ascherl. »Und als Wagners *Meistersinger* 1950 in der zerbombten Stadt erstmals wieder im Opernhaus gespielt wurden, weckte die auf einen Rundhorizont gemalte Stadtsilhouette wehmütige Erinnerungen an Vergangenes.« In den 60er-, 70er-Jahren setzte Hans Gierster als Generalmusikdirektor neue Akzente: Spektakuläre Repertoire-Inszenierungen erregten bundesweit Aufsehen und provozierten Publikumsschlachten. Mit Wehmut in der Stimme resümierte

Ascherl: »Das waren Glanzstunden unseres Hauses, die sich bis ins neue Jahrtausend fortsetzten.«

»Doch nun bangen Sie ums Renommee?«, wollte Paul wissen.

Ascherl nickte bekümmert und hing eine Weile seinen Gedanken nach. Dann sah er Paul direkt in die Augen und sagte eindringlich: »Manche mögen mich für einen Fanatiker halten. Zugegeben: Eine Prise Fanatismus gehört dazu, um einen anspruchsvollen Kulturbetrieb in einer Welt der multimedialen Verdummung und kurzlebigen Trends aufrechtzuerhalten. Insofern hat mich der Tod des Herrn Klinger nur bedingt erschüttert. Ich will ganz offen sein: Klingers Ambitionen waren mir ein Gräuel. Hätte er seine Karrierepläne durchgesetzt und wäre zum Geschäftsführenden Direktor avanciert, hätte der Kommerz über die Kunst obsiegt. Es wäre bald zu Ende gegangen mit meinem geliebten Haus, seinen Wonnen und Sorgen, der hohen Kultur, die es zwischen Souffleurkasten und Schnürboden spiegelt, mit Kulissenmärchen und Lichtmagie, seinen komödiantischen und geistigen Abenteuern, mit denen es jung geblieben ist und jung bleiben soll.«

Paul ließ diese Worte auf sich wirken, während seine Blicke die rot schimmernde Sandsteinfassade des Opernhauses entlang glitten. »Das haben Sie schön gesagt.« Er wandte sich Ascherl zu und gab ihm schweren Herzens zu verstehen: »Doch ich fürchte, ich bin der falsche Gesprächspartner für Sie und Ihre Sorgen.«

In Ascherls Gesicht vollzog sich ein blitzschneller Wandel von Wohlwollen hin zu berechnender Arroganz. »Vergessen Sie nicht, für wen Sie arbeiten, junger Mann. Es ist auch in Ihrem Interesse, dass die Oper nichts von ihrem Glanz einbüßt. Dafür können wir schon heute Abend etwas tun: Wir müssen den Ball würdevoll, mit dem nötigen Glamour und hohem Anspruch an die dargebotene Kunst über die Bühne bringen.«

Paul verstand den abermaligen Wink so, dass er seine Kontakte zu Katinka spielen lassen sollte. Er lächelte schief. »Ich werde tun, was ich kann. Aber versprechen Sie sich nicht zu viel von meinen Möglichkeiten. Ich bin ein kleines Licht.«

Ascherl taxierte ihn. »Das sind Sie nicht. Und das wissen Sie genau.«

Nach diesem Gespräch sparte sich Paul seine Stippvisite in der Oper. Er wollte die Zeit bis zum Ball lieber in seinem Atelier verbringen und irgendetwas Sinnvolles tun – etwas, das ihn auf andere Gedanken brachte. Für ihn persönlich würde es vorläufig das Beste sein, sich aus allem herauszuhalten. Am Ende säße er – wie so oft – doch nur zwischen allen Stühlen.

Dennoch konnte er es nicht lassen: Auf dem Weg zurück zum Weinmarkt zog er sein Handy aus der Hosentasche und wählte Katinkas Nummer. Sie nahm ab, schneller als gedacht.

»Kati, ich bin's. Ich mache mir Sorgen wegen heute Abend. Die Sache spricht sich rum wie ein Lauffeuer.«

Katinka klang gefasst, als sie antwortete: »Wenn sich jemand Sorgen machen müsste, wäre ich es. Denn ich habe eine richterliche Verfügung besorgt: Die Polizei durchsucht gerade Irenas Wohnung und ihre Garderobe an der Oper. Jedes Nagellackfläschchen, das den Kollegen in die Finger kommt, wird konfisziert.«

»Du brauchst einen Beweis, um Irena nach dem Ball verhaften zu lassen«, folgerte Paul und dachte an Ascherls Anspielung auf das Bauernopfer.

»Ich brauche Klarheit«, verbesserte ihn Katinka. »Wenn es Übereinstimmung bei den Proben gibt, reicht mir das für eine Festnahme. Wenn nicht, bleibt Irena unbehelligt – vorerst.«

»Warum versteifst du dich schon wieder auf diese eine Verdächtige?«, hielt ihr Paul abermals vor und bereute es im selben Moment.

»Weil ich vom Fach bin und weiß, was ich tue«, sagte Katinka unterkühlt. »Rede ich dir etwa dauernd rein, wenn du deine Fotos machst?«

»Nein«, sagte Paul kleinlaut. »Entschuldige.«

»Schon gut. Ich bin heute früh etwas gereizt. Es läuft so viel schief. Ich bräuchte dringend noch eine Aussage von der Maskenbildnerin, um die Vorwürfe gegen Irena zu erhärten. Aber Paula Dorfner ist nicht aufzutreiben. Sie geht nicht ans Telefon. Am Theater ist sie auch noch nicht aufgetaucht. Wenn wir sie nicht bald erwischen, wird das zeitlich alles verflixt eng.«

»Paula Dorfner?« Dass Katinka sich mit der Maskenbildnerin eingehender beschäftigen wollte, war nach Pauls Dafürhalten längst überfällig. Dass sie nicht zu erreichen war, fand er allerdings besorgniserregend. »Wann ist sie denn heute zum Dienst eingeteilt? Vielleicht verschiebt sich bei ihr alles wegen des Balls«, suchte er nach einer harmlosen Erklärung.

»So wird es wohl sein«, sagte Katinka, und Paul merkte an ihrer Stimme, dass sie mit ihren Gedanken bereits ganz woanders war.

27

Das Tempo der Ereignisse zog merklich an, als Paul noch längst nicht so weit war: Er beschäftigte sich gerade damit, einige aktuelle Fotodatensätze von seinem Rechner auf eine externe Festplatte zu übertragen und dafür eine möglichst logische Ordnerstruktur anzulegen, als das Telefon das erste Mal klingelte: Blohfeld unternahm einen neuen Versuch, ihn unter Druck zu setzen. Eindringlich ermahnte er Paul, während des Balls und vor allem danach ja die Augen aufzusperren und seine Kamera schussbereit zu halten. Paul speiste ihn so freundlich ab, wie er es über sich brachte, und setzte sich wieder vor seinen Computer.

Das zweite Klingeln folgte keine fünf Minuten später. Katinka, die ganz anders klang als vor ein paar Stunden, meldete sich aufgeregt: »Paul, hast du kurz Zeit? Vielleicht kannst du helfen.«

»Worum geht es?«, fragte er bereitwillig.

»Die Dorfner ist noch immer unauffindbar. Du kennst sie mittlerweile doch recht gut: Hast du eine vage Vorstellung davon, wo sie sich aufhalten könnte?«

Paul war etwas überrascht, dass Katinka das ausgerechnet ihn fragte. »Nein, leider nicht. Aber das soll nichts heißen: An der Oper gibt es sicher viele andere, die sie besser kennen als ich.«

»Ja, ja, du hast recht. Ich hätte es mir denken können, dass du da keine große Hilfe bist. Also, nichts für ungut. Bis später.«

»Moment!«, rief Paul in den Hörer, um Katinka am Auflegen zu hindern. »Was machen denn eure Nagelproben? Seid ihr bei Irena fündig geworden?«

»Nein. Bisher Fehlanzeige«, antwortete Katinka fahrig.

»Das heißt, dass es heute Abend keine Verhaftung geben wird?«

»Noch heißt das gar nichts«, antwortete sie schroff. »Ein Zugriffskommando der Polizei wird diskret in Stellung gebracht. Alles Weitere entscheidet sich kurzfristig.«

»Katinka«, sagte Paul sanft und eindringlich zugleich, »handle bitte nicht überstürzt.«

»Sicher nicht. Ich hoffe nur, dass unsere Mörderin sich deinen Ratschlag ebenso zu Herzen nimmt. Andernfalls finden wir womöglich sehr bald Opfer Nummer drei.«

Paul wusste sofort, auf wen Katinka anspielte: »Paula Dorfner?«, fragte er beklommen.

»Ich will den Teufel nicht an die Wand malen, aber wir müssen diese Möglichkeit in Betracht ziehen.« Paul hörte, wie sie Luft holte. »Wenn wirklich Irena dahinter steckt, dann kann sie auf kein mildes Urteil hoffen.«

Paul konnte nicht anders, als Katinka im Stillen zuzustimmen. Die Verdachtsmomente gegen Irena wogen mittlerweile so schwer, dass es an Fahrlässigkeit grenzte, sie länger frei herumlaufen zu lassen. Doch behagte es Paul noch immer nicht, seinen Blickwinkel so sehr einzuschränken und nur eine Person ins Visier zu nehmen.

Als sie das Gespräch beendet hatten, holte er noch einmal den Schuhkarton voller Playmobilfiguren hervor und breitete sie auf seiner gläsernen Schreibtischfläche aus. Wie schon beim letzten Mal ordnete er allen irgendwie Beteiligten ein eigenes Männchen zu und sortierte diese in verschiedene Gruppen ein. Die Figuren, die die beiden Toten symbolisierten, legte er hin, Irenas Figur stellte er als Haupttatverdächtige direkt daneben. In einiger Entfernung platzierte er Frau Haas als ebenfalls infrage kommende Kandidatin und stellte ihren Mann sowie die Figur von Eduard Ascherl dazu – für den Fall, dass die Nagellackspur im Sand verliefe und somit die Männer als potenzielle Mörder wieder ins Spiel kämen. Auch Beleuchter Hans bekam eine Figur zugeteilt, die in den Kreis der Verdächtigen eingereiht wurde. Sängerin Britta und Psychologin Glossner bildeten eine weitere, unbeteiligte Gruppe, zu der er zunächst auch Maskenbildnerin Dorfner stellen wollte. Dann aber zögerte er. Denn die echte Paula Dorfner war ja verschwunden, sodass ihre Figur im schlimmsten Fall zu den Opfern gelegt werden musste. Oder aber ...

Paul kam ein beängstigender Gedanke: Was, wenn die Dorfner aus freier Entscheidung untergetaucht war? Was, wenn sie etwas zu verbergen hatte? Denn konnten die Nagellackspuren nicht auch von ihr stammen? Er konzentrierte sich und führte sich die Fakten vor Augen, die ihm über Paula Dorfner bekannt waren: Da waren zunächst die ersten Eindrücke, die er gesammelt hatte: ihre stechenden Augen, das unterschwellig Bösartige in ihrem Wesen. Doch bei näherer Betrachtung wirkte sie gar nicht mehr so garstig und tat – auf ihre Art – auch Gutes: Mal abgesehen von ihren Alkoholrationen hatte sie doch viel für Irena getan und sich für sie weit aus dem Fenster gelehnt, als sie das Halstuch vom Tatort verschwinden ließ. Und ihre Beichte bei Pfarrer Fink mochte zwar in erster Linie der Erleichterung ihres Gewissens gedient haben, aber vielleicht drückte sich darin auch ein innerer Zwiespalt in ihren Gefühlen gegenüber Irena aus: ein Schwanken zwischen Loyalität und Abkehr. Paul dachte weiter über die dubiose Rolle der Paula Dorfner nach, und unweigerlich wurden die mahnenden Worte von Hans im Glück wachgerufen: Dieser hatte die Maskenbildnerin beobachtet und hielt sie für die Mörderin. Auch dieser Vorwurf wog schwer und war nicht einfach von der Hand zu weisen.

Paul wurde mulmig, und er zog in Erwägung, Katinka auf diese Möglichkeit aufmerksam zu machen. Doch bei näherer Betrachtung schwächte sich der Verdacht ab: Was sollte Paula Dorfner denn für eine Motivation gehabt haben, die beiden Männer ins Jenseits zu befördern? Außerdem drängte sich ihm die Frage auf, weshalb der Chefbeleuchter seinen Verdacht nicht der Polizei mitgeteilt hatte, wenn er sich dessen so sicher war. Dafür konnte es doch nur einen Grund geben: dass sich Hans eben *nicht* sicher war. Er hatte die Frau in der Theaterkulisse vielleicht gesehen, aber nicht eindeutig identifizieren können.

Paul wollte die Einordnung von Paula Dorfners Rolle auch nach längerem Grübeln nicht gelingen, sodass er die Figur letztlich doch neben der von Britta platzierte, nach dem Motto: Im Zweifel für den Angeklagten.

Beim Betrachten des für Britta reservierten Playmobilmädchens kam ihm Hannah in den Sinn, die sich mit ihr inzwischen angefreundet hatte. Und bei diesem Gedanken erfasste ihn das schlechte Gewissen: Nach ihrer Nachricht auf seinem Anrufbeantworter hatte er Hannah noch immer nicht gesprochen!

Sofort griff er zum Hörer und wählte ihre Nummer. Diesmal klappte es:

»Ja, ich«, meldete sie sich kurz und bündig.

Paul leitete seinen verspäteten Rückruf mit ein paar austauschbaren Entschuldigungen ein und fragte: »Was gab es denn neulich Dringendes?«

»Ach ...« Hannah klang so, als hätte sie ihren Anruf schon wieder vergessen. »Es war wohl etwas voreilig und gar nicht so wichtig.«

Paul schmunzelte. »Das beruhigt mich und mildert mein schlechtes Gewissen.« Gleichwohl trieb ihn die Neugierde. »Erzählst du es mir trotzdem?«

Hannah druckste herum, bevor sie damit rausrückte: »Es ist nur eine Beobachtung gewesen, von der ich zuerst dachte, dass sie irgendeine Bedeutung haben könnte.«

»Spann mich nicht auf die Folter«, trieb Paul sie an.

»Also gut. Es geht um Britta. Ich habe sie neulich noch mal in ihrer Garderobe an der Oper besuchen dürfen. Als sie kurz mal für kleine Mädchen musste, setzte ich mich vor ihren Spiegel. Das ist so einer mit Glühbirnen rundherum, und jede

Menge Schminke steht da, mit Marken, von denen ich teilweise noch nie etwas gehört habe. Wenn man dort sitzt, fühlt man sich selbst wie ein Star.«

»Ja, schön und gut. Aber worauf willst du hinaus?«, fragte Paul mit leiser Ungeduld.

»Ich habe also ein wenig gestöbert und geschaut, und da fiel mir ein Röhrchen mit Tabletten auf. Eines mit 'nem Aufkleber von einer Apotheke. Ein Rezept lag gleich daneben.«

»Tabletten? Was denn für Tabletten?«

»Das habe ich mich auch gefragt. Ich dachte erst, das wären Vitaminpillen oder vielleicht etwas gegen Kopfschmerzen oder so. Aber der Name des Medikaments klang so kompliziert, deshalb musste ich mal im Beipackzettel schmökern.«

»Mach's nicht so spannend: Um was handelte es sich?«

»Um Antidepressiva. Streng verschreibungspflichtig.«

»Oh.« Paul zeigte sich mehr als überrascht. Die junge, aufgeschlossene Britta hatte auf ihn bisher einen alles andere als depressiven Eindruck gemacht. »Du hast gesagt, dass auch ein Rezept daneben lag. Von welchem Arzt ist es denn ausgestellt worden?«

»Nun«, sagte Hannah mit belegter Stimme, »das Rezept stammt von Frau Glossner.«

Das erstaunte Paul abermals. »Das bedeutet, dass auch Britta zu ihren Patientinnen gehört. Was können wir daraus für Rückschlüsse ziehen?«

»Eigentlich gar keine gescheiten«, sagte Hannah und klang nun wieder deutlich abgeklärter. »Ich habe mir darüber lange den Kopf zerbrochen und wollte es sogar Mama sagen. Aber im Grunde hängen Brittas gesundheitliche Probleme nicht mit den Mordfällen zusammen und gehen uns nichts an.«

»Das stimmt«, pflichtete Paul ihr bei. »Dennoch wirft es neue Fragen auf. In meinen Augen verliert Britta etwas von ihrer Unschuld in dieser Sache. Ich würde zu gern wissen, worin genau ihre psychischen Probleme begründet liegen.«

»Das wird sie dir kaum auf die Nase binden«, meinte Hannah.

»Sie nicht – aber vielleicht ihre Ärztin«, sagte Paul.

»Oh nein, Paul! Du willst nicht schon wieder Frau Glossner nerven, oder? Die wird dich hochkant aus ihrer Praxis werfen!«

»Das denke ich nicht. Ich will nicht unbescheiden klingen, aber ich glaube, sie fährt ein bisschen auf meinen Charme ab.«

»Au Backe!«

»Sieh es mal so, Hannah: Diese Psychologin ist die einzig Vernünftige im Kreis der überspannten Künstlerseelen.« Er sah auf seine Armbanduhr. »Es ist noch etwas Zeit, bevor ich mich in den Smoking für den Opernball werfen muss. Ich werde auf einen Sprung bei der Glossner vorbeischauen und kurz mit ihr über Britta sprechen. Vielleicht ist die Sache völlig belanglos, und alles löst sich in Wohlgefallen auf. Aber wenn ich dem nicht nachgehe, lässt es mir keine Ruhe.«

»Tu, was du nicht lassen kannst«, sagte Hannah und hörte sich mit ihrem vorwurfsvollen Unterton plötzlich an wie ihre Mutter. »Aber halt mich da bitte raus. Ich will es mir mit Britta nicht verderben.«

28

Ein wenig kam sich Paul selbst wie ein Fall für den Psychiater vor: Als er durch das Treppenhaus des Praxisgebäudes an der Fürther Straße ging, überlegte er, wie man wohl einen Fall wie ihn einstufen würde: jemanden, der unter dem inneren Zwang stand, Verbrechen aufzuklären, auch wenn das weder sein Job war, noch ihn in irgendeiner Art und Weise persönlich weiterbrachte. Wahrscheinlich litt Paul unter einer speziellen, selten auftretenden Psychose, die in einem traumatischen Schlüsselerlebnis aus seiner Kindheit wurzelte. Vielleicht hatte er als Bub auch nur zu ausgiebig Räuber und Gendarm gespielt, dachte er und musste dann über seine eigenen Überlegungen lächeln. Denn eine andere Erklärung für sein seltsames Verhalten lag viel näher und bedurfte nicht der Analyse durch einen Psychologen: Er war ganz einfach ein schrecklich neugieriger Mensch.

An der Anmeldung wurde Paul mit derselben zuvorkommenden Freundlichkeit begrüßt wie beim letzten Besuch in der Praxis. Die nette Assistentin versicherte ihm, dass sie ihn bei Frau Glossner ankündigen würde, vorher hätte diese aber noch einen Patienten in Behandlung. Sie führte Paul in das Wartezimmer, wo er sich sogleich wieder daran machte, die Theaterbilder an den Wänden zu betrachten.

Mit Wonne studierte er die gelungenen Aufnahmen und konnte dank seines allmählich wachsenden Sachverstands die meisten Fotos bestimmten Werken zuordnen. Namhafte Opernaufführungen waren darunter, und auf vielen Bildern erkannte er diesmal Mitglieder des Nürnberger Ensembles, nur dass sie zum Zeitpunkt der Fotoaufnahmen noch deutlich jünger waren.

Es bereitete ihm Freude, so viele inzwischen vertraute Gesichter zu entdecken – von schillernden Persönlichkeiten, deren Welt sich ihm viel zu spät erschlossen hatte. Je mehr er sich auf die Fotos einließ und in die abgebildeten Szenerien eintauchte, desto mehr fühlte er sich mit dem Leben auf der Bühne verbunden. Der Funke war übergesprungen, die berühmten Bretter bedeuteten nun auch ihm zumindest einen kleinen Teil der Welt!

Paul geriet mehr und mehr ins Schwelgen, bis er bei einem Bild hängen blieb. Es handelte sich um eine eher unspektakuläre Aufnahme, die unmittelbar neben der Garderobe hing und bei seinem letzten Besuch vielleicht von einer Jacke oder einem Mantel verdeckt gewesen war. Da das Foto obendrein recht tief hing, musste sich Paul bücken, um es genauer betrachten zu können.

Das Bild zeigte wieder eine typische Szene. Paul tippte auf *La Traviata* von Giuseppe Verdi. Einige der Darsteller kamen ihm vage bekannt vor, bei einer Sängerin im Mittelpunkt war er sich indes ganz sicher: Sie trug ein prächtiges Kostüm, ihr Haar war entweder aufgesteckt oder durch eine Perücke ersetzt, das Gesicht stark geschminkt. Sie sah in dieser Kostümierung ganz anders aus als heute, wirkte deutlich jünger, war gertenschlank und weitaus attraktiver – und doch war sie nicht zu verkennen. In Pauls Kopf formte sich ein Fragezeichen, das wuchs und wuchs und bald alle anderen Gedanken verdrängte.

Das Fragezeichen drohte den eigentlichen Zweck seines Kommens zu überlagern, sodass Paul mit ratloser Miene ins Behandlungszimmer trat, als die Assistentin ihn wenige Minuten später hineinführte. Evelyn Glossner gab ihrer Mitarbeiterin zu verstehen, dass sie für heute Feierabend machen dürfe. Dann richtete sie ihre Aufmerksamkeit ganz auf Paul.

Dessen Verstimmung bemerkte sie sofort, woraufhin sich ihr herzliches Willkommenslächeln in einen Blick gütigen Verständnisses wandelte. Sie bedeutete ihm, sich zu setzen, und ging auf einen kleinen Beistelltisch zu, auf dem ein zierliches Teeservice stand. »Ich habe mir gerade einen Tee mit Melisse und Orangenblüte gemacht. Sehr entspannend«, sagte sie mit ihrer freundlich sanften Stimme und goss zu gleichen Teilen in zwei Porzellantässchen ein. »Sie möchten doch sicher auch einen. Sie sehen aus, als könnten Sie ihn vertragen.«

Noch immer nachhaltig verwirrt durch seine Entdeckung im Wartezimmer, nickte Paul geistesabwesend. Nachdem er von dem süßlich-frisch duftenden Tee gekostet hatte, gelang es ihm schließlich, sich auf seine Gesprächspartnerin zu konzentrieren. »Sie werden es mir hoffentlich nachsehen«, begann er sein eigentliches Anliegen vorzubringen und kam ohne weitere Umschweife auf die Morde im Opernhaus zu sprechen.

Hatte er ursprünglich damit gerechnet, bereits an dieser Stelle von Frau Glossner unterbrochen und hinauskomplimentiert zu werden, sah er die Psychologin mit gleichbleibend aufgeschlossenem Ausdruck seinen Worten lauschen. Ohne Einwände oder Zwischenfragen hörte sie sich Pauls Schilderungen der Verdachtsmomente und der infrage kommenden Personen an und blockte selbst dann nicht ab, als Paul den heikelsten Punkt seiner Mission anging – als er sich nämlich nach Britta Kistners Tabletten erkundigte. »Mir ist ja bekannt, dass Sie solche Auskünfte nicht geben dürfen. Aber vielleicht können Sie eine einfache Erklärung dafür liefern und Britta damit ganz schnell wieder aus der Schusslinie nehmen.«

»Steht sie denn in der *Schusslinie?*« Evelyn Glossner neigte ihren Kopf. Ihre zwei smaragdgrünen, ovalen Ohrringe gerieten ins Schwingen und baumelten hin und her. »Ich verstehe, dass Sie das irritiert hat«, sagte sie dann. »Britta ist schon seit Längerem bei mir in Behandlung. Es tut ihr gut, wenn sie regelmäßig zu mir kommt.«

»Ja«, sagte Paul und nippte noch einmal am Tee. »Sie sind ohne Zweifel eine große Hilfe für viele Menschen. Aber was ich gern wissen würde, ist der Grund für Brittas psychische Probleme.«

Evelyn Glossner lächelte milde. »Gründe für Probleme, mit dem Leben zurechtzukommen, gibt es mannigfaltige. Auch Sie selbst werden mitunter an den Punkt kommen, an dem Sie sich drehen und wenden und Ihre innere Unzufriedenheit doch nicht überwinden können. Das sind Momente, in denen Sie an allem zu zweifeln beginnen. Freundschaften werden auf den Prüfstand gestellt, die Karriere wird kritisch beäugt. Die Zwischenbilanz des Lebens kann bitter ausfallen, wenn die emotionale Herangehensweise der negativen Grundstimmung unterliegt.«

»Ich habe keine negative Grundstimmung«, sagte Paul. Seine Blicke wurden von den hin- und herschwingenden Ohrringen der Glossner angezogen. »Um noch einmal auf Britta Kistner zurückzukommen ...«

»Ach, Herr Flemming.« Noch immer klang die Psychologin ausgesprochen freundlich. »Wissen Sie eigentlich, wie viele Menschen in ihrem Alltag auf gewisse emotionsstabilisierende Medikamente angewiesen sind? Ich kann mir gut vorstellen, dass auch Ihnen in Ihrem Job und Ihrer privaten Situation die substituierende Wirkung einer bestimmten, auf Ihre individuellen Bedürfnisse abgestimmten Substanz helfen könnte.«

»Britta Kistner ist eine Ihrer Patientinnen«, beharrte Paul. »Verraten Sie mir, welche weiteren Ensemblemitglieder in Behandlung sind? Ob Sie noch andere psychisch labile Personen nennen können, die in die Ermittlungen einbezogen werden sollten?« Paul war mehr und mehr gebannt von der einlullenden Wirkung des pendelnden Ohrschmucks. Er suchte nach etwas zum Festhalten, ertastete die Tasse vor sich und trank seinen Tee aus.

»Ich werde ganz sicher keine Patienten denunzieren«, wehrte Frau Glossner Pauls Anliegen ab, ohne ihren Tonfall zu verschärfen. »Sie würden es ja auch nicht gutheißen, wenn ich mich Außenstehenden gegenüber über Ihre Zwangspsychose auslasse.«

»Was meinen Sie?« Paul wurde warm um die Brust. Das musste am überhastet getrunkenen Tee liegen.

Evelyn Glossner bewegte ihren Kopf erst nach rechts, dann nach links. Ihre Ohrringe veränderten daraufhin den Rhythmus ihrer Schwingungen. »Haben Sie denn nicht manchmal selbst Zweifel an dem Sinn Ihres Tuns? Merken Sie nicht, wie Sie durch Ihre notorische Neugier ins Verderben gezogen werden? Dass Ihnen diese Neigung auf die Dauer nur schadet?«

Paul wurde ganz anders. Konnte die Glossner Gedanken lesen? Konnte sie seine Überlegungen, die er auf dem Weg zu ihr durchgegangen war, erahnen oder nachempfinden? »Wenn Sie nicht über Britta sprechen wollen«, setzte er an, vermochte den Satz aber nicht zu beenden.

»Folgen Sie mir«, sagte Evelyn Glossner. Sie stand auf, umrundete ihren Schreibtisch und griff Paul in der Armbeuge. »Wir werden unser Gespräch in einem entspannteren Rahmen fortsetzen.«

Paul wunderte sich über sich selbst, weil er der Anweisung der Psychologin widerstandslos folgte. Er ließ sich von ihr bis zu der Liege in einer abgedunkelten Ecke des Raums führen. Evelyn Glossner brachte ihn mit sanftem Druck in die Horizontale. »Ich möchte mich nicht hinlegen«, protestierte Paul kraftlos, als er sich bereits ausgestreckt hatte.

»Bleiben Sie ganz locker«, sagte die Glossner. »Lassen Sie sich fallen, machen Sie Ihren Gedanken Luft. Sie müssen lernen loszulassen.«

Genau das wollte Paul nicht. Erfolglos versuchte er, die schwingenden Ohrringe aus seinem Gesichtsfeld zu verbannen. Doch aus irgendeinem Grund war das nicht möglich. Es kostete ihn erhebliche Kraft, um zwei fragmentarische Sätze zu formulieren: »Die Bilder. Draußen im Wartezimmer.«

»Was ist denn mit den Bildern?«, fragte Evelyn Glossner. Ihr rundes Gesicht schwebte nur wenige Zentimeter über dem von Paul.

»Auf einem Foto ... – da sind Sie selbst.« Paul merkte, wie er die Kontrolle über sein Sprachzentrum verlor. Auch schien es ihm kaum noch möglich, sich zu bewegen.

»Das mag sein. Es stammt aus meiner aktiven Phase.«

»Sie waren ...« Mehr vermochte er nicht zu sagen. Das weiche runde Gesicht über ihm verschwamm zusehends. Doch er nahm noch die Antwort wahr:

»Ja, ich gehörte selbst einmal zur Truppe. Das ist lange her. Ein anderes Leben.«

Paul war nicht mehr imstande, konkrete Rückschlüsse aus dieser Information zu ziehen. Er fühlte, dass er kurz vor dem Verlust des Bewusstseins stand. Er zwang sich dazu, eine allerletzte Frage auszustoßen: »Was w... war im T... Tee? Was passiert mit ...«

»Was Ihnen gerade widerfährt, möchten Sie wissen?« Evelyn Glossners Stimme klang in Pauls Ohren mehr und mehr wie durch Watte gedämpft. »Sie erleben die sich potenzierende Wirkung von gezielter Suggestion und einem Barbiturat. Weitere Erklärungen werde ich Ihnen und mir ersparen, Herr Flemming. Denn Sie würden sie ohnehin nicht mehr aufnehmen.«

29

Paul erwachte mit dröhnendem Kopf. Als er die Augen aufschlug, brauchte er etwas Zeit, um sich zu orientieren.

Noch immer lag er ausgestreckt in Evelyn Glossners Behandlungszimmer. Er versuchte sich zu erheben, spürte aber unmittelbar ein heftiges Stechen in den Schläfen. Er sank mit schmerzverzerrtem Gesicht zurück. Er ließ eine Minute verstreichen, vielleicht waren es sogar zwei. Ganz sachte drehte er den Kopf und sah sich blinzelnd im Zimmer um. Er war allein. Von der Psychologin keine Spur.

Pauls Blicke glitten zu den Fenstern, durch die ein mildes Licht fiel. An den langen Schatten, die es warf, konnte er ablesen, dass die Sonne schon sehr tief stand. Es ging also bereits auf den Abend zu.

Paul lag noch immer wie festgekettet auf der Liege und versuchte, sich seine Situation zu erklären. Was war ihm widerfahren? Und warum?

Weshalb hatte ihm Evelyn Glossner etwas in den Tee geschüttet? Ausgerechnet diese vertrauenerweckende und hilfsbereite Frau! Paul konnte sich keine Vorstellung von ihrer Motivation machen, auch sah er keinen Grund für ihre Verwicklung in die Opernmorde. Aber egal, er musste etwas unternehmen!

Seine Hände fühlten sich taub an, weil er auf ihnen gelegen hatte. Nur langsam strömte das Blut zurück und erweckte sie kribbelnd zu neuem Leben. Als Paul seine Finger wieder bewegen konnte, tastete er in der Hosentasche nach seinem Handy. Er zerrte es heraus und hielt es vor sein Gesicht. Zu seiner Enttäuschung blieb das Display schwarz, als er versuchte, eine Nummer einzugeben. Er drehte es um und sah, dass der Akku fehlte.

Wut stieg in ihm auf. Abermals versuchte er sich aufzurichten, wieder wurde er von einer Attacke starker Schmerzen heimgesucht, besiegte aber sein Verlangen, sich sofort wieder hinzulegen. Unter erheblichem Willens- und Kraftaufwand schaffte er es, sich aufrecht hinzusetzen. Er sah zum Schreibtisch hinüber, auf dem ein Telefon stand. Es kostete ihn große Überwindung, sich auf die Beine zu stellen. Tapsend und unsicher kam er voran. Die kurze Strecke bis zum Schreibtisch erschien ihm wie eine gewaltige Distanz.

Er stützte sich mit der einen Hand auf der Schreibtischplatte ab, fasste mit der anderen an seine pochende Stirn. Wieder brauchte er Zeit, um zu neuen Kräften zu kommen. Dann nahm er den Hörer ab und wartete auf das Freizeichen. Vergebens. Er tippte die Null ein, weil das vielleicht nötig war, um eine Amtsleitung zu bekommen. Doch der Apparat blieb tot. Paul bückte sich unter Mühen. Er verfolgte den Verlauf des Telefonkabels bis zur Buchse an der Wand. Was er sah, nahm ihm kurz den Atem: Das Kabel war herausgerissen und die Steckverbindung zertreten worden.

Niedergeschlagen sah sich Paul mit der Tatsache konfrontiert, dass er weder schnelle Hilfe rufen noch jemanden über die Gefahr informieren konnte, die ganz offensichtlich von Evelyn Glossner ausging. Auf der Suche nach einer weiteren Alternative ging er auf wackligen Beinen zur Tür, die ins Vorzimmer hinausführte, und öffnete sie. Vor ihm lagen der abgedunkelte, verwaiste Empfangsbereich und das Wartezimmer. Alles war mucksmäuschenstill. Er pausierte im Türrahmen, um dann den Weg bis zum Tresen der Sprechstundenhilfe hinter sich zu bringen. Wieder bedeutete das eine Tortur für ihn. Als er ankam, sah er die zentrale Telefonanlage der Praxis vor sich. Doch der Blick auf das unbeleuchtete Display genügte ihm, um zu erkennen, dass auch diese Verbindung nach außen gekappt worden war.

Mit wachsender Verzweiflung suchte er nach einem anderen Weg aus dieser Klemme. Schwankend steuerte er auf die Eingangstür und den rettenden Hausflur zu. Aber das Schloss war verriegelt. Keine Chance für Paul angesichts der massiven Tür und des nicht minder stabilen Sicherheitsschlosses.

Aber er wollte nicht kapitulieren! Zwar konnte er sich denken, dass auch die Fenster abgesperrt waren. Doch wenn gar nichts anderes half, würde er eine Scheibe einschlagen, um endlich Hilfe zu rufen!

Er fühlte, wie seine Kräfte wieder schwanden, doch er zwang sich dazu, zurück ins Arztzimmer zu gehen. Von dort wiesen die Fenster hinunter zur Straße, wo sicher ein Passant auf ihn aufmerksam werden würde.

Völlig erschöpft musste er auf halbem Weg eine Zwangspause einlegen. Erneut stützte er sich auf dem Schreibtisch der Psychologin ab und ließ kraftlos den Kopf hängen. Es war, als müssten sich seine Beine erst wieder an ihre Aufgabe erinnern. Sie wollten ihm nicht gehorchen. Außerdem fehlte ihm schlicht und einfach die Kraft, auch nur einen einzigen weiteren Schritt zu machen.

Er ließ sich in den Schreibtischsessel fallen, atmete schwer ein und aus. Nichts ging mehr. Was er dringend brauchte, war so etwas wie ein Energiekick. Etwas, das seinen Kreislauf in Schwung brachte. Er sah sich auf dem Schreibtisch um, hielt Ausschau nach etwas Essbarem. Hoffnungsvoll suchte er nach einem Bonbon, einem Schokoriegel oder wenigstens einem Stück Würfelzucker. Dabei zog er auch die Schubladen des Schreibtisches auf. Eine nach der anderen.

Und dann zögerte er: Seine Aufmerksamkeit wurde von einem Karteibogen erregt, der aus der untersten Schublade ragte. Paul zog ihn heraus und stellte ungläubig fest, dass auf dem Krankenblatt nicht der Name eines x-beliebigen Patienten verzeichnet war, sondern – der von Evelyn Glossner selbst.

Paul studierte mit wachsendem Staunen die Eintragungen: Es war die von ihr selbst verfasste Krankengeschichte der Glossner! Akribisch hatte sie ihre eigenen schweren psychischen Defekte diagnostiziert, darunter depressive Schübe, krankhaft ausgeprägte Minderwertigkeitsgefühle, unkontrollierte aggressive Ausbrüche ...

Paul sog die Zeilen begierig ein. Auch wenn er viele Fachbegriffe nicht verstand, ahnte er, dass Evelyn Glossner Probleme hatte – große Probleme. Diese Probleme waren aber weder angeboren noch Bestandteil ihres Charakters. Sie setzten erst in einem ganz bestimmten Zeitraum ein! Paul stöberte weiter in den Unterlagen und stieß bald auf einen potenziellen Auslöser der Psychosen: Er lag der Krankenakte in Form eines 14 Jahre alten kopierten Polizeiprotokolls bei.

Fassungslos las Paul den Bericht, der den Verlauf einer Vergewaltigung schilderte. Das Opfer war Evelyn Glossner, damals Ensemblemitglied bei den Städtischen Bühnen. Der Beschuldigte: Norbert Baumann!

Paul schnappte nach Luft. Auf was war er da gestoßen? Evelyn Glossner war missbraucht worden – von ihrem eigenen Kollegen? Eine schreckliche, abstoßende Tat – und eine vieles erhellende Erkenntnis!

Wild entschlossen suchte er nach anderen Dokumenten. Er fand eine Kopie eines weiteren Behördenprotokolls: Es handelte sich um den richterlichen Bescheid über die Einstellung des Verfahrens gegen Baumann aus Mangel an Beweisen und aufgrund einer gegensätzlichen Zeugenaussage. Kein Geringerer als Jürgen Klinger hatte Baumann ein Alibi gegeben.

Paul war zutiefst erschüttert. Also gehörte auch der Dramaturg Klinger, das zweite Todesopfer, zu diesem bösen Spiel. Verstrickt in ein übles Sexualverbrechen, das all die Jahre unter der Oberfläche geschwelt hatte und niemals vergessen worden war.

Allmählich formte sich in ihm ein Bild der vergangenen 14 Jahre im Leben der Evelyn Glossner: Nach der Vergewaltigung verließ sie das Theater, schmiss ihren Job hin und stürzte sich in ein Psychologiestudium. Sicher in erster Linie, um die eigenen seelischen Wunden heilen zu können. Doch später näherte sie sich ihrem alten Berufsfeld wieder an – und den Menschen, die ihr seinerzeit das Schlimmste angetan hatten.

Mit offen stehendem Mund kauerte Paul über den Dokumenten. Er wusste nicht, wie sie es bewerkstelligt hatte, aber für ihn war jetzt klar, dass es sich bei Evelyn Glossner um die Mörderin handelte. Sie war das rächende Phantom!

Paul blieb einige Zeit regungslos sitzen, während er konzentriert nachdachte und sich der Tragweite seiner Entdeckung bewusst wurde. Dann legte er die Dokumente beiseite und stand entschlossen auf. Allmählich kehrten seine Kräfte zurück, sodass er nun schneller und sicherer vorankam. Auf dem Weg zur Fensterfront an der Stirnseite des Arztzimmers hob er einen Stuhl an und prüfte die Stuhlbeine auf ihre Stabilität und Festigkeit. Sie bestanden aus verchromtem Stahl, wie Paul zufrieden feststellte. Damit müsste es klappen, das Sicherheitsglas der Scheiben zu durchschlagen.

Er probierte aus, ob sich die Fensterhebel nicht doch bewegen ließen – erfolglos, wie erwartet. Dann packte er die Stuhllehne mit beiden Händen, drehte sein Gesicht zum Schutz vor Splittern zur Seite und holte weit aus.

Er wollte mit aller Kraft zuhauen, als er mitten in der Bewegung innehielt. Ein Geräusch hatte ihn abgelenkt. Es kam von draußen aus dem Vorzimmer. Paul hielt den Atem an und lauschte. Dann hörte er ganz deutlich das Klimpern von Schlüsseln. Kein Zweifel: Jemand sperrte von außen die Praxistür auf!

30

Paul verharrte in seiner Haltung: Wie versteinert stand er vor dem Fenster, in den Händen noch immer den Stuhl. Er hörte ein leises Pfeifen der Scharniere, als die Praxistür geöffnet wurde. Dann folgten Schritte. Von seiner Position am Ende des Zimmers konnte er nicht in den Vorraum sehen. Doch er war sich sicher, dass es sich um Evelyn Glossner handelte. Kehrte sie zurück, um ihr Todeswerk zu vollenden? War nun er an der Reihe – Opfer Nummer drei?

Seine bangen Angstgefühle wurden schnell von purem Selbsterhaltungstrieb abgelöst. Paul klammerte sich noch fester an den Stuhl, schlich mit dieser dürftigen Waffe am Schreibtisch vorbei bis neben die Tür des Arztzimmers. Sein Herz raste, er musste sein keuchendes Atmen unterdrücken. Gebannt lauschte er in die Stille.

Wieder hörte er Schritte, die langsam näher kamen. Und dann ein leises Flüstern. War die Glossner nicht allein gekommen? Hatte sie einen Helfer mitgebracht?

Paul hob den Stuhl über seinen Kopf, bereit zuzuschlagen, sobald jemand den Raum betrat. Seine Arme zitterten vor Anspannung. Er konnte kaum den Impuls unterdrücken, nach vorn zu preschen und sich auf seine Peiniger zu stürzen, bevor sie wussten, wie ihnen geschah.

Aber er riss sich zusammen. Wartete tapfer.

Bis jemand das Arztzimmer betrat. Paul sah einen Fuß, ein Bein. Dann lugte ein Kopf um die Ecke.

Paul schrie laut auf. Seine Hände krampften sich um die Stuhlbeine, er schnellte einen Schritt vor, schleuderte den Stuhl nach vorn – und konnte ihn im letzten Moment zurückhalten!

»Hannah!«, stieß er voller Unglauben aus.

Hannah, die sich erschrocken gebückt und ihre Arme schützend über dem Kopf verschränkt hatte, richtete sich ängstlich wieder auf. »Was soll das, Paul?«, fragte sie mit bebender Stimme. »Wolltest du mich erschlagen?«

Hinter Hannah drängte eine gedrungene Frau mit Kopftuch und Kittel in den Raum. Sie wies mit dem Zeigefinger auf Paul und fragte in gebrochenem Deutsch: »Ist das die Mann?« Hannah nickte, worauf die Putzfrau den Kopf schüttelte und Paul tadelnd ansah: »Schlafen in Wartezimmer ein, ja? Sie nicht wieder machen! Ich nicht darf Tür für Fremde aufschließen. Sonst ich kriege Ärger mit Frau Doktor.«

Paul sah Hannah fragend an. Diese zuckte unschuldig mit den Schultern. »Irgendwie musste ich dich ja hier rausholen.«

Nachdem sie die Praxis verlassen und die Reinemachefrau ordnungsgemäß wieder abgeschlossen hatte, eilten sie die Treppenstufen hinab. »Wie spät ist es jetzt?«, fragte Paul gehetzt.

»Schon nach sieben.«

»Verdammt! Der Opernball fängt gleich an. Wir dürfen keine Zeit verlieren! Bist du mit dem Wagen da? Und hast du dein Handy dabei?«

»Ja, ich habe mir Mamas Mini geliehen. Steht unten vor der Tür. Handy liegt auf dem Rücksitz. Aber warum ...«

»Ich erklär dir alles, wenn wir unterwegs sind!«

Hannah ließ die Reifen quietschen, als der kleine Flitzer aus der Parklücke schoss. Paul schnappte sich das Handy und versuchte, Katinkas Nummer einzutippen. Doch er war so aufgeregt, dass seine Hände zitterten und er mehrere Anläufe benötigte.

»Jetzt erzähl endlich!«, forderte ihn Hannah auf. »Was ist passiert? Warum warst du in der Praxis eingesperrt?«

Paul lauschte dem Freizeichen des Handys und sagte gleichzeitig, an Hannah gerichtet: »Du zuerst: Wie bist du auf die Idee gekommen, dass ich noch immer bei der Glossner festsitzen könnte?«

»Schon vergessen? Du hattest mir gesagt, dass du da unbedingt noch vor dem Ball hinwolltest. Aber du hast dich nicht zurückgemeldet. Bei dir daheim bist du nicht angekommen, und dein Handy war aus. Da fiel mir nur die Praxis ein, wo ich nach dir suchen konnte. Hast Glück gehabt, dass ich auf diese verständnisvolle Putzfrau gestoßen bin.«

»Mist«, sagte Paul, der feststellen musste, dass Katinka nicht abnahm. Er sah auf die Uhr am Armaturenbrett. »Sie ist bestimmt schon im Opernhaus, hat ihr Handy auf lautlos gestellt und bemerkt den Vibrationsalarm nicht.«

»Du bist dran, Paul. Klär mich auf, was passiert ist!«

Paul berichtete jedes Detail und legte ihr seinen Verdacht dar, dass niemand anderes als Evelyn Glossner die Täterin war.

Hannah zeigte sich von den Neuigkeiten derart ergriffen, dass sie beinahe das Steuer verriss. »Wahnsinn!«, rief sie. »Dann müssen wir sofort zur Polizei!«

»Nein«, sagte Paul energisch. »Dafür ist es zu spät. Wir müssen ins Opernhaus!«

Hannah sah ihn fragend an: »Was willst du damit bezwecken?«

»Wir müssen deiner Mutter klarmachen, dass sie ihre Leute von Irena abzieht und sie ausschwärmen lässt. Es ist nicht auszuschließen, dass die Glossner heute noch einmal zuschlägt. Sie will ihr Meisterstück abliefern – während des Opernballs!«

»Was?« Hannah klang entsetzt. »Aber auf wen könnte sie es denn noch abgesehen haben?«

Das konnte Paul nicht präzise beantworten – noch nicht. »Fest steht, dass sie mich für eine Weile außer Gefecht setzen wollte, damit ich ihr nicht ins Handwerk pfusche. Daraus kann ich nur den einen Schluss ziehen, dass sie ihre Rache zu einem baldigen Finale bringen möchte. Der Opernball ist dafür geradezu prädestiniert.«

Hannah nickte. »Da ist was dran. Mamas Leute müssen die Glossner auf alle Fälle schnappen, bevor etwas passiert!«

Verkniffen sah sie durch die Windschutzscheibe, riskierte waghalsige Überholmanöver und brach den Rekord für die Fahrzeit zur Oper. »Kannst du mir schnell mal erklären, wie dieser Ball abläuft, damit ich mich wenigstens ungefähr orientieren kann? Ich hatte nämlich bisher noch nicht das Vergnügen.«

Paul, der sich krampfhaft an der Armlehne festhielt, spulte das Programm herunter: »Beim Opernball gibt es kein Programm im herkömmlichen Sinne. Der ganze Zuschauersaal ist umgekrempelt. Es gibt keinen Orchestergraben. Und wo sonst nur die Bühne ist, sind kleine Logen zweistöckig rundum aufgebaut. In einer davon sitzen die Musiker. Sänger, Moderatoren und Künstler treten auf der verbleibenden Bühne und zum Teil auch mitten auf der Tanzfläche auf, die mit einem roten Seil abgetrennt ist. Ringsherum stehen diejenigen Ballgäste, die eine Laufkarte haben. Andere sitzen in ihren Logen oder auf den reservierten Sitzplätzen im zweiten Rang.«

»Oje, das hört sich unübersichtlich an«, klagte Hannah und nahm die nächste Kurve.

»Es *ist* unübersichtlich! Es gibt auch keine zusammenhängende Aufführung, sondern Programmteile: erst ein Auftrittslied, eine Einlage des Balletts, dann kommen die Nürnberger Philharmoniker, danach als Höhepunkt das Stück aus *Carmen* und anschließend heißt es ›Alles Walzer‹, die Aufforderung zum Tanz. Später am Abend folgt ein weiterer kleiner Programmblock. Ja, und da es nur eine verkleinerte Bühne gibt, gibt es auch kein ›hinter der Bühne‹. Die Künstler machen sich in ihren Garderoben fertig und treten erst unmittelbar vor ihrem Auftritt in Erscheinung.«

Hannah nahm diese Schilderungen ohne weiteren Kommentar auf und richtete ihre Aufmerksamkeit wieder voll auf den Straßenverkehr. Sie ließ den Mini über eine Bordsteinkante rumpeln und stellte den Wagen auf dem Bürgersteig an der Seitenfront des Opernhauses ab. Paul riss die Tür auf und wollte aussteigen, als Hannah ihn aufhielt: »Warte, Paul!«, sagte sie mit bangem Ausdruck. »Ich kann mir denken, wer noch auf der Todesliste der Glossner steht.«

Paul sah sie überrascht an: »Raus damit!«

»Irena«, meinte Hannah verhalten. Paul starrte sie ungläubig an, doch sie lieferte ihm eine überzeugende Erklärung: »Baumann musste sterben, weil er die Glossner vergewaltigt hat. Klinger, weil er ihn deckte. Aber das schlimmste Vergehen muss in Evelyn Glossners Augen Irena begangen haben. Irena hat über die Ausschweifungen ihres Freundes jahrelang geschwiegen und stand weiter zu ihm. Damit förderte sie seine sexuellen Übergriffe.«

Paul kniff die Augen zusammen. »Im kranken Kopf der Glossner könnten solche Gedanken durchaus keimen. Du könntest recht haben, Hannah: Irena ist möglicherweise in Gefahr!«

31

Als sie um die Ecke bogen, blendete sie das grelle Scheinwerferlicht, mit dem die Stufen zum Portal des Opernhauses ausgeleuchtet waren. Eine beachtliche Menge an Zaungästen hatte ein Spalier um die Gäste des Balls gebildet, die gemessenen Schrittes die Stufen erklommen und lächelnd das Blitzlichtgewitter eines Dutzends Fotografen über sich ergehen ließen.

Paul und Hannah verloren keine Zeit und bahnten sich eine Schneise durch die Schaulustigen, wofür sie böse Flüche kassierten. Sie hangelten sich über ein Sperrgitter und rannten an den verdutzten Ehrengästen vorbei über den roten Teppich.

Binnen kürzester Zeit erreichten sie den Haupteingang – und wurden jäh von zwei livrierten Kontrolleuren gestoppt. Paul erwartete, nach seiner Eintrittskarte gefragt zu werden und holte zu einer Erklärung aus. Doch einer der Türsteher deutete auf Pauls Äußeres und wedelte mit dem Zeigefinger. »Die Kleiderordnung schreibt einen Smoking vor«, sagte er streng.

»Ich gehöre zum Personal!«, stellte Paul klar, was aber nichts brachte.

»Dann benutzen Sie bitte den Personaleingang«, sagte der andere Kontrolleur und versuchte Paul und Hannah zur Seite zu drängen.

»Nein, nein!« Paul blieb stur. »Ich muss sofort hier rein! Es ist wichtig!«

Ein dritter Kontrolleur, einer mit kurzgeschorenem Haar und einem knopfgroßen Kopfhörer am Ohr, stieß zu ihnen: »Zweite Tür rechts«, sagte er in knappem Befehlston. »Schneider und Kostümverleih für Notfälle.«

Paul sah ihn ratlos an, dann aber verstand er: »Dort bekomme ich einen Smoking?«

Der Kurzgeschorene nickte: »Und die Dame ein Ballkleid. Machen Sie schnell.«

Paul zog kurz in Erwägung, sich über die Anweisung des Security-Manns hinwegzusetzen, ihn einfach umzurennen und sich an den nächstbesten Polizeibeamten im Saal zu wenden. Aber wahrscheinlich würde er sofort geschnappt und festgehalten werden und mehr Zeit mit langen Erklärungen verlieren, als wenn er sich flott in einen Smoking stürzte. Also nahm er Hannah bei der Hand und stürmte mit ihr zum angezeigten Zimmer. Im Eintreten betätigte er die Anrufwiederholungstaste von Hannahs Handy, doch Katinka ging noch immer nicht dran.

Zum Glück erwies sich das Servicepersonal als ebenso kompetent wie flink: Ohne dass Paul große Erklärungen abliefern musste, nahm ein gepflegter älterer Herr blitzschnell an ihm Maß, verschwand hinter einem Paravent und erschien gleich darauf mit einem schwarz schimmernden Smoking, weißem Hemd und Fliege. Eine ebenso rührige Frau reichte ihm ein Paar blank geputzte schwarze Lackschuhe. Paul nahm die Garderobe bereitwillig entgegen und suchte eine provisorische Umkleide auf. Gleichzeitig wurde Hannah ausgestattet.

Sein Smoking saß wie angegossen! Als er die Umkleide verließ, sah er Hannah an einem Schminktisch sitzen. Eine junge Frau nebelte ihren Kopf mit Haarspray ein, eine andere brachte Puder auf. Hannah trug ein hellblaues, seidenglänzendes Kleid, das klassisch elegant wirkte und gleichzeitig ihre Figur betonte. Es zeigte ein Dekolleté, das Paul für den Augenblick die Sprache verschlug. »Alle Achtung«, murmelte er und bemühte sich, lieber nicht zu genau hinzusehen.

Er stellte fest, dass sie längst nicht die Einzigen waren, die von diesem Notfallservice Gebrauch machten: Eine Dame im wallenden Abendkleid suchte Ersatz für ihren abgebrochenen Schuhabsatz, einem beleibten Herrn war eine Naht aufgeplatzt und ein junger Schnösel hatte versucht, ohne die obligatorische

Fliege ins Allerheiligste vorzudringen. Sogar ein Techniker bot seine Dienste an und konnte Paul mit einem passenden Ersatzakku für sein eigenes, von der Glossner lahmgelegtes Handy versorgen.

»Jetzt aber schnell!«, drängte Paul und zog Hannah aus der Haarspraywolke. Sie hetzten ins Foyer, schauten sich hektisch um und waren erschlagen von der unüberschaubaren Menschenmenge. Das allgemeine Gemurmel, das Klirren der Sektkelche und heiteres Lachen addierten sich zu einem beachtlichen Geräuschpegel. Es hatte keinen Zweck, nach Katinka zu rufen, denn sie würde sie nicht hören.

Daher beschlossen sie, sich aufzuteilen und jeder in einem anderen Teil des weitläufigen Foyers zu suchen. Paul durchforstete den ihm zugedachten Abschnitt und nahm dabei wenig Rücksicht auf die umstehenden Personen. Als er einen Herrn anstieß, der daraufhin seinen Sekt verschüttete, entschuldigte Paul sich flüchtig und eilte weiter. Erst drei Meter weiter wurde ihm bewusst, wem er gerade diesen saftigen Rempler verpasst hatte: Der Oberbürgermeister schaute ihm kopfschüttelnd nach, während seine Gattin mit einem Taschentuch an seinem Revers herumtupfte.

Paul hatte bald jeden Quadratmeter der Wandelhalle abgegrast. Ohne Resultat! Frustriert und ratlos lehnte er sich an eine Säule und dachte nach: Wo konnte Katinka bloß stecken? Dann kam ihm der Gedanke, dass sie sich wahrscheinlich das gesellschaftliche Vorgeplänkel sparte und die Polizei bei ihrer Arbeit unterstützte. Ja, dachte sich Paul, bestimmt hielt sie sich schon im großen Zuschauersaal auf und instruierte die Beamten!

Er ignorierte Platzanweiser und Logenschließer, die sich ihm in den Weg stellen wollten, und stieß eine Flügeltür zum Parkett auf. Der Zuschauerraum lag festlich erleuchtet vor ihm. Seine majestätische Weite, die erhabene Würde der Ränge und Logen nahmen Paul für einen Moment gefangen. Doch er war nicht zum Staunen und Schwelgen gekommen, sondern zum Handeln! Er riss sich los von den starken Eindrücken des Saals mit seinem Stuck, Samt und Kristall und spähte nach Katinka.

Noch ehe er sie entdeckt hatte, rief sie nach ihm: »Paul?« Sie lehnte – in schickem Abendkleid – an der Bande zur Orchesterloge, neben ihr zwei Polizistinnen. Als sie sich vergewissert hatte, keiner Sinnestäuschung erlegen zu sein, schlug sie den Weg unter dem ersten Rang ein und kam Paul eilig entgegen.

»Katinka!«, grüßte er sie atemlos. »Du musst deine Taktik umschmeißen! Alles ändern!«

»Was redest du da?«, fragte sie verständnislos. »Müsstest du nicht bei deinen Leuten sein und dich aufs Fotografieren vorbereiten?«

»Hör mir gut zu, Kati!« Paul fasste sie an den Schultern. »Es ist enorm wichtig! Du bist hinter der Falschen her. Irena ist nicht das Phantom. In Wahrheit steckt Evelyn Glossner hinter den Morden!«

»Die Glossner?« Katinka sah ihn zunächst bestürzt, dann fast belustigt an. »Schon wieder eine neue Verdächtige? Mein lieber Zukünftiger: Mach dich bitte nicht lächerlich!«

Paul aber ließ Katinka nicht eher wieder zu Wort kommen, bis er all seine Erlebnisse der letzten Stunden vorgebracht hatte. Seine Zuhörerin wurde dabei zusehends bleicher. Schließlich sagte sie mit belegter Stimme: »Aber die Glossner ... – wie soll sie das denn fertiggebracht haben? Sie hat ihre Praxis, Angestellte und Patienten. Sie kann sich doch nicht einfach aus dem Arztzimmer rausgeschlichen und heimlich Morde begangen haben.«

Diese Feststellung bremste Paul in seinem Elan. »Ich kann auch nicht erklären, wie sie es bewerkstelligt hat«, gab er zu. »Aber ich weiß, was ich am eigenen Leib erfahren habe. Das genügt mir!«

Katinka rieb sich die Schläfen und dachte angestrengt nach. »Andererseits: Sie ist beruflich sehr häufig an der Oper, und ihre Alibis wurden bisher nicht überprüft. Es wäre also nicht undenkbar.« Langsam schien sie sich mit Pauls Gedankengängen anzufreunden. Noch immer aber standen die Zweifel in ihren Augen. »Du meinst also, dass sie es als Nächstes auf Irena abgesehen hat, weil die ihrem Freund so viel hatte durchgehen lassen? Das kommt ganz schön unvermittelt! Zwingend logisch ist das nämlich nicht; es ist eher eine recht spezielle Betrachtungsweise.«

»Ich bin ja auch nicht selbst darauf gekommen, sondern Hannah«, rechtfertigte sich Paul. »Aber nach allem, was passiert ist, sollte auch eine vage Ahnung ausreichen, um ein Menschenleben zu schützen!«

Ein Ruck ging durch Katinkas Körper. Resolut sagte sie: »Also gut: Wir ändern den Plan! Ich werde eine neue Order herausgeben. Misch du dich am besten wieder unters Publikum und bleib in Deckung.«

In Deckung? Paul wusste nicht, ob er das wirklich schaffen würde.

Die Türen öffneten sich, die Gäste strömten in den Ballsaal. Aaahs und Ooohs vertrieben die erwartungsvolle Stille. Auch die Luft kam in Bewegung, und es legten sich feine Nuancen von erlesenen Parfüms und Aftershaves über die Ränge. Paul vernahm das Rascheln der Ballkleider, das Klacken spitzer Absätze, das Tuscheln, Kichern und Räuspern.

Er selbst war auf den zweiten Rang hinaufgeeilt. Dieser gewährte einen guten Überblick auf das Parkett, zudem verlor Paul auch die gegenüberliegenden Ränge und Logen nicht aus den Augen.

Der Saal, aus dem sämtliche Sitze entfernt worden waren und der später, nach dem obligatorischen Aufruf »Alles Walzer!« eine einzige große Tanzfläche bilden würde, füllte sich mehr und mehr. Die bewegte Unruhe des Kommens und Suchens nach dem besten Stehplatz wich einer geordneten

Struktur und Pärchenbildung: jeweils ein farbenfrohes Ballkleid neben einem schwarzen Smoking.

Paul beugte sich über die Brüstung und betrachtete die Personengrüppchen und -gruppen. Er sah sich jedes einzelne Paar an, darunter viele bekannte Nürnberger, zumeist alter Geldadel, darüber hinaus etliche Emporkömmlinge. Die fast ausnahmslose Systematik der schwarz gekleideten Ehemänner und ihrer lebhaft gewandeten Frauen erleichterte Paul die Arbeit: So fiel es ihm relativ leicht, die Menschen einander zuzuordnen.

Im hinteren Drittel kam er ins Trudeln. Dort durchmischten sich die Gäste, standen Männerrunden beieinander, darunter – ja, kein Zweifel! – war auch Eduard Ascherl. Soweit Paul das aus der Distanz erkennen konnte, trug er einen rotgoldenen Orden an der Brust. Wahrscheinlich das Verdienstkreuz am Bande. Noch weiter hinten hatte eine gut gelaunte Frauenclique zusammengefunden. Weitere Grüppchen formierten sich, aber auch Einzelpersonen stachen heraus: etwa einige Männer, die etwas ratlos suchend im Zickzack liefen, und eine Dame ohne Begleitung. Paul beugte sich weiter vor und sah genau hin.

Die Frau, die in sein Blickfeld gerückt war, trug ein weit fallendes, türkisfarbenes Paillettenkleid und ein dazu passendes Haarband. Ihr Gesicht war rund und freundlich.

Pauls Herzschlag schien für einen Moment auszusetzen. Ungläubig starrte er auf die Frau im Publikum: Evelyn Glossner schlenderte seelenruhig durch den Zuschauerraum – lächelnd, ungerührt, so harmlos wirkend wie jeder andere Gast.

Paul befand sich in Habachtstellung, bereit, loszulaufen und zu den überall bereitstehenden Polizisten zu eilen. Doch dann bemerkte er, dass die Glossner längst erkannt worden war. Katinkas zivil gekleidete Späher postierten sich in ihrer Nähe und bildeten einen dezenten, aber kaum zu durchdringenden

Kranz um sie. Evelyn Glossner stand unter permanenter Beobachtung. Sie konnte ab jetzt keinen Schritt mehr tun, ohne dass Polizei und Staatsanwaltschaft es wüssten.

Mit wohliger Erleichterung ließ sich Paul auf einen Sitz zurückfallen und atmete tief durch. Es verschaffte ihm eine große Genugtuung zu wissen, dass Katinka die Sache im Griff hatte. Und es entlastete ihn ungemein, die Verantwortung abgeben und loslassen zu können. Gelassen wartete er nun auf den Beginn der Veranstaltung.

Doch die Entspannung war zu früh gekommen. Just in diesem Augenblick fiel ihm diejenige ein, mit der er zur Oper gefahren war: Wo, zum Teufel, steckte Hannah?

32

Als sein Handy in der Hosentasche zu vibrieren begann, glaubte er an Intuition: Hatte Hannah seine Gedanken gespürt und meldete sich nun bei ihm? Doch als er die grüne Taste drückte, hörte er wider Erwarten nicht die Stimme einer forschen jungen Frau, sondern die eines erbosten älteren Herrn:

»Wo bleiben Sie, Flemming?«, wetterte Ricky Haas. »Wir beginnen jeden Augenblick mit dem Programm. Wir brauchen Sie umgehend für die Bilder!«

Mist! Siedend heiß fiel es ihm ein: Seinen eigentlichen Job an der Oper hatte er in der Aufregung völlig vergessen. Paul hätte längst an der Programmbühne sein müssen, um die Höhepunkte des Abends mit seiner Kamera einzufangen.

»Ich komme sofort«, antwortete er schuldbewusst.

»Erst versetzt einen die erfahrenste Maskenbildnerin, dann noch der Bühnenknipser«, schimpfte Haas weiter. »Das kann ja heiter werden heute Abend!«

Paul warf einen letzten Blick auf Evelyn Glossner und die umstehenden Zivilbeamten. Er fragte sich, wann Katinka die Falle zuschnappen lassen und die Glossner festnehmen würde. Wahrscheinlich ließ sie in diesen Minuten Pauls Aussage überprüfen und einen Haftbefehl vorbereiten. Spätestens nach dem offiziellen Begrüßungsprogramm, schätzte Paul, würde man die Psychologin dezent in einen Nebentrakt geleiten und ihr dann die Handschellen anlegen.

Doch dies war nun nicht mehr seine Sache; eigentlich war sie es ja nie gewesen. Er musste nun einen oder zwei Gänge herunterschalten, ruhiger werden und sich der Aufgabe zuwenden, für die er bezahlt wurde.

Trotz dieses Vorsatzes war er jetzt wieder angespannt. Eine Nervosität erfüllte ihn, wie man sie verspürt, bevor ein Sturm losbricht. Er kannte dieses Gefühl; häufig signalisierte es, dass er der Lösung eines Falls nahe war, aber dieses Mal bedeutete es mehr. Ihn drückte die vage Ahnung, eine Gefahr oder etwas Böses übersehen zu haben.

Es kostete ihn darum große Selbstüberwindung, sich endlich von seinem Beobachtungsposten loszureißen. Er beeilte sich, in den Backstage-Bereich zu gelangen, wo bereits emsige Unruhe herrschte. Sängerinnen und Sänger, das Moderatorenpaar, Statisten und Musiker schwirrten durcheinander wie Bienen in einem Bienenstock. Die Kostümierungen der Akteure präsentierten sich ebenso bunt und unterschiedlich wie die musikalischen Werke, aus denen sie heute Abend Kostproben darbieten würden.

Haas, der in seinem eng anliegenden Smoking und seinen wie üblich bauschig aufgefönten Silberhaaren aussah wie der Chefdirigent persönlich, kam ihm voller Ungeduld entgegen: »Flemming, so geht das nicht!«, schimpfte er. »Der Ball ist das wichtigste Ereignis des Jahres. Sie können es sich nicht leisten, ausgerechnet an diesem Abend zu spät zu kommen!«

Paul, der auf dem Weg hierher die Dienstkamera aus seinem Spind geholt hatte, entschuldigte sich kurz und bündig: »Es ist mir wirklich sehr unangenehm. Aber jetzt bin ich ja da.«

Haas wippte auf seinen Füßen, um Paul gegenüber nicht zu klein zu wirken. »Dann verlieren Sie keine weitere Zeit! Fangen Sie endlich an, und denken Sie daran: Ich brauche grandiose Fotos vom Programmteil, vor allem vom Schlussakt!«

»Sie meinen die Arie aus *Carmen*?«, vergewisserte sich Paul.

Haas nickte energisch. »Richtig. Die Habanera. Davon müssen Sie mir Top-Bilder liefern! Wenn Sie da wieder versagen, war das Ihr letzter Job an der Oper.«

Mit dieser offenen Drohung ließ er Paul stehen und wandte sich dem nächsten Problemfeld zu, das sich während ihres Gesprächs bereits angekündigt hatte: Ein neuer Unruheherd hatte sich am Inspizientenstand gebildet, wo einige Sängerinnen und Komparsen wie aufgeregte Teenager herumhüpften und dabei gackerten wie aufgescheuchte Hühner. Paul folgte Haas, um den Grund für die Aufregung zu erfahren, und war mehr als erstaunt, als er inmitten des Tumults Paula Dorfner erblickte.

Die Maskenbildnerin sah mitgenommen aus. In der Hand trug sie ihren Schminkkoffer, um den Hals das obligatorische goldene Kreuz. Als sie Haas erblickte, hob sie die Schultern zu einer hilflosen Geste und lächelte mühsam.

»Sie? Hier?«, brüllte der Regisseur. Dann fasste er sich und sagte ruhig, aber hart: »Egal, wo Sie die ganze Zeit gesteckt haben, darüber reden wir später. Jetzt brauchen wir jede Hand. Sehen Sie zu, dass Sie Ihre Arbeit machen. Und zwar *pronto*!«

Während für Haas die Sache damit erledigt zu sein schien, verharrte Paul an der Seite der verstört wirkenden Frau. Behutsam erkundigte er sich: »Ist alles okay mit Ihnen?«

Paula Dorfner sah ihn an. Ihre stechenden Augen wirkten heute Abend ungewohnt mild, beinahe verängstigt. »Ich habe eine Auszeit gebraucht«, sagte sie, hustete und fingerte nach einer Zigarette. Sie zündete sie an und nahm einige tiefe Züge. Erst als sich die Menschentraube um sie herum langsam auflöste, holte sie zu einer Erklärung aus. »Ich habe mich geschämt«, bekannte sie freimütig. »Ich habe eine meiner langjährigsten Bekannten verraten. Üble Nachrede habe ich betrieben, schlimmer noch ...«

Weiter kam sie nicht, denn Haas brüllte aus dem Hintergrund: »Flemming! Wenn Sie nicht auf der Stelle mit Ihrer Kamera antanzen, fliegen Sie! Jetzt sofort!«

Paul nickte pflichtbewusst, konnte sich eine letzte Bemerkung zu der Maskenbildnerin aber nicht verkneifen: »Sie brauchen sich nicht zu grämen. Denn wie heißt es doch so schön: Einsicht ist der erste Schritt zur Besserung.« Aufmunternd fügte er hinzu: »Hauptsache, Sie sind wieder dabei. Irena wird sich freuen, Sie vor ihrem großen Auftritt zu sehen.« Tatsächlich konnte er der Dorfner damit ein kleines Lächeln entlocken.

Dann aber folgte er tunlichst den Anweisungen seines Chefs und brachte sich in Position für die nahende Eröffnungszeremonie der Gala. Er hörte, wie die Musiker in der Orchesterloge ihre Instrumente anstimmten, schaltete die Kamera ein, aktivierte das Blitzlicht – und zuckte zusammen, als ihm eine schmale Hand auf die Schulter tippte. Erschrocken fuhr er herum und sah in Hannahs blaue Augen. »Himmel!«, stieß er aus. »Wo hast du gesteckt?«

Bevor Hannah diese Frage beantworten konnte, begann das Programm. Das Orchester schmetterte das klangvolle Auftrittslied aus Emmerich Kálmáns *Csardasfürstin*. Unverzüglich machte sich Paul ans Werk, lichtete die Instrumentalisten ab, wendete das Objektiv dann in Richtung des Publikums.

Er sprang von einer Position in die nächste. Er knipste das Moderatorenpaar, das in dem mit roter Kordel abgetrennten Bühnenbereich stand und mit Witz und Pfiff durch das Programm führte. Anschließend schoss er Fotos von szenischen Darstellungen aus *La Bohème*, bevor er sich einer Einlage des Balletts widmete.

Immer wieder musste er Belichtungszeiten und Blendenwerte ändern, denn Hans im Glück tobte sich in seinem Lampengarten so richtig aus. Bald begann Paul unter seiner Smokingjacke zu schwitzen und vergaß im Eifer des Gefechts ganz, sich noch einmal nach Evelyn Glossner umzusehen.

Die Zeit verging wie im Flug, so sehr war er mit seinen Aufnahmen beschäftigt. Geradezu ekstatisch sauste er von links nach rechts, fotografierte in der Totalen und im Detail, widmete sich den einzelnen Gesichtern und dem Gesamteindruck des festlich dekorierten Ballsaals. Ehe er sich's versah, leiteten die Moderatoren das Finale des Programmblocks ein, den letzten Part, bevor das Parkett als Tanzfläche freigegeben wurde.

Paul bemerkte, wie Irena an die Seite des Bühneneingangs trat, auf dem Schritt gefolgt von Paula Dorfner. Sie hatten sich also versöhnt, dachte Paul angenehm berührt.

Irena selbst trat würdevoll und in – beinahe – alter Stärke und Größe auf die Bühne, sie gab sich gleichzeitig kokett und verführerisch, ganz wie es ihre Rolle verlangte. Auf der Bühne wandelte sie sich von der problembehafteten und scheuen Irena zur selbstsicheren, begehrenswerten Frau. Das Publikum applaudierte ihr euphorisch und stachelte sie mit diesen Vorschusslorbeeren spürbar an.

Die Musik hob an. Voller Leidenschaft und mit kraftvoller Stimme interpretierte Irena die Carmen auf ihre ganz persönliche Art. Auch Paul konnte nicht umhin, begeistert zu sein von der Präzision ihrer Stimme und der Überzeugungskraft ihres Ausdrucks. Das, was er hier hören durfte, war Oper vom Feinsten. Eine Meisterleistung!

Er fotografierte die Szenerie von vorn, wechselte dann zurück auf den Bühnenbereich und lichtete Irena von der Seite ab. Als er rückwärts gehend beinahe an die Prospektzüge stieß, tippte ihm Hannah ein zweites Mal auf die Schulter.

»Nicht jetzt!«, fuhr Paul sie an.

Seine untypische Schroffheit schien Hannah einzuschüchtern. Aber nicht lange. »Du, Paul«, setzte sie an. »Da stimmt etwas nicht.«

Paul dachte gar nicht daran, seinen Blick vom Okular der Kamera zu nehmen, und grummelte nur: »Was soll denn nicht stimmen? Und noch mal die Frage: Wo hast du dich die ganze Zeit herumgetrieben?«

»Ich wollte bei Britta vorbeischauen, um ihr ›Toi, toi, toi‹ für ihren Auftritt zu wünschen.«

»Sie ist erst später am Abend dran, richtig, im zweiten Programmblock?«, fragte Paul wenig interessiert.

»Ja. Deswegen habe ich sie noch in ihrer Garderobe vermutet. Aber dort war sie nicht.«

»Mag ja sein«, meinte Paul kurz angebunden. »Aber das muss nichts heißen. Vielleicht ist sie nur mal aufs Klo gegangen. Lass mich bitte weiter arbeiten.«

Hannah hielt ihm ein Tablettenröhrchen unter die Nase. Es war zur Hälfte geleert.

»Hast du das aus ihrer Garderobe?«, fragte er entgeistert.

»Ja«, bestätigte Hannah.

Paul mahlte unruhig mit den Zähnen, war jedoch noch nicht bereit, in Hannahs Besorgnis einzustimmen. Beschwichtigend meinte er: »Das haben Pillenfläschchen nun mal so an sich, dass sie irgendwann halb leer sind. Daraus folgt nicht, dass Britta all diese Pillen heute Abend genommen hat. Warum sollte sie auch? Sie hat doch beim Opernball noch ihren großen Auftritt, eine tolle Sache für eine junge Sängerin.«

Hannah sah ihn missmutig an »Ich kenne mich mit dem Zeug nicht besonders aus, aber der Beipackzettel verheißt nichts Gutes. Wenn Britta die aber doch alle auf einmal geschluckt hat, muss sie jetzt völlig zugedröhnt sein.« Auch wenn es Paul nicht wahrhaben wollte: Hannah sorgte sich um ihre neue Freundin. »Vielleicht hat sie das Lampenfieber nicht verkraftet und verkriecht sich irgendwo. Jedenfalls glaube ich, sie braucht Hilfe.«

»Auch das noch!«, stieß Paul verärgert aus. »Sind die denn hier alle bekloppt?« Er schaute sich noch einmal im Publikum um. Evelyn Glossner stand inmitten der Menschen und starrte auf die Bühne. Paul erkannte den Hass in ihren Augen. Doch der Ring ihrer Aufpasser schloss sich eng um sie. Von ihr ging momentan keine Gefahr aus, denn in ihrer Lage konnte sie nichts mehr anrichten.

»Was machen wir also?«, wollte Hannah wissen.

»Sie suchen!«, bestimmte Paul und legte seinen Fotoapparat beiseite.

Keine Minute später hetzten sie durch die Flure hinter der Bühne, klapperten jede einzelne Garderobe ab und befragten jeden, der ihnen über den Weg lief. Ohne Ergebnis: Niemand hatte Britta gesehen.

»Das kann doch alles nicht wahr sein!«, schimpfte Paul. »Erst verschwindet Paula Dorfner und taucht unversehens wieder auf. Dann bist du nicht mehr aufzufinden, und jetzt ist Britta wie vom Erdboden verschluckt. Zu allem Überfluss treibt sich eine Mehrfachmörderin mitten im Publikum herum. Wenn es nach mir ginge, würde ich die komplette Oper von der Polizei evakuieren lassen und diese ganze verrückte Truppe mit ins Präsidium nehmen!«

»Da bin ich aber froh, dass nicht du solche Entscheidungen triffst, sondern Mama. Ich glaube, du würdest dir einen ganz schönen Ärger einhandeln mit so einer Massenverhaftung«, dämpfte Hannah seinen Brass. »Ich denke, dir fehlt der Überblick.«

Paul wollte widersprechen, hielt dann aber inne: »Überblick? Sagtest du Überblick?«

»Ja.«

Paul fackelte nicht lang, schnappte Hannah an einem Zipfel ihres Kleides und eilte zurück zur Bühne. Sie rannten geradewegs auf die vom Publikum abgewandte Leiter neben den Prospektzügen zu.

»Was hast du vor?«, fragte Hannah mit bangem Blick nach oben. Im Hintergrund strebte Irena dem Höhepunkt der Arie entgegen und gab dabei ihr Bestes.

»Ich werde zu Hans raufklettern. Der ist jetzt bestimmt in der Stellwarte. Von dort lassen sich die Bühne, der Zuschauerraum und die Ränge überblicken. Wenn sie nicht mehr in der Garderobe ist, kann sie sich ja nur dort zwischen den Leuten aufhalten. Irgendwo werde ich Britta sicher entdecken!«

Hannah in ihrem langen Kleid folgte Paul zaghaft die dünnen Sprossen hinauf bis zur Arbeitsgalerie. Über den schmalen, fast vollständig im Dunkeln liegenden Steg erreichten sie die Stellwarte, die wie die Kommandozentrale eines Raumschiffs über dem Geschehen schwebte. Paul und Hannah betraten den mit Steuerpulten ausgefüllten Glaskasten, wo sie den Chefbeleuchter hochkonzentriert über die Lichtstellanlage gebeugt vorfanden.

»Lass dich nicht stören«, sagte Paul leise und trat nach vorn an die abgeschrägte Glasfront. Die Aussicht war grandios und der Überblick noch besser als erwartet. Sofort begann Paul, die Menschenmenge zu seinen Füßen nach Britta abzusuchen. Zunächst aber sah er Evelyn Glossner, die noch immer unbewegt vor der Bühne stand und deren Blick auf Irena fixiert war. Zwei kräftige Männer im Smoking standen unmittelbar hinter ihr. Paul ahnte, dass sie Pistolenhalfter unter ihren Smokingjacken trugen.

Er suchte alle drei Ränge ab, das gesamte Parkett, konnte sogar ein Stück weit ins Foyer blicken. Doch Britta war nirgends zu entdecken. »Mist!«

»Wen oder was hast du denn verloren?«, fragte Hans, ohne sich nach Paul umzusehen.

»Verloren?«, griff Paul die Frage auf und erklärte ermattet: »Wir wissen nicht, wo Britta steckt.«

»Dann frag doch einen, der sich auskennt.« Hans zeigte an den Rand der Hauptbühne. »Da steht die Kleine. Tritt wohl gleich auf.«

Paul und Hannah drückten ihre Nasen an die Scheiben. Tatsächlich! Britta hielt sich im Halbschatten hinter dem Vorhang auf und machte Anstalten, ins Rampenlicht vorzutreten. Paul verspürte Erleichterung, doch gleich meldeten sich neue Sorgen: Sollte ihr Auftritt nicht erst später stattfinden?

Hannah ging wohl das Gleiche durch den Kopf, denn sie rief aufgeregt: »Das ist falsch!«

»Was ist falsch?«, fragte Hans und nahm sich irritiert seinen Stellwartenzettel vor.

»Dass Britta in dieser Szene auftritt.« Hannah klang verwirrt. »Das ist falsch«, wiederholte sie. »Ich kenne die Oper in- und auswendig. Sie hat in dieser Szene nichts verloren!«

»Britta platzt in die falsche Szene?«, fragte Paul entgeistert und suchte nach einer Erklärung. »Vielleicht ist das ja so gewollt: ein Potpourri aus mehreren Opern.«

»Nein«, beharrte Hannah. »Und schon gar nicht darf sie in dieser Arie mit einem Messer auftreten. Carmen wird zwar erstochen, aber von einem Mann.«

»Britta hat ein Messer?« Paul sah entsetzt nach unten und erkannte die Waffe in ihrer Hand! Er erschrak. Gleich darauf erfasste ihn ein Adrenalinstoß. Paul stieß sich von dem Steuerpult ab, ließ Hans und Hannah stehen und rannte aus der Stellwarte über die bedrohlich schwankende Arbeitsgalerie.

Währenddessen dröhnte eine Frage in seinem Kopf und gierte nach einer Antwort: Warum? Warum gerade Britta? Paul konnte sich kein Bild ihrer Motivation machen. Ihre Beweggründe waren ihm vollkommen unklar. Niemals hätte er dieses zarte, freundliche Wesen verdächtigt. Doch jetzt hielt sie ein Messer in der Hand und kam Irena näher. Immer näher!

Es war nicht die Zeit, sich Gedanken zu machen über das Warum und Weshalb. Er musste handeln, um Schlimmeres zu vermeiden! Als er die Leiter zum Bühnenboden hinabkletterte, nahm er jeweils zwei Sprossen gleichzeitig. Die letzten beiden Meter ließ er sich mit den Händen an den Haltestangen heruntergleiten. Ohne Rücksicht auf die laufende Vorstellung startete er zu einem Sprint über die Bühne. Er strauchelte, als er über ein Mikrofonkabel stolperte. Er merkte, wie unruhig das Publikum wurde, richtete sich eilends wieder auf, rannte weiter und lief geradewegs auf Irena zu, die noch immer sang, intonierte und gestikulierte und nicht mitbekam, wie die Stimmung kippte.

Britta stand jetzt dicht hinter ihr. Holte mit der rechten Hand aus, in der sie das Messer hielt. Es war eines mit langer, chromblitzender Schneide – wie das beim legendären Hitchcock-Mord unter der Dusche.

Paul schnappte nach Luft, dachte, er käme zu spät. Er sah in Brittas ausdrucksloses Gesicht. Sah, wie sie die Schneide vorschnellen ließ. Er rammte die ahnungslose Irena direkt in die Flanke. Stieß sie um, warf sie zu Boden, landete mit seinem vollen Körpergewicht auf ihr. Sie spie die Luft aus ihren Lungen. Stöhnte. Gleich darauf stieß sich Paul von ihr ab und wandte sich Britta zu.

Sie war mitten in der Bewegung erstarrt. Die junge Sängerin stand vor ihm wie eine Gipsfigur, schwankte leicht, als wäre sie in Trance.

Das Publikum raunte. Eine Frau stieß einen spitzen Schrei aus. Einige Personen lösten sich aus der schockierten Masse. Endlich war auch die Polizei auf der Bühne. Grob nahm man Britta das Messer ab. Ihre Arme wurden hinter ihren Rücken gebogen.

Nach Antworten suchend schaute Paul sie an: Britta sah mitgenommen aus. Ihre Augen, die entwaffnend ehrlich und wehrlos blickten, waren rot gerändert. Widerstandslos ließ sie sich abführen.

Das Spiel war aus.

Paul blieb zurück. Er fühlte sich benommen, niedergeschlagen und zugleich ungemein erleichtert. Das letzte bisschen Adrenalin wich aus seinem Körper, gleichzeitig knickten seine Knie ein. Kraftlos sackte er auf den Boden. Er registrierte, wie ein Sanitäter mit sorgenvoller Miene auf ihn zukam.

Und dann erschien plötzlich auch Victor Blohfeld auf der Bühne. Er trug keinen Smoking – wie war er *so* bloß hereingekommen?

33

»Ein altes Sprichwort sagt, man braucht vier Menschen, um einen guten Salat zuzubereiten: Einen Verschwender, der das Öl zugibt. Einen Geizhals, der für den Essig verantwortlich ist. Einen Weisen, der das Salz portioniert. Und einen Verrückten, der alles wild zusammenmischt.« Jan-Patrick grinste selbstzufrieden, als er seinen Gästen die Teller mit einer gewagten Mischung aus Wald- und Wiesenkräutern, Salatblättern und schwer definierbaren, aber sorgfältig dekorierten Blüten vorsetzte. »In diesem Fall habe ich besonderen Wert auf den Geizhals gelegt«, erklärte der Küchenchef feierlich. Er bezog seinen Essig von einem Hof im Maindreieck, der schon über mehrere Generationen in Familienbesitz war. Die eigentliche Schatzkammer befand sich in einem uralten Natursteingebäude mit einem großen Arsenal patinabehafteter Essigfässer. Die traditionelle Oberflächengärung bedeutete aufwändige Pflege. Je nach Sorte dauerte es zwischen zwei und zehn Jahre, bis die verschiedenen Essige fertig waren, erläuterte er seinen Gästen. »Es gibt Himbeeressig, Zitronen-Apfelessig, Raritäten wie Rosenblütenessig und vieles mehr. Ich habe mich heute für den Holunderblüten-Orangenessig entschieden.«

Paul würdigte die appetitsteigernde Ansprache seines Nachbarn und Freundes mit einem anerkennenden Lächeln, spießte mit der Gabel ein Raukeblatt auf und erkundigte sich: »Wir haben ziemlich großen Hunger. Wann brätst du denn den Kalbsrücken?«

Diese Frage war viel zu direkt und unangebracht in Jan-Patricks Gourmettempel, in dem nicht nach der Uhr, sondern für den Geschmack geköchelt und gebrutzelt wurde. Jedenfalls fiel die Antwort des Küchenchefs recht brüsk aus: »Der Hirschkalbsrücken wird nicht gebraten. Das machen nur Banausen! Zwölf Minuten bei siebzig Grad in einem Mäntelchen aus

Folie pochiert und dann kurz in aufgeschäumter Butter mit Thymian, Rosmarin und Wacholder gewendet, damit er leichte Röstaromen bekommt.« Jan-Patrick rieb sich die Rübennase und wartete auf eine Reaktion.

»Klingt besser als gut«, sagte Katinka beschwichtigend und rutschte unruhig auf ihrem schmalen Stuhl herum. Sie saßen an dem kleinen Tisch direkt neben dem Küchenzugang des *Goldenen Ritters*, vor ihnen der erste Entwurf einer Gästeliste und ein Ordner voller Rezepte. »Aber ich möchte auf jeden Fall etwas von deiner Wald- und Wiesenküche dabei haben, von der in letzter Zeit alle Welt schwärmt. Der Salat ist ja ganz lecker, aber geht es auch etwas ausgefallener?«

Der Küchenmeister sah sie geschmeichelt an. »Sehr gern. Zur Vorspeise zum Beispiel Heusuppe mit einem heimischen Fisch in Knoblauch-Walnuss-Kruste. Als Salatbeilage rohe Distelblätter an Weißwein-Balsamdressing. Außerdem können wir die Gemüseplatte um Sauerampfer und Schwarzwurzel ergänzen und mit Eisenkraut, Minze und Kardamom pointieren.«

Paul beugte sich vor. »Aber liebe Leute, es geht hier nicht um irgendein Essen für verwöhnte Gourmets, sondern um unsere Hochzeit. Da möchte ich keine Experimente, sondern etwas, das ich guten Gewissens auch meinen Eltern vorsetzen kann!« Er zog den abgegriffenen Aktenordner zu sich heran und blätterte in der zerlesenen Rezeptsammlung herum. »Zicklein mit Mandel und Zitrone«, las er. »Meeräsche mit Linsencreme, gebratenes Kaninchenfilet auf Früchte-Confit. Oder noch besser: Schweinebauch auf Apfel und Rettich. Das klingt etwas bodenständiger.«

Jan-Patrick und Katinka tauschten einen vielsagenden Blick. Daraufhin zog der Koch Paul die Rezepte unter den Händen weg und entschied: »Überlass das deiner Zukünftigen und mir. Es wird niemand verhungern auf eurer Feier.«

Marlen, die ihr Baby in einem Tragetuch vor den Bauch gebunden hatte, servierte ihnen einen leichten Weißwein. Ihr Erscheinen gab den Anlass für einen Themenwechsel: »Da ihr beide schon hier seid«, meinte Jan-Patrick, »könntet ihr mich mal über diese Opernmorde aufklären. Blohfelds Zeitungsberichte haben mich mehr verwirrt als informiert. Wer war denn nun die wahre Schuldige?«

Katinka stöhnte kaum vernehmbar. Sie hatte offensichtlich wenig Lust, in ihrer Freizeit über ein Verfahren zu sprechen, das ihr in nächster Zeit noch viel Arbeit bereiten würde. »Diese Frage lässt sich nicht so einfach beantworten«, sagte sie. »Sicher ist inzwischen, dass Britta die beiden Tötungsdelikte ausgeführt hat. Das bestätigten die Übereinstimmungen des Fingernagellacks, aber auch zahlreiche weitere Spuren. Hinzu kommt der versuchte Mord am Abend des Opernballs, für den es ja ausreichend Zeugen gibt. Aber soviel wir aus den bisherigen Verhören und einem psychiatrischen Gutachten wissen, hat Britta nicht aus freiem Willen gehandelt, sondern wurde suggestiv beeinflusst.«

»Genau das kann ich nicht nachvollziehen«, meinte Jan-Patrick und verschränkte die Arme. »Entweder ist man ein Mörder oder man ist eben keiner. Oder?«

Katinka lächelte nachsichtig. »Britta befand sich in psychologischer Behandlung«, erklärte sie weiter. »Sie stand am Anfang einer Therapie, weil sie mit den seelischen Folgen eines sexuellen Übergriffs nicht fertig werden konnte.«

»Oh, das arme Mädchen«, sagte Marlen, die am Tisch stehengeblieben war und aufmerksam zuhörte.

Katinka fuhr sachlich fort: »Britta war von Norbert Baumann missbraucht worden. Sie verzichtete aber auf eine Anzeige, nachdem in ihrem beruflichen Umfeld ein enormer Druck gegen sie aufgebaut worden war. Unter anderem von Jürgen Klinger, der ihr mit dem Rauswurf drohte, sollte sie zur Polizei gehen. Da Britta aber Hilfe und Beistand brauchte, wandte sie sich in ihrer Not an Evelyn Glossner, die im Haus ja bereits einen guten Namen als Psychologin und mütterliche Beraterin besaß.«

»Was Britta nicht ahnen konnte, war, dass Evelyn Glossner Jahre zuvor das gleiche Schicksal erlitten hatte«, ergänzte Paul. »Als Britta der Glossner ihr Herz ausschüttete, muss das für die Psychologin wie ein Déja-vu-Erlebnis gewesen sein. Die Glossner muss in Britta eine Schicksalsgenossin gesehen haben. Sie beschloss, mit Brittas Hilfe dem bösen Spiel von Baumann und Klinger, das durch Irenas Schweigen gedeckt wurde, ein für allemal ein Ende zu setzen.«

»Die beiden Frauen heckten den Racheplan also gemeinsam aus?«, fragte Jan-Patrick.

Katinka verneinte. »Wie es aussieht, war Evelyn Glossner die treibende Kraft. Sie plante die Rache minutiös und bis ins Detail. Ausführen musste die Taten jedoch Britta. Die Glossner hat sie mit bewusstseinstrübenden Medikamenten und Hypnose dazu gebracht, die Morde zu begehen.«

»Entschuldigt, wenn ich widerspreche«, meldete sich Marlen noch einmal zu Wort. »Ich habe einmal gelesen, dass man einen Menschen selbst unter Hypnose nicht dazu bringen kann, etwas zu tun, was partout gegen seinen Willen ist.«

Katinka nickte. »Richtig, Marlen. Wir haben über diesen Punkt selbst lange nachgedacht, denn die Glossner schweigt beharrlich über ihre Tricks und Kniffe. Aber unser Polizeipsychologe ist trotzdem drauf gekommen: Des Rätsels Lösung liegt in den Tatorten und den Tatabläufen.« Sie nippte an ihrem Wein. »Ihr erinnert euch: Die Leichen wurden jeweils in einem Bühnenbild aufgefunden. Und die Taten selbst waren in ihrer Ausführung den entsprechenden Opernmorden nachempfunden. Die ebenso geniale wie perfide Idee der Glossner bestand darin, Britta *glauben* zu lassen, dass sie in einem Bühnenstück auftrat. Sie sollte das Gefühl haben, dass sie nicht wirklich mordete, sondern alles nur Theater war. Mit diesem

Psychotrick wurden Brittas innere Hemmschwellen abgebaut, und sie mutierte zum willfährigen Werkzeug ihrer Ärztin. Natürlich hat ihre eigene unterdrückte Wut auf ihre früheren Peiniger mit dazu beigetragen, die Taten möglich zu machen. Schuldig im Sinne der Anklage sind meiner Meinung nach beide Frauen.«

»Wahnsinn!« Jan-Patrick war beeindruckt und schockiert zugleich.

Über das ungläubige Staunen seines Freundes wunderte sich Paul nicht. Denn er war vom völlig unerwarteten Ausgang dieses Falls ja selbst kalt erwischt worden. Bis zuletzt lag er mit seinen Vermutungen und Verdächtigungen völlig daneben. Motive und mögliche Täter gab es zur Genüge, aber Evelyn Glossner und vor allem Britta waren zu keinem Zeitpunkt der Ermittlungen darunter gewesen. Niemals hätte Paul ausgerechnet in Britta, diesem so harmlosen, netten Mädchen, die Seele einer Mörderin vermutet.

Dabei hätte es durchaus Gelegenheiten gegeben, dem Gespann auf die Schliche zu kommen oder zumindest das wahre Motiv zu erkennen: Paul und auch Katinka hatten zu lange die Auswirkungen von Baumanns Sexbesessenheit unbeachtet gelassen. Einzig und allein auf Irena bezogen sie die Folgen seiner Seitensprünge, fragten aber nie nach Baumanns Gespielinnen und deren Schicksal. Ein schweres Versäumnis, wie Paul sich im Nachhinein eingestehen musste.

Selbstkritisch räumte er ein, dass er sich viel zu sehr mit vordergründigen Konflikten und Ereignissen beschäftigt und keinen Sinn für die vermeintlichen Nebenschauplätze entwickelt hatte. Eine Nachlässigkeit, die auch Katinka unterlaufen war und die um ein Haar ein drittes Menschenleben gekostet hätte. Paul fröstelte bei dieser Vorstellung.

Der Wissensdurst des Kochs war indes noch immer nicht gestillt: »Was mir partout nicht in den Kopf will: Wieso haben Baumann und Klinger zugelassen, dass die Glossner als Psychologin an der Oper arbeiten durfte? Angesichts des mehr als belasteten Verhältnisses ist das kaum vorstellbar.«

»Wenn es nach den beiden gegangen wäre, hätte Evelyn Glossner sicherlich nie wieder einen Fuß über die Schwelle des Opernhauses setzen dürfen«, stimmte Katinka zu. »Aber was sollten sie denn dagegen tun? Eine offizielle Beschwerde beim Geschäftsführer einreichen? Wohl kaum, denn sie waren es ja selbst, die etwas zu verbergen und um ihren Job zu bangen hatten, wenn die Sache mit der Vergewaltigung doch noch aufgeflogen wäre. Sie konnten nichts machen, außer der Glossner nach Möglichkeit aus dem Weg zu gehen. Denn für die beiden Männer muss sie die Personifizierung ihres schlechten Gewissens gewesen sein – wenn die zwei so etwas überhaupt hatten.«

Der Koch nickte nachdenklich, um gleich darauf eine weitere Frage anzubringen: »Wie hat es das mörderische Paar denn geschafft, die beiden Opfer tatsächlich punktgenau in den passenden Kulissen umkommen zu lassen?«

Katinka teilte ihm ihre Einsichten mit: »Bei Baumann wissen wir inzwischen, dass ihm eine ordentliche Portion Zyankali in einen Becher Kaffee gemischt wurde, den er in der Kulisse der *Lucrezia Borgia* trank. Dort hatte sich Britta anscheinend mit ihm verabredet, wahrscheinlich unter dem Vorwand, dass sie in der Abgeschiedenheit des Kulissenlagers ungestört seien. Nach allem, was man über Baumann weiß, hat er sich wohl ein abermaliges Techtelmechtel mit Britta erhofft und ist daher gern auf die Verabredung eingegangen. Jedenfalls nippte er an seinem Getränk und war damit verloren. Denn dieses Gift wirkt binnen einer Minute. Britta muss dem sterbenden Baumann den Kaffeebecher noch abgenommen haben, bevor sie den Tatort verließ und sich wieder unters Ensemble mischte. Ähnlich lief es bei Klinger ab: Auch er wurde wahrscheinlich unter einem Vorwand in die Kulissen gelockt. Dort wurde er mit einem Kantholz erschlagen – analog dem Beilmord aus *Elektra*. Die Holzsplitter, die wir aus seiner Kopfwunde extrahiert haben, führten uns zu der Tatwaffe. Sie lag nur wenige Meter entfernt unter einer Abdeckplane. Das Labor hat nun die Aufgabe, Gewebespuren zu isolieren, die zu Brittas DNA passen. Wir sind da sehr zuversichtlich und werden wahrscheinlich keine Überraschungen mehr erleben.«

»Das ist ja der Hammer!«, kommentierte Jan-Patrick beeindruckt. »Dramatischer als jede Oper!«

»Das kann man wohl sagen«, meinte auch Katinka und lachte, als wäre sie soeben eine große Last losgeworden. »Ich bin mehr als froh, dass damit die Spielzeit des Phantoms im Opernhaus beendet ist.«

Paul ließ sich von ihrem befreiten Lachen anstecken. Doch dann wurde er noch einmal ernst, als er andeutete: »Trotzdem bleiben viele Fragen offen ...«

»Zum Beispiel?« Katinka sah ihn mit einer Spur Misstrauen an. Ihre Augen schienen zu sagen: Hast du denn immer noch nicht genug?

»Zum Beispiel die Sache mit Irenas Halstuch. Wie ist es an den zweiten Tatort gelangt? Wollte ihr die Glossner damit gezielt etwas anhängen, um von sich und Britta abzulenken?«

Katinka schenkte ihm ein gnädiges Lächeln. »Das wissen wir nicht. Noch nicht. Doch ich kann mir gut vorstellen, dass es ein Ablenkungsmanöver war, ausgeführt entweder von der Glossner selbst oder eben auch von Britta. Insofern liegst du mit deiner Vermutung wohl richtig.«

»Und dann die Bezichtigungen von Chefbeleuchter Glück«, schloss Paul die nächste Frage an. »Was ist mit seinen Beobachtungen und dem Verdacht gegen Paula Dorfner? Alles nur Einbildung?«

Katinka wirkte etwas verkniffen, als sie antwortete: »Da sprichst du zwei Namen an, die mir nicht behagen. Diesen Glück halte ich für einen Wichtigtuer und gebe nicht viel auf seine Worte. Die Maskenbildnerin wiederum ist schwer einzuordnen. Sie ist scharfzüngig und wirkt auf mich sehr verbittert. Sie hat eine zweifelhafte, frömmlerische Art und ist offenbar hin- und hergerissen in ihrem Verlangen, anderen Menschen zu helfen oder ihnen zu schaden. Insgesamt gesehen ist sie für diesen Fall nicht wichtig, und ich möchte meinen Kontakt mit ihr auf das Nötigste beschränken. Genau wie Beleuchter Glück stellt sie nur eine Randfigur dar – eine von vielen.«

»Diese Einschätzung ist ziemlich treffend«, stimmte Paul nachdenklich zu. »Man konnte sich in diesem Fall sehr schnell verzetteln und aufs falsche Pferd setzen. Mir zum Beispiel ist es so gegangen, als ich auf eine Notiz gestoßen bin, die Baumann auf einem alten Programmheft hinterlassen hatte. Wir werden nicht mehr erfahren, worum es dabei eigentlich ging, aber für unseren Fall war es jedenfalls ohne Bedeutung. In manches hat man einfach zu viel hineininterpretiert und dabei das Wesentliche aus den Augen verloren.«

Daraufhin entspannten sich Katinkas Gesichtszüge wieder. Sie zwinkerte Paul zu und fragte: »War es das? Bist du fertig?«

»Nein!«, antwortete Paul etwas zu heftig. »Was fehlt, sind Erklärungen für all die Dinge, die *mir* passiert sind: Angefangen von meinen unfreiwilligen Aufenthalt in den Kellerfluren bis zu meinem Beinahesturz von der Bühnengalerie. Wer hatte es da auf mich abgesehen?«

Katinka schmunzelte, was Paul in diesem Moment wurmte. »Jedenfalls hat dir niemand ernsthaft nach dem Leben getrachtet«, meinte sie. »Als es wirklich brenzlig wurde, war Hilfe zur Stelle. So hast du es selbst zu Protokoll gegeben.«

»Ja, aber trotzdem: Wer steckte hinter diesen Mordanschlägen?«

»Keine Mordanschläge.« Katinka schüttelte den Kopf und sah irgendwie belustigt aus. »Wenn überhaupt, dann waren es Drohungen. Warnungen an den Schnüffler, sich künftig herauszuhalten. Insofern stecke vielleicht sogar ich selbst dahinter.«

»Sehr witzig«, sagte Paul eingeschnappt.

»Ist es nicht müßig, dem noch nachzugehen?«, hielt Katinka Pauls Besorgnis entgegen. »Ich verstehe ja, dass du dich erschreckt hast und einige sehr unangenehme Momente durchleben musstest. Aber wahrscheinlich handelte es sich in beiden Situationen um zufällige Begebenheiten. Um Unfälle, wie sie tagtäglich in großen Betrieben wie dem Opernhaus passieren.«

»Das glaube ich nicht!«

»Na, dann …«, Katinka lächelte wieder ein wenig süffisant, »… war es wohl doch das Phantom.« Mit diesen Worten hob sie die Hand und ließ ihren Verlobungsring funkeln. »Aber jetzt wollen wir uns endlich angenehmeren Dingen zuwenden. Das Leben besteht ja nicht nur aus Mord und Totschlag.«

Paul sah ein, dass er sich lächerlich machen würde, wenn er weitere Fragen dieser Art stellte. »Stimmt«, sagte er daher nur und schenkte seiner Zukünftigen einen versonnenen Blick.

Er schob alle Gedanken an Mord und Totschlag beiseite. Denn Katinka hatte recht: Das Leben bestand für sie beide in diesem Moment nur aus Liebe.

Im Rahmen meiner Tatorterkundungen führe ich in Begleitung sachkundiger Guides seit vielen Jahren meine Leserinnen und Leser hinter die Kulissen von Opernhaus und Staatstheater. Es ist jedes Mal aufs Neue spannend zu erleben, wie der Opern- und Theaterbetrieb abläuft. Für diesen Roman habe ich mich ganz bewusst dafür entschieden, diese Abläufe zu verfremden, Posten und Positionen anders zu benennen und vor allem das Personal komplett auszutauschen. Auf diese Veränderungen hatte ich mich im Rahmen meiner Recherchen mit den Zuständigen geeinigt. Das Opernhaus dient also nur als Kulisse für ein Kriminalstück.

Jan Beinßen